MORD AUS LIEBE

MOLLY SUTTON MYSTERIEN
BUCH IV

NELL GODDIN

IMPRESSUM

Urheberrecht © 2016 bei Nell Goddin
ISBN: 978-1-949841-04-6
Alle Rechte vorbehalten.

Kein Teil dieses Buches darf in irgendeiner Form oder mit irgendwelchen elektronischen oder mechanischen Mitteln, einschließlich Informationsspeicherungs- und Abrufsystemen, ohne schriftliche Genehmigung des Autors reproduziert werden, außer für die Verwendung kurzer Zitate in einer Buchrezension.

Dieses Buch wurde ursprünglich unter dem Titel *Rot aus Liebe* veröffentlicht.

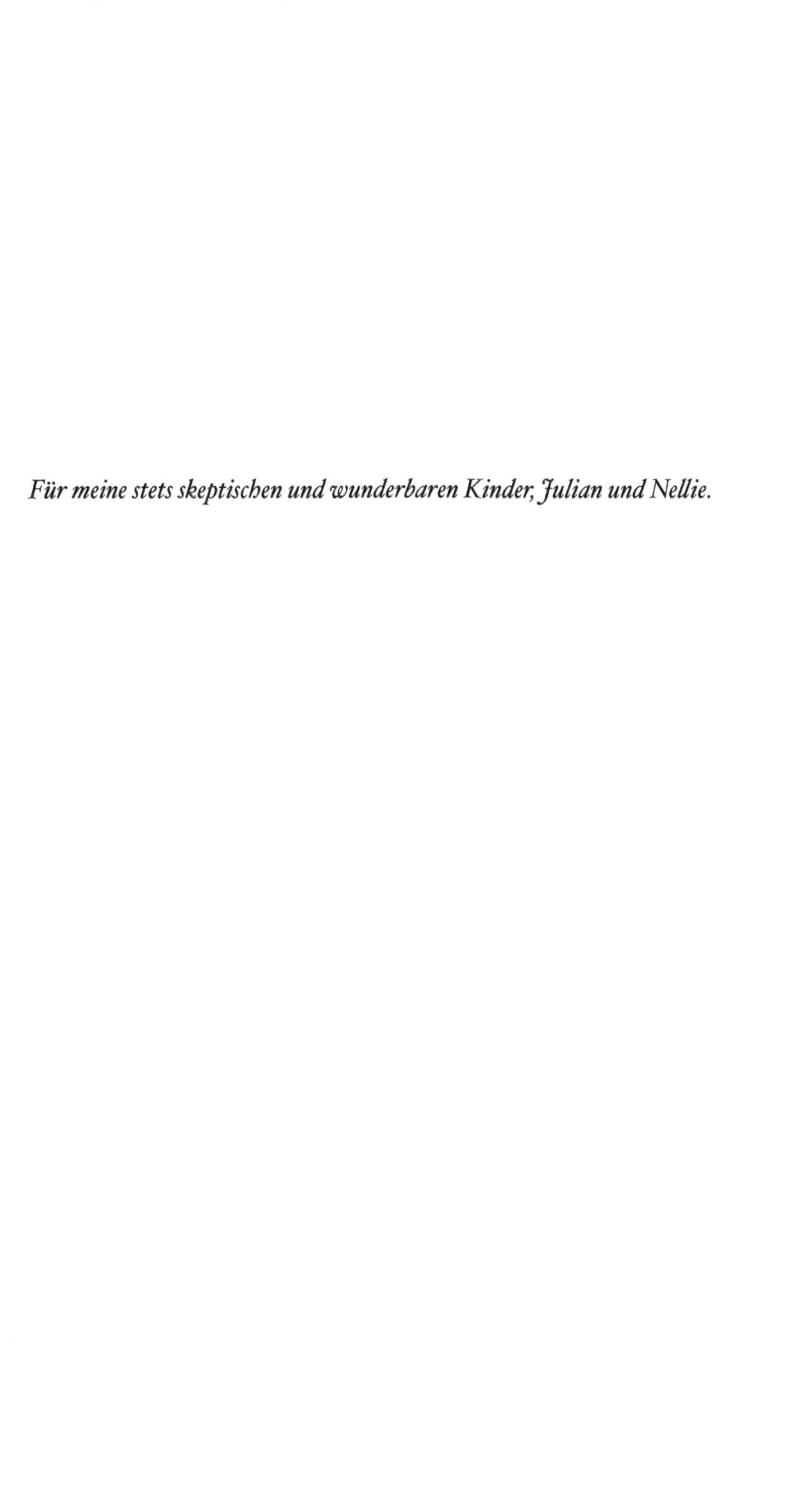

Für meine stets skeptischen und wunderbaren Kinder, Julian und Nellie.

❧ I ❧

Molly wachte als Erste auf, dank Bobos nasser Nase in ihrem Ohr. Der Morgen war warm und sie hatte ohne Decke geschlafen, also war es einfach genug, aus dem Bett zu schlüpfen, ohne Ben zu wecken.

„Komm, Bobo", flüsterte sie, um den gefleckten Hund davon abzuhalten, aufs Bett zu springen. Molly ging direkt zur Kaffeepresse und setzte Wasser auf, während Bobo in der Küche herumtanzte und hoffte, dass etwas Leckeres vom Himmel fallen würde.

Alles in allem waren es wundervolle Monate in Castillac gewesen. Nach der Entführung von Valerie Boutillier war die Ordnung wiederhergestellt gewesen, und das Dorf zeigte sich in seiner üblichen sommerlichen Lebendigkeit, mit *fêtes* und informellen Zusammenkünften, und alle waren in allgemein sonniger Stimmung. Die Buchungen in La Baraque liefen hervorragend.

Und... da war natürlich Ben.

Molly war teilweise nach Castillac gekommen, um sich von einer Scheidung zu erholen. Es war keine in die Länge gezogene, schlammschlachtartige oder streitsüchtige Scheidung gewesen, aber dennoch war es schmerzhaft gewesen, ihren Traum von einer kuscheligen Familie zerbrechen zu sehen. Molly hatte gedacht, dass ein Tapetenwechsel - von den Vororten Bostons nach Castillac, Frankreich - ihr helfen würde, darüber hinwegzukommen. Und das hatte es, mit Hilfe neuer Freunde und einer *Menge* Gebäck.

Sie hatte ganz sicher nicht nach Romantik gesucht. Sie war immerhin fast vierzig und schon auf dem Weg, sich damit abzufinden, dass ihr Liebesleben (ganz zu schweigen von den gebärfähigen Jahren) womöglich hinter ihr lag. Ben Dufort war etwas jünger und der attraktive ehemalige Polizeichef des Dorfes. Er war keineswegs Liebe auf den ersten Blick gewesen; stattdessen hatte sich ihre Freundschaft langsam vertieft, mit der Zeit, fast unbemerkt. Und jetzt, da sie zusammen waren und alle im Dorf davon wussten - und es größtenteils billigten, da die Dorfbewohner solche Angelegenheiten liberal sahen - war Molly glücklicher, als sie sich erinnern konnte, seit langer, langer Zeit gewesen zu sein.

Gerade als sie ihre erste Tasse eingoss, hörte sie ein schnelles Klopfen an der Haustür, das sie als Constances erkannte, die an Wechseltagen bei der Reinigung der Ferienhäuser half. Schnell schlürfte Molly etwas Kaffee und schluckte ihn hinunter, dann noch einmal. Es war klug, sich ein wenig zu stärken, bevor man Constance am frühen Morgen begegnete.

„Molls!", rief Constance aus und bewegte sich schnell in den Flur, als Molly die Haustür öffnete. Ihr schulterlanges Haar war zu einem Pferdeschwanz zurückgebunden, die Frisur, die sie trug, wenn sie bereit war, an die Arbeit zu gehen.

„Bonjour, Constance", sagte Molly und trank mehr Kaffee.

„Thérèse ist weg! *Fort!* Einfach so!"

Molly blinzelte. „Wovon redest du? Wohin fort?"

„Unsere Polizistin, Thérèse Perrault!", sagte Constance ungeduldig. „Komm schon, Molly, wach auf! Ich habe gehört, sie hat die Nachricht über eine neue Versetzung bekommen, hat es aber niemandem erzählt. Wollte wohl kein Aufhebens darum, obwohl ich nicht verstehe, warum jemand auf eine Abschiedsfeier verzichten würde!"

„Willst du damit sagen, dass sie das Dorf bereits verlassen hat?"

„Ja, Molls, genau das sage ich! Wach auf, kleiner Kohlkopf!"

Molly runzelte die Stirn. Thérèse hatte gesagt, sie würde nicht mehr lange in Castillac bleiben können - die Gendarmerie mochte es, ihre Beamten zu versetzen, in dem Versuch, sie objektiv zu halten - aber sie hatte kein Wort darüber verloren, dass der Umzug unmittelbar bevorstand. Molly würde sie schmerzlich vermissen. Zum einen hatte Thérèse Respekt vor Mollys detektivischen Fähigkeiten und hatte sich nicht gescheut, ihr Informationen zuzuspielen, um Mollys Hilfe bei schwierigen Fällen zu bekommen. Es war Thérèse gewesen, die Molly von dem Zettel erzählt hatte, der an der Tür der Gendarmerie geklebt und besagt hatte, dass jemand Valerie Boutillier gesehen hatte.

„Möchtest du einen Kaffee?", fragte sie mit einem besorgten Ausdruck auf ihrem noch verschlafenen Gesicht.

„Nein danke. Gibt's eine Chance, dass deine Gäste schon weg sind? Ich würde gerne anfangen und früh mit dem Putzen fertig werden. Thomas will mich irgendwohin zum Picknick mitnehmen", fügte sie grinsend hinzu.

„Es ist noch nicht mal neun, Constance."

„Können wir nicht irgendetwas tun, um sie da rauszubekommen?"

Molly lachte. „Nein, du Gans. Ich möchte, dass ihre letzten Momente in La Baraque glückliche sind, damit sie mit Wehmut abreisen und wiederkommen wollen! Nicht, dass sie die Putzfrau verfluchen, die an ihr Schlafzimmerfenster klopft und laute Musik spielt, oder was auch immer du vorhast. Und apropos glückliche Momente, ich sollte schnell ins Dorf huschen und etwas Gebäck für ihr letztes Frühstück holen. Hast du noch andere Neuigkeiten für mich? Alles immer noch relativ harmonisch im Dorf?"

Constance rieb sich das Kinn und blickte zur Decke, während sie darüber nachdachte. „Jap! Keine Scheidungen, keine Einbrüche und keine Leichen. Castillac ist ein Ozean der Ruhe!"

„Es ist noch früh", sagte Molly leise. Nicht weil sie auf Chaos hoffte, sondern weil sie lernte, dass kein Ort lange davon verschont blieb.

❦

EIN SAMSTAGABEND im Juli war in Castillac mehr oder weniger perfekt, dachte Molly, die sich ausnahmsweise ein wenig Mühe mit ihrer Kleidung gab. Das Wetter war herrlich angenehm, das Dorf in Blumen gehüllt, und die Stimmung der Dorfbewohner ausgelassen. Die Leute suchten nach einem Grund zum Feiern. Eine von Thérèses Freundinnen hatte beschlossen, im Chez Papa eine Abschiedsparty für sie zu veranstalten, obwohl der Ehrengast bereits abgereist war, und die Idee war so albern, dass fast jeder, den Molly kannte, hingehen wollte.

„Ich erinnere mich an das kleine schwarze Kleid, das du bei der Gala des Institut Degas getragen hast", sagte Ben, der auf dem Bett lag, Nachrichten auf seinem Tablet las und Molly beobachtete, wie sie sich fertig machte.

„Ich erinnere mich daran, wie ich mit dir den Hustle getanzt habe", lachte Molly und kam herüber, um mit der Hand durch sein kurz geschorenes Haar zu fahren und ihm einen schnellen Kuss zu geben. „Du kommst also heute Abend mit? Unsere Beziehung ist jetzt keine Neuigkeit mehr, also werden die Leute uns nicht mehr necken, oder?"

„Aufhören zu necken? Niemals", sagte Dufort und verdrehte die Augen. „Ja, natürlich komme ich mit. Es gibt keinen besseren Ort, um herauszufinden, was die Leute beschäftigt."

„Also... siehst du dich irgendwie im Dienst? Obwohl du ein Detektiv ohne Fall bist?"

„Ohne Fall *und* ohne Job. Aber nein, so meine ich das nicht genau - es ist nicht so, als würde ich eiskalt versuchen, Informationen aufzuschnappen oder so. Ich bin es einfach gewohnt, ein Auge auf die Dinge zu haben, das ist alles. Und die Leute scheinen mir ihre Probleme zu erzählen.“

„Castillac braucht einen Psychiater, vielleicht kann das deine nächste Karriere sein!“

„Ha. Ich hoffe nur, du wirst dieses schwarze Kleid wieder tragen...“

„Es ist zu heiß dafür“, sagte Molly errötend. „Und komm schon, mach dich fertig - wir sollten eigentlich schon unterwegs sein.“

Molly stand neben dem Bett und Ben griff nach ihrer Hand und zog sie zu sich. „Im Moment habe ich keine Lust, dich zu teilen“, sagte er leise und küsste sie am Hals. Und Molly dachte wieder, während sie ihre Augen schloss, dass sie ihr Glück kaum fassen konnte. Wie so viele Frauen tappte sie zeitweise in die Falle, nur die Aspekte zu sehen, in denen sie nicht mit Supermodels in Zeitschriften mithalten konnte − ihre Beine waren kurz und sie war alles andere als spindeldürr − und es war eine Freude, sich selbst, wenn auch nur für einen Moment, durch Bens wertschätzende Augen zu sehen.

Sie hätte sich nie träumen lassen, damals, als sie ihre Möbel verkauft und sich von dem Haus in den Bostoner Vororten verabschiedet hatte, wo ihre Ehe gescheitert war, dass sie sich jemals wieder so leicht fühlen würde.

Der Umzug nach Castillac entpuppte sich als das Beste, was sie je getan hatte.

EINE STUNDE später fuhren Molly und Ben mit ihren Rollern die Rue des Chênes hinunter zum Chez Papa. Die Leute quollen aus der Bar, standen auf dem Bürgersteig, lachten und tranken. Ein paar Hunde liefen zwischen ihren Beinen herum. Alphonse hatte bunte blinkende Lichter in den kümmerlichen Baum in der Nähe gehängt, und die Gesichter der Dorfbewohner wechselten ständig die Farbe.

„Salut!", rief Nico hinter der Bar, als sie sich ihren Weg nach drinnen bahnten. Frances saß auf einem Hocker am Ende der Bar, ihr schwarzes Haar frisch im Louise-Brooks-Bob geschnitten, ihr Lippenstift in einem auffälligen Rot. Molly legte den Arm um ihre alte Freundin und sie küssten einander auf die Wangen. Ben schlenderte davon, um mit einer Gruppe in der Ecke zu reden, Leute, die Molly schon mal getroffen hatte, aber nicht gut kannte.

„Und, wie läuft's so?", fragte Frances und zündete sich eine Zigarette an.

„Du rauchst wieder?"

Frances zuckte mit den Schultern. „Nein. Tatsächlich ist alles, was du siehst und das darauf hindeutet, eine Illusion, eine optische Täuschung, einfach-"

„Dein Sarkasmus-"

„Oh, Molly, hast du nicht manchmal Lust, einfach über die Stränge zu schlagen und all die schlechten Dinge zu tun? Dich nicht um morgen zu kümmern, sondern einfach im Moment so tief und genussvoll wie möglich zu leben?"

Molly überlegte.

„Bonsoir, liebe Molly", sagte Lawrence Weebly, der aus der Menge auftauchte. Er hielt seinen üblichen knallroten Negroni und trug einen schönen Anzug, wahrscheinlich ein Vintage-Stück.

„Frances schlägt vor, dass wir alle Vorsicht in den Wind schlagen und im Moment leben sollen", sagte Molly. „Ich denke darüber nach."

Lawrence zuckte mit den Schultern. „Ich habe eine ganze Weile im Moment gelebt, als ich jung war", sagte er. „Ich muss sagen, es war überbewertet."

„Was für ein Haufen Spießer", sagte Frances und nahm einen langen Zug von ihrer Gauloises. „Okay, ich werde keinem von euch eine Zigarette anbieten, obwohl ich wette, dass ihr tief im

Inneren verzweifelt cool sein wollt wie ich. Rauchen ist nicht der einzige Weg, im Moment zu leben. Was ist mit Romantik? Oder sein Leben auf den Kopf zu stellen und etwas völlig Neues und Anderes zu machen?"

„Erledigt und erledigt", sagte Molly, „Wenn wir dieses Gespräch damals in Boston geführt hätten, bevor meine Ehe in die Brüche ging und ich meinen Job gekündigt habe und hierher gezogen bin? Dann wäre ich voll und ganz bei dir. Aber ich bin... ich bin jetzt wirklich glücklich. Sogar zufrieden. Ich möchte nichts durcheinanderbringen. Was ist mit dir, Franny? Ich hätte gesagt, du lebst schon ziemlich gut im Moment. Es ist nicht so, als ob du die üblichen Konventionen dich in irgendetwas bremsen lässt, was du dir in den Kopf setzt. Denkt deine Familie nicht, du seist praktisch ein Monster?"

Frances lachte. „Oh, natürlich, aber ehrlich gesagt zählen die nicht. Meine Familie denkt, wenn man Leinen im falschen Monat trägt, sollte man von der feinen Gesellschaft ausgeschlossen werden, vielleicht sogar dauerhaft."

„Ihre Familie ist bekloppt", sagte Molly zu Nico, der grinste und dann an Molly vorbeischaute, als weitere Leute zur Bar kamen.

„Au revoir, Thérèse!", rief jemand draußen und hob ein Glas.

Molly bemerkte, dass Nico jemanden hinter ihr breit anlächelte, und sie drehte sich um, um zu sehen, wen er anschaute. Einen Schritt entfernt stand eine atemberaubende Frau, die zu Nico zurücklächelte. Sie hatte langes dunkles Haar, das in losen Wellen über ihre Schultern fiel, und schöne – wirklich schöne – Gesichtszüge. Aber das Auffälligste an ihr waren ihre Augen, die an den äußeren Ecken nach oben gezogen, stark geschminkt und von einer faszinierenden blaugrünen Farbe waren. Molly wurde bewusst, dass sie starrte, aber sie wollte den Blick nicht abwenden.

„Alles gut bei dir, Iris?", fragte Nico die Frau gerade.

Iris nickte und lächelte, aber Molly glaubte ihr nicht. Sie

kannte diese Frau nicht, hatte sie noch nie zuvor gesehen, aber sie erkannte ein falsches Lächeln, wenn sie eines sah.

Molly warf Nico einen „Stell-mich-vor"-Blick zu, aber Nico verstand die Botschaft nicht.

„Und, wie läuft's im Benny-Land?", fragte Frances Molly.

„Musst du mit mir reden, als wären wir noch in der sechsten Klasse?"

„Sind wir das nicht?", kicherte Frances und nahm einen Schluck von ihrem Drink, gefolgt von einem langen Zug an ihrer Zigarette. „Ich sag dir was, ich war in den letzten drei Monaten absolut überhäuft mit Deadline über Deadline. Ich war kaum draußen, ich habe nichts anderes getan, als zu arbeiten. Also verkünde ich hiermit, dass ab sofort der Sommer des Spaßes beginnt. Startschuss... jetzt!"

Molly wandte sich von Frances ab und sah, dass Nico das Geplapper seiner Freundin nicht gehört hatte und immer noch verträumt in die Augen der Frau hinter ihr blickte, während er langsam ihr Getränk zubereitete. Er würde für eine Vorstellung nutzlos sein, also nahm Molly die Sache unbeholfen selbst in die Hand, indem sie plötzlich von der Bar zurücktrat und fast in sie hineinrannte.

„Tut mir so leid!", sagte Molly und drehte sich zu ihr um.

„Kein Problem", sagte Iris.

Wieder hatte Molly das Gefühl, nichts anderes tun zu wollen, als in Iris' Augen zu schauen und ihr schönes Gesicht anzustarren. Ihr Haar war von grauen Strähnen durchzogen, aber anstatt sie alt aussehen zu lassen, wirkte es an ihr wunderbar exotisch, sogar weise. „Bist du eine Freundin von Thérèse?", fragte Molly.

Die Frau sah verwirrt aus. „Thérèse?"

„Thérèse Perrault, die Gendarmin? Das ist ihre Abschiedsfeier. Obwohl sie schon weg ist." Molly lächelte. „Jeder Grund zum Feiern ist recht, schätze ich, oder? Ich heiße Molly Sutton. Ich bin Amerikanerin, aber vor fast einem Jahr nach Castillac gezogen."

„Hallo, Molly Sutton", sagte Iris höflich. „Dein Französisch ist gar nicht so schlecht." Sie hielt inne und dachte einen Moment nach. „Ich kannte Thérèse vor Jahren, als sie noch ein Kind war. Ich koche für die Schule, in der Kantine, also lerne ich auf diese Weise fast jeden in Castillac kennen. Lass mich überlegen", sagte sie und blickte zur Decke, „ich glaube, Thérèse mochte Pastete sehr gerne und Pilze überhaupt nicht."

„Ketzerin", sagte Molly, und Iris lachte, obwohl ihre wunderschönen blaugrünen Augen traurig wirkten.

„Iris! Ich habe dir doch gesagt, dass ich morgen bei Sonnenaufgang aufstehen muss. Ich fange mit der Treppe bei den Lafonts an. Warum hast du noch ein Getränk bestellt? Wir müssen jetzt gehen."

„*Bonsoir*, Pierre", sagte Molly laut genug, um über den Lärm gehört zu werden.

„Oh, *salut*, Molly", erwiderte Pierre Gault, wobei sich sein Gesichtsausdruck kaum entspannte. „Ich sehe, du hast meine Frau kennengelernt", fügte er hinzu.

„Ich wollte dich ohnehin anrufen", sagte Molly. „Könntest du bei Gelegenheit bei *La Baraque* vorbeischauen? Es gibt da eine baufällige Scheune, die ich dir zeigen möchte. Ich würde gerne deine Meinung dazu hören. Ihr Mann hat bei mir sehr gute Arbeit geleistet, als er einen Taubenschlag wieder aufgebaut hat. Die Gäste sind begeistert von dem, was du daraus gemacht hast", fügte sie hinzu und blickte abwechselnd von Iris zu Pierre.

„Ich habe jetzt einen großen Auftrag bei den Lafonts, einen Anbau an ihrem Haus. Ich weiß nicht, wann ich Zeit für etwas anderes haben werde, aber ich werde vorbeikommen und es mir ansehen."

„Danke!", sagte Molly fröhlich.

„Raus!", zischte Pierre Iris zu, und sie nahm einen Schluck von ihrem Getränk und nickte Molly zu, bevor sie ihm durch die Menge in die Sommernacht folgte.

❧ 2 ❧

7. Juli, nur noch zwei Schultage. Die Kinder waren wild vor Aufregung und voller freudiger Erwartung auf die Freiheit, und auch das Personal freute sich erschöpft auf die Sommerferien. Caroline Dubois, die im Büro arbeitete, nutzte ihre Mittagspause, um auf dem Schreibtisch des Schulleiters Ordnung zu schaffen, so vergeblich diese Aufgabe auch war.

„Tristan", sagte sie leise zu ihrem Chef, „wenn du einfach die E-Mails sortieren würdest, sobald du sie erhältst, würde sich nicht so ein hässliches Durcheinander anhäufen."

„Unordnung stört mich nicht", sagte Tristan Séverin fröhlich. „Was wohl ein Glück ist, wenn man's bedenkt."

„Vermutlich schon", stimmte Caroline zu und schüttelte den Kopf. Sie war eine hübsche junge Frau, gekleidet in maßgeschneiderte Kleidung, die ihre Figur betonte. „Ich verstehe, wenn du mir nicht alles haarklein erzählen willst, aber du hast letzten Monat erwähnt, dass du etwas Neues für dein... dein Konzentrationsproblem ausprobierst? Hat es denn geholfen?"

Sie stellte die Frage, war sich der Antwort aber ziemlich sicher, da Séverins Schreibtisch so unordentlich wie eh und je war und er immer noch ständige Erinnerungen an seinen Terminplan brauchte, um keine Besprechungen zu verpassen. Er war ein sehr erfolgreicher Schulleiter, von vielen Familien in Castillac für seine Großzügigkeit und Kreativität bei der Unterstützung ihrer Kinder geliebt. Aber organisiert und fokussiert war er nicht.

„Fischöl", spottete Tristan. „Ich würde viel lieber einfach mehr Fisch essen, weißt du? Aber der Arzt besteht darauf, dass ich das Nahrungsergänzungsmittel nehme. Ich kann überhaupt keinen Unterschied feststellen, außer dass ich gelegentlich höchst unangenehme Rülpser loslasse." Tristan grinste.

„Mehr, als ich wissen wollte", sagte Caroline und sammelte einen Haufen Akten aus einer Ecke seines Schreibtisches. „Nun, dein Atem mag schlecht sein, aber ich nehme an, du hast trotzdem deinen Charme", fügte sie hinzu, schüttelte den Kopf und lächelte.

„Ich bin froh, dass du das so siehst", sagte Tristan. „Ich wüsste nicht, was ich ohne dich tun würde", sagte er und wedelte mit der Hand über seinen Schreibtisch, von dem auf einer Seite Papiere auf den Boden fielen und auf dem eine ganze Reihe leerer Kaffeetassen stand. „Lass uns jetzt über den Rest des Tages sprechen, und dann gehe ich in die *cantine*, um ein letztes Mittagessen mit den Kindern zu essen. Heute Nachmittag treffe ich mich mit diesen Eltern aus Salliac, richtig? Und danach ist der Videoanruf mit dem Bezirk?"

Caroline nickte und sortierte gleichzeitig die Akten. „Genau. Vielleicht bewirkt dieses Fischöl ja *doch* etwas bei dir", sagte sie mit einem Kichern. Tristan strahlte sie an und machte sich auf den Weg, sein Hemd hinten herausgezogen und begleitet von einem Wirbel von Papieren, die vom Schreibtisch segelten, als er vorbeiging.

Der Rest des Schultages verlief ohne Zwischenfälle und Caroline konnte ein paar Minuten früher gehen. Sie würde trotzdem zur Arbeit kommen, Schule hin oder her; ihr Urlaub war erst im August. Aber trotzdem fühlte es sich wie eine Errungenschaft an, ein weiteres Schuljahr überstanden zu haben, und obwohl noch zwei Tage übrig waren, freute sie sich darauf, nach Hause zu kommen und bewusst, wenn auch bescheiden, zu feiern: ein Kir Royal, den sie allein in ihrem kleinen Garten genießen würde, mit ihrem Hund und ihrer Katze als Gesellschaft.

„AN DEINER STELLE würde ich einfach drüber streichen", sagte Mollys alte Freundin Frances, die für einen Besuch nach Castillac gekommen und nie wieder gegangen war. Sie lag zurückgelehnt auf dem alten Schlittenbett und beobachtete, wie Molly arbeitete.

„Das habe ich in Erwägung gezogen. Aber siehst du all diese Nähte in der Tapete? Das wird schrecklich aussehen, wenn man darüber malt, es sei denn, ich wende eine andere Technik an, als einfach eine Farbe mit einer Rolle draufzustreichen, und ich habe im Moment nicht die Geduld, etwas Neues zu lernen."

„Findest du nicht, dass diese Tapete einen gewissen Vintage-Charme hat? Sie ist auf eine angenehme, altmodische Weise verblasst." Frances kniete sich hin und fuhr mit der Hand über die Wand hinter dem Bett. „Hat sich einer deiner Gäste beschwert?"

„Ich hatte nur einen Gast, der hier übernachtet hat - Wesley Addison. Er war nicht... Inneneinrichtung war nicht eines seiner Themen. Gottseidank. Nenn mich abergläubisch... aber irgendetwas an diesem Zimmer gruselt mich. Ich nenne es das Spukzimmer, obwohl natürlich nicht vor den Gästen. Ich denke, dass eine kleine Auffrischung der Einrichtung helfen könnte, den Gruselfaktor zu mindern, weißt du?"

„Lass mich mal sehen", sagte Frances, legte sich auf den Rücken und schloss die Augen. „Ich kommuniziere mit den Geistern... erinnerst du dich, wie wir mit dem Ouija-Brett gespielt haben?"

„Du meinst, wie du das Ding herumgeschoben und versucht hast, mich zu erschrecken?"

„Ja", lachte Frances. „Mann, ich vermisse es, ein Kind zu sein.

Allein der Gedanke an diese Tage lässt mich die Juli-Monate der Kindheit vermissen, weil sie ewig dauerten."

„Und deine Mutter machte wirklich gute Limonade."

„Nur selbstgemachte kommt in Frage!", sagte Frances und ahmte die Stimme ihrer Mutter nach.

Molly lachte. Dann nahm sie den Tapetenaufreißer, den sie im Baumarkt gefunden hatte, und kratzte damit über die Tapete. Danach tauchte sie einen Schwamm in einen Eimer mit Wasser und wischte ihn über die Wand.

„Wird das wirklich den Kleber lösen?", fragte Frances.

„YouTube sagt das. Und YouTube irrt sich nie."

„Ha."

„Und wie läuft's mit Nico? Gib mir ein Update."

„Nun..."

Molly blickte über ihre Schulter zu ihrer Freundin, die anmutig ihre Arme und Beine zu imaginärer Musik hob, als würde sie im Liegen Ballett tanzen. „Ich weiß nicht, Molls. Liebe ist... knifflig."

„In der Tat", sagte Molly. Sie legte den Schwamm weg und kratzte vorsichtig mit einem Spachtel an der durchweichten Tapete, dann setzte sie etwas Kraft ein, sodass Haufen davon auf das alte Laken klatschten, das sie auf dem Boden ausgebreitet hatte. „Meine Güte, das ist befriedigend. Auf Wiedersehen, unheimliche verblasste Rosen, die mich an einen Horrorfilm erinnern!"

„Ich dachte, du wärst von Rosen besessen."

„Bin ich irgendwie auch. Aber wenn du den Film kennen würdest, von dem ich spreche, würdest du hier rüberkommen und mir helfen, die Tapete so schnell wie möglich loszuwerden, glaub mir."

Frances machte keine Anstalten, aufzustehen. „Wer wohnt jetzt in deinen *gîtes*? Ich glaube, ich habe sie noch nicht kennengelernt. Jemand, den ich mögen würde?"

„Das kann ich nicht wirklich sagen. Ein Künstler wohnt allein im *pigeonnier* - Roger Finsterman. Er geht normalerweise früh am Morgen raus und sitzt mit einem Skizzenblock auf der Wiese, obwohl ich einmal einen Blick auf seine Skizze geworfen habe und es eine wilde abstrakte Zeichnung war, die meiner Meinung nach überhaupt nichts mit der Wiese zu tun hatte. Im Cottage ist ein amerikanisches Paar. Ich habe sie kaum gesehen, aber sie sind auch erst seit ein paar Tagen hier. Sie haben ein Auto und fahren früh am Morgen los und kommen erst nach dem Abendessen zurück."

„Ich finde, du solltest jede Woche eine Party für alle geben. Nichts Ausgefallenes, nur so ein... *apéro*, damit die Gäste einander kennenlernen können."

„Tolle Idee", sagte Molly, „aber vielleicht warte ich damit, bis ich ein paar mehr *gîtes* am Laufen habe. Eine Party mit 3 Gästen ist etwas schwierig in Schwung zu bringen, meinst du nicht? Oder bietest du dich an, jede Woche vorbeizukommen und für Unterhaltung zu sorgen?"

„Ich kann tanzen", sagte Frances und sprach das Wort ‚tanzen' mit einem schrecklichen französischen Akzent aus. „Oder vielleicht könntest du, angesichts deiner nicht so geheimen Vorliebe für Detektivarbeit, einen dieser Krimi-Abende veranstalten, bei denen sich alle verkleiden und eine Rolle spielen und herausfinden müssen, wer der Mörder ist."

„Das wollte ich schon immer mal machen. Aber ich habe in letzter Zeit genug vom Ermitteln. Im Moment möchte ich nichts mehr, als an *La Baraque* zu arbeiten, mit dir und Ben abzuhängen und die einfachen Freuden eines Castillac-Sommers zu genießen."

„Ja, klar", sagte Frances und lächelte in sich hinein, während sie nach unten ging, um nach Limonade zu suchen.

❧ 3 ❧

Am Dienstag goss es wie aus Eimern und der Himmel war grau und bedrohlich. Molly verbrachte die ersten Stunden des Tages damit, die restlichen Tapetenreste im Spukzimmer abzukratzen, und dann, was niemanden überraschte, der sie kannte, hatte sie ein mächtiges Verlangen nach einem Mandelcroissant. Mit dem Roller war es nur ein kurzer Ausflug zur *Pâtisserie* Bujold - der besten Pâtisserie im Département - aber wollte sie riskieren, durchnässt zu werden? Der Regen hatte vorerst größtenteils aufgehört, aber der Himmel hatte dieses noch-nicht-ganz-fertig Aussehen.

„Was meinst du, Bobo?", fragte sie den gefleckten Hund, der unter ihren Füßen herumschlich, während sie in der Haustür stand. „Ich weiß, du magst es nicht, wenn es dich nassregnet, aber mir macht das nicht wirklich was aus. Oder vielleicht sage ich das nur, weil... am Ende des Regenbogens ein *Mandelcroissant* wartet. Würdest du nicht für einen großen, saftigen Knochen durch den Regen rennen? Ja, dachte ich mir." Sie hockte sich hin und kraulte den Hund lange hinter den Ohren. Bobo ließ sich auf den Rücken fallen und präsentierte ihren Bauch, und Molly rieb ihn, während sie vergeblich versuchte, Gebäck aus ihren Gedanken zu verbannen.

Also ließ Molly Bobo sicher und trocken zurück, zog einen Regenmantel an und hüpfte auf ihren verbeulten braunen Roller, der ein wenig besser aussah, seit der Regen den meisten Staub abgewaschen hatte, und düste direkt zur Pâtisserie Bujold, dem besten Gebäckladen im Dorf oder sogar in der gesamten Dordogne, wobei ihr auf den ganzen Weg über das Wasser im Mund zusammenlief.

Wenig überraschend war der Laden leer, und Molly hatte die volle Aufmerksamkeit des Besitzers. „Bonjour Monsieur Nugent", sagte sie und verschränkte unbewusst die Arme vor der Brust.

„Bonjour, Madame Sutton", antwortete Edmond Nugent, grinste breit und musterte sie wie üblich begierig von oben bis unten. Er war kein großer Mann, hatte kurze Arme und Beine und einen kleinen runden Bauch. An diesem Tag zeigte er den Ansatz eines Schnurrbarts, der ganz gut aussah.

Molly ging an den beiden Vitrinen entlang und betrachtete alle Arten von Gebäck, die an diesem Tag verfügbar waren. Sicher, sie war mit dem festen Gedanken an ein Mandelcroissant herge-kommen, aber jetzt, wo sie hier war, fühlte sie sich verpflichtet, sich alles anzusehen und dann neu zu entscheiden.

Dann kam ihr eine Idee. „Monsieur Nugent, ich frage mich - wie schwierig ist es eigentlich, ein Mandelcroissant zu machen? Es ist doch nur Blätterteig und Mandelpaste, oder? Nicht zu viele Zutaten?"

Monsieur Nugent blickte auf seine Füße und schüttelte den Kopf. „Oh, meine liebe Madame Sutton. Kommen Ihnen da alberne Ideen in den Kopf? Denken Sie, dass Sie in der Lage wären, das zu tun, wofür Monsieur Nugent viele, viele Jahre gebraucht hat, um es zu lernen?" Er hob dann den Kopf und schaute ihr mit solcher Emotion in die Augen, dass Molly einen Schritt zurücktrat.

„Nun, natürlich würde ich nie davon träumen, es so gut zu

können wie Sie. Haben Sie viele Helfer? Ich sehe immer nur Sie hier im Laden."

„Ich... ich stelle von Zeit zu Zeit Leute ein." Nervös ging er hinter den Vitrinen auf und ab. „Tatsache ist, dass meine Standards extrem hoch sind, wie Sie, so glaube ich, seit Ihrem ersten Besuch in meinem Laden verstanden und geschätzt haben. Ich vertraue darauf, dass ich Ihnen gezeigt habe -" Nugent deutete auf eine gerahmte Auszeichnung an der Wand hinter ihm, deren Papier an den Rändern braun wurde. „Mein Gebäck ist *preisgekrönt*", sagte er. „Nicht irgendein altes Zeug, das ohne Sorgfalt aus dem Ofen geworfen wird."

„Ich will Sie nicht beleidigen!", warf Molly ein. „Natürlich sind Ihre Gebäckstücke die besten. Die *allerbesten!* Ich sage all meinen Gästen, dass sie gar nicht erst daran denken sollen, woanders einzukaufen." Sie machte eine Pause und ließ ihren Blick auf einer Aprikosentarte ruhen, bei der jede runde Frucht glänzend glasiert und lebhaft orange war, kein Krümel lag daneben. „Aber ich dachte nur... wenn ich es schaffen würde, auch nur eine viel weniger gelungene Version als Ihre zu machen, dann könnte ich an einem Tag wie diesem -" der Regen prasselte auf das Dach des Ladens und Passanten eilten den Bürgersteig entlang, die Regenschirme gegen den Wind gekippt - „einfach zu Hause etwas Kleines zusammenrühren, verstehen Sie? Nur, um über die Runden zu kommen. So ähnlich wie extra Kerzen zu haben, für den Fall, dass der Strom ausfällt."

Monsieur Nugent verstand nur zu gut. Ab und zu schwappte eine Do-it-yourself-Welle durch das Dorf, und obwohl sein Geschäft solide lief und dadurch nie bedroht wurde, nagte es trotzdem an Monsieur Nugent, Kunden zu verlieren, auch wenn es nur für eine Woche oder so war. Er war der Ansicht, dass er sich das Recht verdient hatte, der einzige Lieferant von Mandelcroissants für Molly Sutton zu sein - verdient durch harte Arbeit, Sorgfalt und kunstvolles Talent - und war nicht geneigt, irgendetwas wohlwollend zu betrachten, das ihm das wegnehmen könnte.

Er hatte von dem Low-Carb-Wahn in Amerika gelesen, der lokale Bäckereien ruiniert hatte, und schauderte bei dem Gedanken. Und die nicht Diätverrückten konnten fertigen Blätterteig im Supermarkt kaufen. Zweifellos war er von abscheulicher Qualität, aber Nugent vermutete, dass Selbermacher bereit waren, Opfer für das Gefühl der Unabhängigkeit zu bringen. Narren und Idioten, dachte er düster und machte keinen besonders guten Job darin, sein Missfallen vor Molly zu verbergen.

„Gelegentlich habe ich schon Kunden aus meinem Laden verbannt", sagte er mit leiser Stimme.

Molly trat noch einen Schritt zurück. „Was? *Drohen* Sie mir etwa, Monsieur Nugent?" Molly musste ein Kichern unterdrücken. Es war nicht so, dass sie Gebäck nicht ernst nahm - verdammt, es war ein Grundpfeiler ihres neuen Lebens - aber ernsthaft, er würde sie *verbannen*, weil sie ab und zu selbst etwas backen wollte?

Nugent legte seine Hände auf die Theke und griff fest zu. Er war seit drei Uhr morgens auf den Beinen und besonders gestresst, da das feuchte Wetter für gewisse Komplikationen mit dem Teig sorgte. Von all den Dingen, die er sich an diesem regnerischen Tag hätte vorstellen können, stand der Verlust einer seiner besten Kundinnen nicht auf der Liste.

„Ich habe eine bessere Idee", sagte er und zwang sich zu einem sanfteren Ton. „Es ist nicht das verlorene Geschäft, das mich beunruhigt, Madame Sutton. Es ist die Tatsache, dass Sie, eine reizende Frau, die meine Kunst wirklich zu schätzen weiß, sich mit den Resten und Fehlern begnügen müssten, die das unvermeidliche Ergebnis des Versuchs sind, etwas so Komplexes zu erlernen. Was ich vorschlage, ist Folgendes: Erlauben Sie mir, Ihnen Unterricht im Gebäckbacken zu geben. Auf diese Weise werden Sie zumindest mit der richtigen Basis anfangen."

Mollys Augen weiteten sich. Backunterricht von einem

Meister wäre zweifellos eine erstaunliche Erfahrung. Andererseits, stundenlang allein mit Monsieur Nugent in einer Küche - ohne eine Theke zwischen ihnen - nein. Sie stellte sich schnell vor, wie der Prozess zu einer Slapstick-Nummer werden würde, mit Monsieur Nugent, der sie um den Gebäcktisch jagte und mit seinen mehligen Händen nach ihr griff. Das würde nie funktionieren.

„Sie sind so freundlich, Monsieur Nugent, aber es war wirklich nur eine Laune des Augenblicks. Würden Sie mir sechs Mandel-Croissants und diese köstliche Aprikosentarte geben? Ich denke, ich werde einige meiner Gäste heute Abend mit einem Dessert auf der Terrasse überraschen, wenn das Wetter aufklart."

Monsieur Nugent sah niedergeschlagen aus. „Wie Sie wünschen", sagte er, wobei das Leuchten in seinem Gesicht erlosch. Er packte ihre Gebäckstücke in eine Tüte und die Tarte in eine Schachtel, nahm ihr Geld entgegen und sagte nichts weiter.

❧

AM ABEND HÖRTE der Regen endlich auf, und Molly lud ihre Gäste um zehn Uhr zum Dessert und Kaffee auf die Terrasse ein. Der Künstler, Roger Finsterman, schlenderte vom Taubenhaus herüber, sein Hemd mit Farbe befleckt.

„Diese Aprikosentarte sieht unglaublich aus", sagte er.

Molly lächelte und reichte ihm ein Messer, um ein Stück abzuschneiden. Sie wusste nicht so recht, was sie von Finsterman halten sollte – er sprach zwar höflich genug, schien aber immer an etwas anderes zu denken, kaum anwesend. „Ich hoffe, Sie genießen Castillac? Ich liebe diese Jahreszeit. Vor allem – dass es so spät am Abend noch hell ist, ist so wunderbar!"

Finsterman aß einen Bissen von der Aprikosentarte und blickte auf die Wiese hinaus, ohne zu antworten.

Erleichtert hörte Molly die gesprächigen Amerikaner, Olive

und Josh Mackley, um die Hausecke kommen. „Hallo!", rief sie. „Wohin hat euch eure Reise heute geführt?"

„Wir sind gerade zurückgekommen", sagte Olive begeistert. „Wir waren heute in Brantôme. Die Reiseführer nennen es das Venedig des Périgord, was absolut lächerlich ist, da es praktisch nichts mit Venedig zu tun hat. Aber – es ist eine charmante Stadt und wir sind froh, dass wir dort waren."

„Danke, dass du uns eingeladen hast", sagte ihr Mann, während er Stücke von der Tarte abschnitt und dann Kaffeetassen füllte. „Sag mir bitte, dass das entkoffeinierter Kaffee ist? Wenn ich um diese Uhrzeit normalen Kaffee trinke, bin ich die ganze Nacht wach."

„Oh, Josh", sagte seine Frau und verdrehte die Augen. „Du bist so anspruchsvoll."

Josh verdrehte die Augen in Mollys Richtung und zwinkerte ihr zu.

Bobo bellte und lief um das Haus herum. Molly glaubte, ein Auto in der Auffahrt gehört zu haben, und vermutete, dass es Ben war. Sie hoffte, er würde auf die Terrasse kommen, wusste aber, dass er etwas introvertiert war und wenig Interesse daran hatte, ihre Gäste zu unterhalten. Sie nahm es ihm nicht übel.

„Bonsoir Molly!", sagte Pierre Gault mit seiner tiefen Stimme und erschien im Dämmerlicht. Er ging langsam und bedächtig auf sie zu, wie er es immer tat. Pierre schien es nie eilig zu haben. „Entschuldigt die Störung. Ich komme gerade von den Lafonts. Es ist spät, aber ich dachte, ich schaue mir die Scheune an, von der du mir erzählt hast."

„Würdet ihr mich entschuldigen?", sagte Molly zu ihren Gästen. „Pierre ist der beste Maurer im Périgord, und er ist so gefragt, dass es sehr schwer sein kann, ein paar Minuten mit ihm zu bekommen."

Finsterman kaute nachdenklich und blickte immer noch auf die Wiese hinaus, ohne etwas zu sagen. Olive und Josh versicherten ihr, dass es überhaupt kein Problem sei, solange es ihr nichts ausmache, zu riskieren, dass sie zu einem leeren Tarte-Teller zurückkäme.

„Möchtest du etwas?", fragte Molly Pierre, aber er schüttelte den Kopf, und sie machten sich auf den Weg zur baufälligen Scheune.

„Die Arbeit, die du im Taubenhaus gemacht hast, war ein voller Erfolg", sagte Molly, die Pierre etwas schwierig zu unterhalten fand. „Fast jeder hat die Fenster kommentiert, die du aus den Nistkästen gemacht hast. Ich bin mir nicht sicher, ob du aus dieser Scheune auf magische Weise etwas machen kannst – sie ist so eine Ruine, dass ich nicht einmal wusste, dass sie hier war, bis Bobo mich in diese Richtung geführt hat. Ziemlich sicher wusste der Makler auch nichts davon, da sie nie erwähnt wurde, als ich La Baraque kaufte. Du wirst sehen – sie sieht mehr wie ein kleiner Hügel aus Unterholz aus als alles andere."

„Die Landschaft ist übersät mit verfallenen Steingebäuden", sagte er. „Einige sind es wert, repariert zu werden, andere nicht. Hast du darüber nachgedacht, neue Gebäude für Gäste zu bauen?"

„Ja, ich habe darüber nachgedacht. Aber die Leute scheinen die alten Gebäude wirklich zu lieben – was ich verstehe, ich liebe sie auch. Wenn ich etwas Neues bauen würde, müsste es irgendwie herausstechen – ich meine, in einer anderen Richtung gewinnen, was ich durch den fehlenden Charakter des Alten verlieren würde, verstehst du, was ich meine?"

Pierre nickte. „Ich verstehe. Ein Gimmick, mit anderen Worten."

„Ja! Wie ... Ferienhäuser off-grid, oder mit Fresken, oder ... oder so etwas." Sie hielt inne und pfiff nach Bobo. „Es ist gleich da drüben", sagte sie und zeigte auf einen dunklen Fleck im schwindenden Licht. „Ich hoffe, es ist nicht zu dunkel, um sich eine Vorstellung zu machen."

Pierre watete ins Unterholz, riss dann einige Ranken von etwas, das eine Mauer sein konnte. Er ging weiter, murmelte etwas, das sie nicht verstehen konnte, und verschwand im Blattwerk.

„Es ist wirklich ein Wrack!", rief sie ihm nach.

Molly stand in der Dämmerung, atmete die süße Sommerluft ein und lauschte Pierre, der durch das Gebüsch brach, und den singenden Nachtvögeln. Bald war er zurück. „Tut mir leid, das sagen zu müssen – das wäre ein ziemliches Projekt, Molly. Du hast nur drei Wände und kein Dach, und eine dieser Wände ist nur etwa einen Meter zwanzig hoch. Um eine wirklich klare Vorstellung davon zu bekommen, was nötig wäre, müsste ich bei besserem Licht wiederkommen und genug von den Ranken entfernen, um das Ganze zu sehen."

„Oh."

„Aber die gute Nachricht ist, dass der Teil der Mauer, den ich gesehen habe, in ordentlichem Zustand ist. Sie wurde richtig gebaut, und der Stein hat sich gut gehalten, wie üblich. Außerdem ist es eine große Struktur, also hast du dir schon Gedanken gemacht, wie du den ganzen Platz nutzen möchtest? Willst du ihn einfach in Räume aufteilen, mit einer Standardküche und einem Bad? Möglicherweise zwei separate Ferienwohnungen im selben Gebäude? Oder hast du eine andere Idee?"

„Du meinst also, du könntest es wieder aufbauen?"

„Ich kann alles wieder aufbauen, Molly. Die einzige Frage ist, ob es dir wert ist, dafür zu bezahlen."

„Wann könntest du anfangen?"

Pierre stieß eine Art Lachen aus, und sie wandten sich wieder dem Haus zu. „Ich werde bei den Lafonts frühestens in sechs Wochen fertig sein. Ich baue eine kreisförmige Treppe aus Stein, es ist etwas problematisch, und der erste Versuch hat nicht funktioniert."

„Ich werde am Design arbeiten, und dann sprechen wir in ein paar Wochen wieder darüber, vielleicht könntest du mir einen Kostenvoranschlag geben?"

Pierre nickte.

„Es war schön, neulich deine Frau kennenzulernen", sagte sie, während Bobo in der Nähe schnüffelte.

Pierre gab eine Art Grunzen von sich. „Man sieht sich in ein paar Wochen", sagte er und ging in seiner langsamen, bedächtigen Art um das Haus herum zu seinem Lastwagen zurück.

„Pierre" bedeutet auf Französisch Stein, dachte Molly, während sie ihm nachsah. Ich kann nicht glauben, dass ich nie darauf gekommen bin, dass er den perfekten Namen für einen Maurer hat.

Die Gäste waren in ihre Unterkünfte verschwunden und Molly fand eine leere Terrasse vor, abgesehen von der orangefarbenen Katze, die die Krümel der Aprikosentarte aufleckte.

Es war nach elf. Sie fragte sich, warum Ben nie aufgetaucht war. Sie hatten zwar nichts ausgemacht, aber er kam an den meisten Abenden vorbei, und das gefiel ihr. *Er* gefiel ihr. Und dieses Leben in Castillac – es stellte sich als besser heraus, als sie es sich je hatte vorstellen können.

❧ 4 ❧

I ris Gault beendete das Schneiden der Kartoffeln und schob
sie in einen riesigen Topf mit kochendem Wasser. Es war der
letzte Schultag, und obwohl sie sich freute, für ein paar Monate
frei zu haben, vermisste sie die Kinder immer schrecklich. Sie sah
auf ihre Uhr, stets darauf bedacht, das Kochen so zu timen, dass
alles Essen gleichzeitig fertig war, und ging dann ins Bad, um sich
mit einem Papiertuch den Dampf vom Gesicht zu wischen.

Der Spiegel über dem Waschbecken war alt und nicht ganz
sauber. Iris betrachtete sich selbst. Sie war vierundvierzig und
unglücklich. Sie verstand, dass dies bei Menschen in ihrem Alter
häufig vorkam - die plötzliche Erkenntnis, wie ein Schlag an den
Kopf, dass das Ende des Lebens immer näher rückte... und da war
sie, verschwendete Zeit und wartete immer noch darauf, dass der
gute Teil begann.

Ihre Ehe war kein Trost.

Sie hatte immer noch ihr Aussehen, das konnte sie sich selbst
eingestehen, obwohl sie vermutete, dass dessen Tage deutlich
gezählt waren. Eine Zeit lang, als sie jung gewesen war, hatte sie
geglaubt, dass ihre Schönheit irgendwie von Bedeutung war – dass
es eine Art Glück war, das bedeutete, dass sie ein außergewöhnli-

ches Leben haben würde. Es gab niemanden, mit dem sie über diese Gefühle hatte sprechen können, da verständlicherweise selbst ihre besten Freunde nichts davon hören wollten. Aber – für eine kurze Weile – hatte die Welt so einladend gewirkt, so froh, sie in sich zu haben! Wo war dieses Gefühl hin?

Iris fuhr mit einem Finger ihre Nase entlang und betrachtete sich im fleckigen Spiegel. Sie wischte unter beiden Augen, um ein paar verirrte Eyeliner-Flocken zu entfernen.

Was nun, fragte sie sich. Was werde ich jetzt tun?

„Iris!", ihre Kollegin Ada hämmerte an die Badezimmertür. „Ich will dich nicht stören, aber das Püree? Es ist zu dick geworden und klebt am Boden der Töpfe."

„Nimm es von der Hitze", sagte Iris durch die Tür. Und dann nahm sie einen tiefen Atemzug, hielt ihn an, bis es unangenehm wurde, und kniff die Augen zusammen. Sie drehte das kalte Wasser voll auf, steckte ihr Gesicht unter den Wasserhahn und erschauderte vor Kälte.

Ohne einen weiteren Blick in den Spiegel verließ sie das Bad und begutachtete die Situation in der Küche, um zu sehen, ob sie mit dem Mittagessen im Zeitplan lagen. Ein großer Mann in blauem Overall kam durch die Hintertür herein, seine Hände und sein Gesicht glänzten vor Klempnerfett. „Madame Gault", sagte er, „ich weiß nicht, was Sie oder Ada in diesen Abfluss werfen, aber ich kann das Ding nicht freihalten, wenn Sie so weitermachen."

Iris seufzte. Sie vermutete, dass Hector selbst etwas in den Abfluss warf, nur um einen Vorwand zu haben, in die Küche zu kommen und sie zu belästigen.

„Ich werde mit Ada sprechen und mein Bestes geben", sagte sie. „Was war es diesmal?"

„Ein zusammengeknüllter Lappen, das war's!", sagte Hector. Er dehnte seine Schultern und sah Iris intensiv in die Augen. „Was macht ein hübsches Mädchen wie du überhaupt in der Küche? Kümmert sich dein Mann nicht um dich?"

„Ach, Hector", lachte Iris. „Das geht dich alles nichts an. Ich bin sehr glücklich in meinem Job. Danke, dass du den Abfluss repariert hast, und jetzt muss ich das Mittagessen servieren, die Kinder werden jeden Moment hier sein."

Sie wies Ada und die anderen an, bis die Tische gedeckt waren und alles Essen - Baguettes mit Butter, Zucchini- und Kartoffelpüree, Schweinefleisch, Salat - bereit war. Sie konnten das Lachen und Rufen der ersten Gruppe von Schülern auf dem Weg zur Kantine hören, und Iris warf einen Blick auf die Tische, um sicherzugehen, dass sie richtig gedeckt waren: Gläser, Besteck, Servietten. Das Mittagessen war eine ernste Angelegenheit und wurde als Teil der Erziehung eines Kindes betrachtet; sie übten nicht nur den Umgang mit Messer und Gabel, sondern auch Konversation, angeleitet von ihren Lehrern und gelegentlich ihrem Schulleiter.

„Bonjour, Iris", sagte Caroline lächelnd, während sie die Tür für die Kinder aufhielt. „Ich habe heute Madame Poiriers Klasse mitgebracht - sie ist gerade mit Kopfschmerzen nach Hause gegangen."

„Das ist schade, und keine gute Art, die Ferien zu beginnen", sagte Iris fröhlich. „Samuel, ich habe heute deinen Lieblingskäse!" Sie streckte die Hand aus und berührte die Schulter des Jungen, als er grinsend vorbeiging. „Eveline! *Mousse au chocolat* zum Nachtisch!"

Eveline kreischte, und die beiden Mädchen, deren Hände sie hielt, kreischten als Antwort, und sie tanzten im Kreis und sangen ein Lied, dessen einziger Text *„Mousse au chocolat"* lautete.

„Hast du irgendwelche Sommerpläne?", fragte Caroline, als all ihre Schützlinge an ihren Tischen saßen.

Iris zuckte mit den Schultern. „Wer weiß?" Sie beobachtete die Kinder, die sich auf ihre Plätze stürzten, und spürte einen Stich, weil sie sie schon im Voraus vermisste. „Ich habe das Gefühl, ich brauche eine große Veränderung, Caro. Vielleicht gehe ich nach Mosambik!"

Caroline sah überrascht aus angesichts Iris' plötzlicher Vehemenz. Die anderen Klassen wurden von ihren Lehrern hereingeführt, die Kinder lauter als sonst vor Aufregung über ihr letztes Mittagessen des Schuljahres. Tristan Séverin kam gerade herein, als sie zu essen begannen, seine Hose ein wenig zu kurz für seine langen Beine und ein Streifen schwarzen Markers auf seiner Wange.

„Kinder!", rief er, und wie durch ein Wunder wurden sie ruhig, um zuzuhören. „Ich möchte, dass ihr zuerst Madame Gault dafür dankt, dass sie euch das ganze Jahr über so gut versorgt hat—"

„MERCI MADAME GAULT!", schrie der ganze Raum voller Freude. Iris lächelte und nickte, während sie ihren Zopf zwischen den Fingern drehte.

„—und dann möchte ich, dass ihr Mademoiselle Dubois für all ihre Arbeit im Büro und dafür dankt, dass sie sichergestellt hat, dass die Busse dorthin fuhren, wo sie sollten—"

„MERCI MADEMOISELLE DUBOIS!"

Caroline verbeugte sich und winkte.

„—und dann... nun, was ist mit mir?", sagte Schulleiter Séverin, und die Kinder lachten, bevor sie auch ihm ihren Dank entgegenschrien.

Nachdem die Mahlzeit vorbei war und alle außer dem Personal der Kantine gegangen waren, war Iris versucht, noch einmal ins Bad zu gehen, nur um einen Moment für sich zu haben. Sobald die Küche gereinigt und aufgeräumt war, würden ihre Ferien beginnen. Sie hatte keinen Plan, keine konkreten Ideen, nichts als einen fast fieberhaften Wunsch, ihr Leben irgendwie zu ändern – irgendwohin zu gehen, von vorn anzufangen, alles durcheinanderzubringen und neu zu beginnen.

NACH EINEM WEITEREN Tag des Tapetenabkratzens und der Gartenarbeit wollte Molly ins Chez Papa gehen und Freunde treffen. Ben war in ein Buch über die Napoleonischen Kriege vertieft, also fuhr Molly allein mit ihrem Roller ins Dorf.

„Madame Sutton ist im Haus!“, rief Lawrence Weebly, als er sah, wie sie anhielt, um mit jemandem in der Tür zu plaudern. Molly grinste und winkte, kam dann herüber, um Wangenküsschen auszutauschen.

„Was gibt's Neues?“, fragte sie, immer bereit für ein saftiges Stückchen Klatsch und in dem Wissen, dass Weebly nicht nur eine gute Quelle war, sondern die beste.

„Ich hab nichts“, sagte er und hob die Hände. „Ich habe das Dorf noch nie so ruhig und brav erlebt. Soweit ich das beurteilen kann, ist Castillac im Moment das Epizentrum der Zufriedenheit und des ehrlichen Lebens.“

„Im Moment“, sagte Molly.

„Wir sollten froh sein.“

„Sind wir aber nicht“, flüsterte sie, und beide lachten. „Hey Nico!“

„Kir kommt sofort“, sagte er und löste sich von einem Gespräch am anderen Ende der Bar.

„Kommt Frances heute Abend?“

„Ich denke schon“, antwortete Nico finster. „Sie ist schwer festzunageln.“

Molly lachte. „Jap! Das ist unsere Frances. Nimm's nicht persönlich, Nico.“

Er zuckte mit den Schultern.

„Ärger im Paradies?“, fragte Lawrence.

„Ach, wo Frances auftaucht, gibt's Ärger. Du weißt, ich liebe sie wie eine Schwester, aber ich würde mich eher umbringen, als mich romantisch mit ihr einzulassen. Sie ist... unzuverlässig.“

„Ah“, sagte Lawrence. „Ich bin nicht überrascht, das zu hören. Aber trotzdem, zweifellos ist es genau diese Unzuverlässigkeit, die unseren Nico anzieht? Frances ist unberechenbar und ein bisschen geheimnisvoll. Er kann nicht selbstgefällig werden. Das ist verlockend, hab ich Recht? Nicht, dass ich

Erfahrung in diesen Dingen hätte", fügte er hinzu und schaute weg.

Molly zuckte mit den Schultern. „Ich schätze schon. Wenn du gemütliche Fernsehabende zu zweit willst, ist Frances auf jeden Fall nicht dein Mädchen. Letzte Woche ist sie durch die ganze Dordogne gefahren auf der Suche nach Vintage-Kleidung, weil sie sich in den Kopf gesetzt hatte, sich als Erbin aus der Belle Époque zu verkleiden."

„Hat sie gefunden, wonach sie gesucht hat?"

„Man kann sagen, dass Frances fast nie findet, wonach sie sucht", lachte Molly. „Was wahrscheinlich der Punkt ist. Jedenfalls hat sie einen mottenzerfressenen Rock mit Tournüre ausgegraben, aber das war's. Ich glaube, das Fieber ist jetzt vorbei, also wird sie nicht nach Bordeaux oder Paris fahren, um das Outfit zu vervollständigen."

„Sie ist tatsächlich eine Erbin, hab ich das richtig verstanden?", fragte Lawrence *sotto voce*, nach einem langen Schluck seines Negronis.

„Ja. Na ja, vielleicht. Ihre Familie hat auf jeden Fall Unmengen an Geld. Irgendwas Industrielles, glaube ich, was der Urgroßvater gemacht hat. Aber sie versuchen, dieses Geld gegen Frances als Druckmittel einzusetzen, möglicherweise streichen sie sie sogar ganz aus dem Testament raus – nicht, dass es für sie einen Unterschied macht. Sie hat sich vor langer Zeit auf ihre eigenen Beine gestellt und ihr eigenes Geld verdient, also beeinflussen die Familienspielchen sie nicht besonders."

„Gut für sie", sagte Lawrence und hob sein Glas. „Auf die Unabhängigkeit!"

Molly hob ihres, ebenso wie andere an der Bar, die „Unabhängigkeit" ziemlich gut aussprachen für Leute, die kaum Englisch sprachen.

„Na, bonsoir, Pierre, wir haben so selten das Vergnügen!", sagte Lawrence, über Mollys Schulter hinweg zum Maurer, als er die Bar betrat. „Und der zweite Auftritt in einer Woche!"

„Bonsoir Lawrence, Molly", sagte Pierre Gault. „Whiskey", sagte er zu Nico. Und dann stand er still da und betrachtete sich im Spiegel hinter der Bar, während er mit einiger Heftigkeit auf seiner Unterlippe herumkaute.

„Bist du gerade bei den Lafonts fertig geworden?", fragte Molly. „Wie läuft's mit der Wendeltreppe?"

Einen Moment lang waren Molly und Lawrence nicht sicher, ob Pierre sie gehört hatte. Dann drehte er sich zu ihr um, es verging eine weitere lange Pause, und er schaffte es zu sagen: „Ja, gerade weg. Es ist ein großer Auftrag. Ich weiß nicht, wann ich Zeit haben werde, mit deiner Scheune anzufangen."

Molly war ein wenig überrascht, da er eine Frage zu beantworten schien, die sie gar nicht gestellt hatte. „Kein Stress", sagte sie schließlich. „Ich sollte es wahrscheinlich sowieso nicht machen, nicht dieses Jahr. Es ist manchmal schwer zu wissen, wie schnell man seine Gewinne wieder ins Geschäft stecken sollte", sagte sie und schaute von Pierre zu Lawrence.

„Der übliche Rat ist, zuerst ein anständiges Polster anzulegen, besonders da dein Einkommen eher unberechenbar ist", sagte Lawrence. „Du willst nicht ein paar schlechte Monate haben und dann kein Geld für die Betriebskosten. Oder nichts zu essen."

Molly seufzte. „Na ja, klar. Ein Polster. Das wäre der sichere Weg, oder? Und ich habe auch ein Polster angelegt, es ist nur... klein. Pierre, ich muss natürlich erst deinen Kostenvoranschlag sehen, aber wenn er nicht viel höher ist als erwartet, möchte ich, dass du damit anfängst. Sobald ich eine Kapazität von über zehn Gästen auf einmal habe, denke ich, wird meine Situation viel sicherer sein. Ich bin bereit, einige Risiken einzugehen, um das zu erreichen."

Lawrence zuckte mit den Schultern. Er wusste, dass Molly sowieso tun würde, was sie wollte, egal welchen Rat man ihr gab – und es war etwas, das er an ihr mochte. Unentschlossen war sie nicht.

Pierre stand wie eine Statue zwischen ihnen und betrachtete

sich immer noch im Spiegel, was Molly ein bisschen seltsam fand, da er ihr noch nie als der narzisstische Typ aufgefallen war. Sie überlegte, ob sie fragen sollte, ob etwas nicht stimmte, entschied aber, dass es selbst für sie eine zu neugierige Frage wäre, da er ein sehr zurückgezogener Mensch war.

Später wünschte sie inbrünstig, sie *hätte* gefragt, aber natürlich war es da schon zu spät.

Die Kinder der Dorfschule waren selig *en vacances*. Obwohl Caroline ihre Lebhaftigkeit und fröhlichen Geräusche vermisste, freute sie sich darauf, in Tristan Séverins Büro endlich richtig Ordnung zu schaffen, jetzt wo der Druck des Schuljahres vorbei war. Sie trug ihr übliches, strahlend weißes Hemd und einen maßgeschneiderten Rock, dazu niedrige Absätze – ein schmeichelhaftes, professionelles Outfit. Sie benutzte kaum Make-up, aber kaum jemand hätte gesagt, dass damit etwas fehlte, da ihre Gesichtszüge markant und ihr Teint lebendig waren.

Sie sah Tristans Auto nicht auf dem kleinen Parkplatz der Schule. Sie neckte ihn oft damit, faul zu sein, weil er mit dem Auto fuhr, obwohl er und seine Frau im Dorf wohnten und er sicherlich hätte laufen können. Aber Tristan bestand darauf, dass sein Auto sein Zufluchtsort sei, der einzige Ort, an dem er sitzen und einen Moment für sich haben konnte, und ließ sich nicht davon abbringen, es fast jeden Tag zu benutzen.

Caroline öffnete die Tür zur Schule und ließ sich ein, wobei sie die Tür hinter sich unverschlossen ließ. Das Schulgebäude war relativ neu und modern, mit großen Fenstern in den Fluren und Räumen, die viel Licht hereinließen. Eine der Sachen, die sie an ihrem Job mochte, war, dass die Schule im Zentrum von Castillac lag, sodass alles bequem zu erreichen war und es einfach war, sich mit einer Freundin zum Mittagessen zu treffen, wenn sie mal einen Tag nicht in der Kantine Dienst hatte.

Für jemanden, der gerne aufräumte, war es die reinste Wonne, einen ganzen Tag zu haben, ohne sich um etwas anderes kümmern zu müssen. Sie setzte sich an ihren Schreibtisch, um E-Mails zu bearbeiten, die ihre Aufmerksamkeit erforderten, und erledigte diese zügig. Dann nahm sie den ersten Stapel Akten und Papiere von Tristans Schreibtisch und setzte sich, um sich damit zu befassen. Sie trank weder Kaffee noch Tee, weil sie Arbeit nicht mit Essen oder Trinken vermischen mochte.

Eine Stunde, dann zwei, vergingen. Caroline arbeitete sich durch diesen Stapel und dann durch einen weiteren. Wie befriedigend es war, die Oberfläche von Tristans Schreibtisch zum Vorschein kommen zu sehen! Sie hoffte, er würde erfreut und überrascht sein, wenn er sah, wie viel sie geschafft hatte.

Vertieft in ein dickes Dokument über eine vorgeschlagene Lehrplanänderung für die Zweitklässler, erschrak Caroline leicht, als sie Schritte im Flur hörte. Sie blickte aus dem großen Fenster und sah den Lieferwagen des Blumenladens auf dem kleinen Schulparkplatz stehen.

„*Coucou!*" rief der Lieferbote von Madame Langevins Blumenladen.

„Bonjour", sagte Caroline und sprang von ihrem Schreibtisch auf, als er in der Tür erschien und einen großen Blumenstrauß hielt.

„Hier, bitte schön!" sagte er. „Aus irgendeinem Grund ein großer Tag für Blumen. Mehr Lieferungen, ich muss los!"

„In Ordnung, vielen Dank", sagte Caroline, ohne sich Hoffnungen zu machen, dass sie für sie wären, da es niemanden in ihrem Leben gab, der ihr einen so prächtigen Strauß − oder überhaupt einen Strauß − schicken würde.

Das Arrangement bestand hauptsächlich aus Rosen, rosa und

einigen hellroten, mit kunstvoll platzierten blauen Iris dazwischen. Die runden Rosenblüten bildeten einen angenehmen Kontrast zu den spitzen Iris, die Farben harmonierten perfekt... alles in allem die Arbeit von jemandem, der sich mit Blumen auskannte und wusste, was man damit machen konnte.

Caroline beugte ihre Nase zu einer Rose und atmete ein, wohl wissend, dass Rosen vom Floristen fast immer ohne Duft waren, da die Haltbarkeit die wichtigere Eigenschaft war. Aber diese Rose, ein kohlartiges Rosa, hatte ein zartes Parfüm, das Caroline wehmütig lächeln ließ.

Der kleine Umschlag, der an einem Plastikstiel befestigt war, trug einfach die Aufschrift „Tristan".

Sie stand da und dachte über seinen Kalender nach. Sie fragte sich, ob sie seinen Geburtstag oder ein Ereignis vergessen hatte, an das sie sich hätte erinnern sollen. Warum um alles in der Welt hatte jemand ihrem Chef einen solchen Strauß geschickt? Caroline überlegte einen Moment und setzte sich dann wieder an ihren Schreibtisch und öffnete erneut das Dokument über die Lehrplanänderung.

Plötzlich, schnell, bevor sie es sich anders überlegen konnte, stand sie auf und näherte sich dem Strauß. Sie zögerte einen Moment. Dann zupfte sie den kleinen Umschlag zwischen den Blättern hervor und öffnete ihn. Sie las ihn. Ihr Gesicht errötete sofort und ein Gefühl wässriger Schwäche durchlief ihren Körper.

Wie konnte er mir das antun! dachte sie, die Worte wie ein Schrei in ihrem Kopf. Caroline las die Notiz noch einmal, ihre Hände zitterten vor Wut. Sie ließ eine Reihe der unflätigsten Schimpfwörter los, die ihr einfielen, obwohl sie normalerweise nie solche Sprache benutzte. Dann, nachdem sie tief durchgeatmet hatte, um sich ein wenig zu beruhigen, schob sie die Karte vorsichtig zurück in den kleinen Umschlag und befestigte ihn wieder am Stiel zwischen den glänzenden grünen Blättern.

Caroline wusste nicht, was sie als Nächstes tun sollte. Sie sah sich etwas wild im Büro um, als ob sie hoffte, dass irgendetwas, das sie sah, ihr eine Richtung weisen würde. Sie bemerkte die freie Stelle auf Tristans Schreibtisch, aber sie bereitete ihr keine Freude, nicht jetzt mehr.

Schließlich nahm sie ihre Handtasche und ging, schloss die Tür der Schule hinter sich ab und floh nach Hause. Es waren zehn Blocks bis dorthin, aber ihre Absätze waren bequem. Sie betete, niemandem zu begegnen, den sie kannte, weil sie sich außerstande fühlte, ihre Gefühle zu beherrschen.

Wie konnte er nur?

Caroline mietete eine kleine Wohnung in einem alten Gebäude in der Rue Tartine. Es passte gut zu ihr, da sie leicht zur Arbeit laufen konnte, und die anderen Wohnungen im Haus waren an Frauen ungefähr in ihrem Alter vermietet. Sie hatte früher regelmäßig etwas mit Adèle Faure getrunken, bevor diese vor ein paar Monaten ausgezogen war, und obwohl sie die anderen weniger gut kannte, waren sie doch in gewisser Weise Freundinnen. Sie teilten sich die Arbeit in einem einfachen Garten im Hinterhof, teilten die Stromrechnungen, ohne zu streiten, und kamen ohne Zwischenfälle miteinander aus.

Sie ging schnell, fast rennend, wobei die intensive Mischung von Gefühlen, die sie im Griff hatte, nicht nachließ, als sie sich ihrem Zuhause näherte. Caroline riss die Tür auf und rannte die knarrende alte Treppe zu ihren Zimmern hinauf. Ohne Zögern ging sie zum Küchenschrank, nahm einen Teller heraus und schleuderte ihn zu Boden.

Sie nahm einen weiteren und warf ihn gegen die Wand. Porzellan zersplitterte und sandte Scherben in einem weiten Bogen. Caroline machte weiter, nahm Teller um Teller und warf sie mit aller Kraft, die sie aufbringen konnte, in alle Richtungen außer zu den Fenstern.

Als sie keine Teller mehr hatte, sank sie zu Boden, legte den Kopf in die Hände und schluchzte.

EDMOND NUGENT mochte Ordnung in seinem Leben. Sein Arbeitsplan wurde von den Anforderungen des Teigs und den Backzeiten bestimmt, und er folgte seit Jahren derselben Routine – machte jeden Tag, jede Woche die gleichen Dinge zur gleichen Zeit. Das passte zu ihm. Er schätzte es, dass auch seine Kunden ihre Gewohnheiten hatten: Die meisten seiner Stammkunden kamen tendenziell zur gleichen Tageszeit in die Pâtisserie Bujold, kauften die gleichen Gebäcke und tauschten sogar den gleichen Smalltalk aus.

So war Nugent an diesem Donnerstag ein wenig beunruhigt, als Caroline Dubois früh am Morgen im Laden erschien, obwohl sie normalerweise nachmittags kam, nachdem die Schule aus war. Glücklicherweise fragte sie nach der gleichen Erdbeertarte, die sie immer bekam, so war nicht alles durcheinander. Aber dennoch konnte er sehen, dass etwas ganz und gar nicht stimmte.

„Mademoiselle“, sagte er sanft, „ich möchte Ihnen nicht zu nahe treten, aber Sie scheinen... Sie scheinen beunruhigt zu sein. Kann ich irgendetwas für Sie tun?“

Ein für sie untypischer Ausdruck der Verachtung loderte auf Carolines hübschem Gesicht auf. „Nein, Monsieur Nugent. Ich glaube nicht, dass irgendjemand überhaupt etwas tun kann.“ Sie kramte in ihrer Handtasche nach dem passenden Kleingeld, und dann kam ihr eine böse Idee, die sie, ebenfalls untypisch für sie, ohne zu zögern umsetzte.

„Ich glaube, Sie sind mit Iris Gault befreundet?“, sagte sie in einem beiläufigen Ton, der Nugent jedoch nicht täuschte.

„Ja, Mademoiselle“, sagte Nugent. „Wir kennen uns seit vielen Jahren.“ Er konnte nicht verhindern, dass sich sein Mund bei dem Gedanken an Iris zu einem Lächeln verzog.

„Es ist wirklich schade, nicht wahr?“

„Was ist schade?“, fragte Nugent und spürte, wie sich ein warnendes Kribbeln in seinem Nacken ausbreiteten.

„Schade wegen der Affäre, die sie mit Monsieur Séverin hat.“

„Mon-“, keuchte Nugent. Er drehte sich weg und richtete

einen Stapel Servietten auf der Theke hinter ihm. Seine Kehle fühlte sich an, als würde sie sich zuziehen. „Ich glaube nicht, dass-"

„Oh, ich habe Beweise", sagte Caroline. „Ich gebe zu, ich war genauso überrascht wie Sie. Zugegeben, jeder weiß, dass Madame Séverin ihre Probleme hat..."

„Depression ist eine Art Monster", sagte Nugent mit schwacher Stimme. Sie standen da und sahen sich an, waren aber in ihrem eigenen Elend verloren. „Nun, es geht mich sowieso nichts an."

„Mich auch nicht", sagte Caroline, nahm die Tüte mit ihrer Erdbeertorte und knallte die Tür hinter sich zu.

Nugent legte seine Handflächen auf die Theke und stützte sich darauf. Iris, mit *Tristan?* Er konnte es nicht glauben. Tristan war ihm immer als ein angenehmer Kerl erschienen. Kaffee-Éclair, mochte Himbeeren, wenn sie frisch waren. Aber ein bisschen albern. Und verheiratet mit der armen Lucie, die seit Jahren so schrecklich unter Depressionen litt. Er konnte sich nicht erinnern, wann er sie zuletzt gesehen hatte, jetzt, wo er darüber nachdachte.

Iris mit Tristan? Nugent konnte es einfach nicht glauben. Er hat nicht genug Leidenschaft, dachte der Konditor und richtete sich auf. Tristan ist einer Göttin wie Iris Gault nicht würdig!

Und dieser Pierre auch nicht, fügte er düster hinzu. Oh Iris, du außergewöhnliches, prächtiges Geschöpf! Warum nicht ich? Warum nicht *ich?*

DA NUGENT EINEN strengen Zeitplan für seinen gesamten Tag hatte, war die Schlafenszeit nicht anders. Spätestens um acht Uhr, und vorzugsweise um sieben. Aber hier war es, kurz vor neun - neun! - und anstatt mit einer Tasse Kamillentee ins Bett zu gehen, lief Nugent von seinem Schlafzimmer in die Küche und murmelte vor sich hin.

Tristan Séverin war ein kindischer Kerl, ein *Leichtgewicht*. Er verdiente es in keiner Weise, Iris Gault in seinem Bett zu haben. Sicher, er hatte seinen Charme, gestand Nugent widerwillig ein. Die Eltern der Schulkinder schienen ihn zu mögen. Aber genau das war es - er war jungenhaft. Genau passend für einen Job in einer Schule. Aber eine Frau wie Iris... verdiente einen Mann.

Nugent hatte sich stundenlang im Kreis gedreht. Während er noch im Laden war, hatte er sich einigermaßen mit all der Arbeit und dem Kundenkontakt ablenken können, die der Laden erforderte, aber jetzt, da er zu Hause war, kamen die Ströme der Eifersucht immer und immer wieder.

Warum hat sie sich nie für mich entschieden?

Sie waren zusammen zur Schule gegangen, als Kinder. Zusammen aufgewachsen. Nugent hatte beobachtet, wie sich das stille, hübsche Mädchen in eine Schönheit verwandelte, während er gleichzeitig zum Mann wurde. Aber sie hatte ihm nie auch nur einen Kuss erlaubt. Nicht ein einziges Mal.

Er zog sein Nachthemd an und legte sich ins Bett, und in dem Moment, als sein Kopf das Kissen berührte, wurde er von einer Art Wut erfüllt, die ihm bis zu diesem Moment unbekannt gewesen war. Er warf die Sommerdecke beiseite, sprang aus dem Bett und zog sich an.

Etwas musste getan werden. Er konnte diese Gefühle keine Sekunde länger ertragen. Es war an der Zeit, dass Edmond Nugent endlich handelte.

❧ 6 ❧

Iris kniete neben einem Blumenbeet, das von Miniatur-Buchsbaum umrandet war. Der Strauch wuchs sehr langsam, sodass er ihre Aufmerksamkeit nicht oft brauchte. An diesem Abend ließ sie ihre Hände über die Oberseite gleiten, wodurch sein unverwechselbarer Duft freigesetzt wurde. Dann beugte sie sich vor, um einige Unkräuter auszureißen, die versuchten, in die Santolina und den Lavendel vorzudringen, die sie in einem großen Sonnenblumenmuster gepflanzt hatte.

Es war Dämmerung. Pierre war noch bei der Arbeit, wie fast immer. Es war eine von Iris' Lieblingszeiten im Garten - das Licht war sanft und sie konnte Tiere hören, die im nahen Wald umherwuselten. Die Vögel sangen aus vollem Herzen und der Klang verstärkte ihr Gefühl der Melancholie, aber auf eine Art, die sich eher angenehm als unangenehm anfühlte. Sie arbeitete nicht mit besonderem Eifer, sondern setzte sich immer wieder hin, atmete den Duft ihres Gartens ein, den der Rosen und orientalischen Lilien, beobachtete die Vögel, die in den Bäumen umherflatterten, und die Wolken, die von der untergehenden Sonne beleuchtet wurden.

An diesem Abend, während sie Unkraut jätete und sich um die

Buchsbaum-Schwäne kümmerte, traf sie eine Entscheidung. Sie erkannte, ziemlich spät mit vierundvierzig Jahren, dass ihr Leben ihr entglitten war, dass sie andere Menschen wichtige Entscheidungen für sie hatte treffen lassen, dass sie zugelassen hatte, dass deren Wünsche ihre eigenen verdrängten. Es war kein Wunder, dass sie unglücklich war, wenn sie so wenig Verantwortung für sich selbst übernommen hatte. Sie sah endlich ein, dass sie erwartet hatte, dass das Glück zu ihr kommen würde, anstatt es selbst zu suchen.

Einen Mann zu heiraten, nur weil er sie so verzweifelt wollte - wie konnte sie je gedacht haben, dass das gutgehen würde?

An der Seite eines der Schwäne gab es einen knorrigen Stamm, der ständig Probleme bereitete. Aus irgendeinem Grund spross neues Wachstum in großer Fülle und in alle Richtungen daraus hervor, und wenn die glatten Linien des Schwanenflügels erhalten bleiben sollten, musste Iris die weichen neuen Triebe fast jede Woche beschneiden. Sie war in diese Aufgabe vertieft, als jemand langsam auf dem Kiesweg um die Seite des Hauses kam.

Sie hörte die Schritte und blickte auf. „Bonsoir", sagte sie mit einem müden Lächeln und ließ die Hand mit der Schere an ihrer Seite sinken.

$$\text{❧} \quad 7 \quad \text{❧}$$

Gilles Maron, der amtierende Polizeichef von Castillac, hatte bisher einen ganz passablen Sommer gehabt. Ein bisschen langweilig zwar, da sein Alltag hauptsächlich daraus bestand, betrunkene Autofahrer aufzugreifen und sich mit ein paar Einbrüchen in Ferienhäuser zu befassen, bei denen nicht viel gestohlen wurde. Aber Maron hatte während der letzten Mordermittlung festgestellt, dass er ein unsicherer Anführer war und dass ihn die Ernennung zum amtierenden Chef irgendwie in seinem früheren Urteilsvermögen verunsichert hatte. Er hoffte, dass er nur mehr Erfahrung brauchte, bevor sich die Führungsrolle für ihn angenehm anfühlen würde, und es machte ihm nichts aus, ein paar ruhige Monate im Dorf zu verbringen, während er fester Fuß fasste.

Jener Freitag im Juli war der erste Arbeitstag für Thérèse Perraults Ersatz. Ein Mann, wofür Maron dankbar war, da er sich in der Gesellschaft von Männern wohler fühlte. Aber bisher leider kein Mann, den er besonders mochte.

Agent Paul-Henri Monsour war jung und unerfahren. Er war in einem gehobenen Vorort von Paris aufgewachsen und ließ

Maron umgehend wissen, dass die Familie Monsour den Beruf des Gendarmen für gesellschaftlich unter ihrer Würde hielt.

„Ich gehe nach Hause", sagte Maron am frühen Abend nach einem ereignislosen Tag. „Wenn Ihre Schicht vorbei ist, schließen Sie die Wache ab, wie ich es Ihnen gezeigt habe. Es war in letzter Zeit ruhig, also bezweifle ich, dass Sie irgendwelche Probleme haben werden, aber falls doch etwas passiert, wissen Sie, wo Sie mich erreichen können." Maron streckte seine Schultern. Ihm fiel nichts mehr ein, was er sagen konnte, und er verließ die Wache.

Monsour lächelte breit und zahnreich, als er allein war. Er hatte seit seiner Kindheit davon geträumt, Gendarm zu werden, und hier war er nun, bei seinem ersten Einsatz, ganz allein und verantwortlich an seinem allerersten Arbeitstag. Er stand von seinem Schreibtisch auf und räumte auf, stellte die Stühle in einer ordentlichen Reihe an die Wand und fegte den großen Raum, in dem sein Schreibtisch stand und in den die Leute zuerst hereinkamen. Wie konnte Maron nur alles so schmutzig werden lassen? fragte er sich, während er ins Bad ging, um Papiertücher zu holen, damit er den Staub auf den Fensterbänken abwischen konnte.

Seine Papierarbeit war erledigt, und er war noch nicht lange genug hier, um irgendetwas auf seinem Schreibtisch zu haben, um das er sich kümmern musste. Die große Uhr an der Wand – hoffnungslos altmodisch, dachte Monsour – tickte vor sich hin und zählte die Minuten seiner Schicht.

Es gab nichts zu tun.

Anrufe konnten von der Wache auf sein Handy umgeleitet werden, also war es nicht unbedingt notwendig, drinnen zu bleiben – Maron hatte ihm gesagt, es sei in Ordnung, sogar hilfreich, während der Dienstzeit im Dorf herumzulaufen, aufmerksam für die Bedürfnisse der Dorfbewohner (und vielleicht auch ihrer Haustiere). Also machte sich Monsour, nachdem er sorgfältig die Wachentür hinter sich abgeschlossen hatte, in die warme Julinacht auf, um sich mit den engen Straßen vertraut zu machen und sich ein wenig zurechtzufinden. Mit etwas Glück würde er jemanden finden, der Hilfe brauchte, oder noch besser, jemanden, der zur Ordnung gerufen werden musste.

Er fand den Weg zum Platz leicht genug. Eine Statue eines Soldaten aus dem Ersten Weltkrieg stand in der Mitte, umgeben von Blumen. Eine Menge strömte aus dem Chez Papa, und er hörte das schrille Lachen einer Frau. Ein gut gekleidetes Paar betrat ein Restaurant weiter die Straße hinunter, eine Gruppe Teenager ging in die Presse, und ein molliger Chihuahua mit rotem Halsband überquerte die Straße, nachdem er in beide Richtungen geschaut hatte.

Hübsches Dorf, dachte er. In seinem Kopf war Castillac nur ein Sprungbrett für seine Karriere, eine kurzlebige Station auf dem Weg dorthin, wo die Action war. Er erwartete, bald in den Vororten von Paris zu arbeiten und Terrorzellen auszuheben – und je schneller er mit Castillac fertig war, desto besser. Monsour wollte Gefahr, Aufregung und die Möglichkeit eines schnellen Aufstiegs. Er wollte dorthin, wo er riskierte, jedes Mal, wenn er einen Schritt vor die Tür setzte, eine Kugel aus einer illegalen Waffe abzubekommen... und das alles hatte offensichtlich rein gar nichts mit diesem verschlafenen, heilen Dorf weit weg von jeder Stadt gemein.

Als sein Handy summte, drückte er es schnell ans Ohr.

„Maron?", fragte eine Männerstimme.

„Hier spricht Agent Monsour. Was ist das Problem?"

„Wo ist Maron?"

„Ich habe jetzt Dienst, Monsieur. Es ist mein erster Tag bei der Polizei von Castillac."

„Ich verstehe. Nun, meine Frau wurde verletzt. Ich habe den Krankenwagen gerufen, aber ich denke, Sie sollten auch kommen."

Monsours Herz begann zu rasen. „Wie lautet Ihre Adresse, Monsieur?"

„67 Route de Canard. Steinhaus, auf der Westseite der Straße. Ein dunkelblauer Ford in der Einfahrt.“

„Ich bin unterwegs. Ist Ihre Frau... geht es ihr gut, Monsieur?“

„Ich glaube nicht, nein“, sagte Pierre Gault, und die beiden Männer legten auf, ohne noch etwas zu sagen.

❦   8   ❦

Das Haus der Gaults an der Route de Canard lag direkt am
Dorfrand. Es stand etwas zurückgesetzt von der Straße
und war aus gelbem Kalkstein gebaut. Das Gebäude wurde von
einer hohen immergrünen Hecke verborgen. Die Hausnummer
war deutlich am Briefkasten angebracht, und Gendarm Paul-
Henri Monsour hatte keine Mühe, es zu finden. Er war zu Fuß
unterwegs, da Maron es versäumt hatte, ihm zu zeigen, wo die
Schlüssel für das Polizeifahrzeug oder den Roller aufbewahrt
wurden.

Monsour hatte keine Ahnung, was ihn erwartete. Er hatte sich
noch nie allein einer solchen Situation genähert und besaß so
wenig allgemeine Erfahrung, dass er glaubte, die Möglichkeiten
dessen, was er vorfinden könnte, seien nahezu endlos. Er wusste
nicht, in welchem Zustand sich die Frau befand, ob der Mann, der
angerufen hatte, ihr etwas angetan hatte, oder ob es einen Unfall
gegeben hatte. Der Krankenwagen stand nicht in der Einfahrt,
und als er die Auffahrt hinaufging, hörte er keine Geräusche außer
denen der Nachtvögel und eines einzelnen Autos, das auf der
Route de Canard aus der Stadt fuhr.

Mit einiger Beklommenheit klopfte Monsour an die schwere

alte Tür. Ihm wurde bewusst, dass er versäumt hatte, nach dem Namen des Anrufers zu fragen und keine Ahnung hatte, wessen Haus dies war.

„Excusez-moi! Il y a quelqu'un?", rief er und klopfte fester, als niemand erschien.

Er hörte langsame Schritte von drinnen. Dann jemanden, der an der Türklinke hantierte.

„Salut", sagte ein großer Mann, der schließlich die Tür öffnete. „Danke, dass Sie gekommen sind. Keine Ahnung, was den Krankenwagen aufhält."

Monsour stand unbehaglich auf der Türschwelle. „Darf ich hereinkommen?", fragte er schließlich.

„Oh ja, natürlich", sagte Pierre.

„Ich bin Agent Monsour", sagte er und erinnerte sich, dass er dem Mann seinen Namen bereits am Telefon genannt hatte, der Mann aber nicht den seinen. „Wo ist Ihre Frau?"

„Sie ist in der Küche. Den Flur runter", sagte er und bedeutete dem Beamten voranzugehen.

Das Haus war ordentlich gehalten. Monsour ging am Wohnzimmer vorbei und warf einen Blick hinein. Alles sah aufgeräumt und sauber aus. Ein Stapel Bücher stand auf einem kleinen Tisch neben einem Sessel. Eine leere Teetasse neben den Büchern.

Monsour blinzelte heftig, als er weit genug den Flur hinunter war, um in die Küche zu sehen, wo Iris auf der Seite lag, einen Arm ausgestreckt, die Beine an den Knien gebeugt, als ob sie laufen würde.

Ihre Augen weit geöffnet.

Monsour holte tief Luft, ging in die Küche und kniete sich neben den Körper. Er legte zwei Finger an ihren Hals, um ihre Halsschlagader zu finden, aber ohne wirkliche Hoffnung, einen Puls zu spüren. Sie lag direkt am Fuß einer geschwungenen, schmalen Treppe.

„Es tut mir leid", sagte er zu Pierre, als er aufstand. „Sie sagten, Sie hätten den Krankenwagen gerufen? Wie lange ist das her?"

„Oh, das war... ich kann es nicht genau sagen. Es ist ja nicht so, dass ich jedes Mal auf die Uhr schaue, wenn ich etwas tue."

„Wie ist Ihr Name, Monsieur?"

„Pierre. Pierre Gault." Er ging zum Waschbecken und schaute aus dem Fenster in den Garten.

„Ich wünschte, es wäre anders, Monsieur Gault, aber ich fürchte, ich muss den Gerichtsmediziner rufen."

Pierre nickte. Er kaute auf seiner Unterlippe und scannte den Garten, als ob er nach etwas suchen würde. Er sagte nichts.

Mit einem Gefühl der Wichtigkeit rief Monsour Florian Nagrand auf seinem Handy an und nannte ihm die Adresse der Gaults. „Sieht nach gebrochenem Genick aus", fügte er hinzu, was Nagrand ärgerte, der es nie mochte, wenn Gendarmen in sein Hoheitsgebiet eindrangen.

Es war unangenehm, allein in der Küche mit einer toten Frau zu sein, besonders da ihr Ehemann keine Anzeichen von Trauer oder irgendeiner Emotion zeigte. Monsour sah sich in der Küche um, aber es gab nicht viel zu sehen: alles war weggeräumt, es standen keine Teller im Waschbecken, keine halb gegessene Mahlzeit auf dem Tisch, kein Anzeichen dafür, dass das normale Leben gerade unterbrochen worden war. Er schätzte Ordnung und Sauberkeit sehr, doch das Haus der Gaults war, soweit Monsour es hatte sehen können, so ordentlich, dass es sich fast anfühlte, als würden dort gar keine Menschen leben.

„Gibt es jemanden, den ich für Sie anrufen kann?", fragte Monsour. „Verwandte, Freunde, irgendjemanden?"

Pierre schüttelte den Kopf.

Monsour schaute aus dem Fenster über der Spüle, fragte sich, worauf er blickte, und sah einen ziemlich aufwendigen Garten, der mit geschickt platzierten Flutlichtern beleuchtet war - Parterres, ein großer Gemüsegarten und sogar einige Buchsbaum-Schwäne - und einen kleinen Schuppen hinten in Richtung Wald.

„Sie gärtnern gerne?", fragte Monsour.

„Nein", sagte Pierre. Eine lange Pause. „Das war meine Frau."

„Nun, es ist ziemlich beeindruckend. Muss eine Menge Knochenarbeit gewesen sein, so etwas zu erschaffen."

Pierre zuckte mit den Schultern. „Ich habe den Sinn nie verstanden. Es stirbt ja alles, sehen Sie. Es ist nicht so, als würde man damit etwas von Dauer erschaffen."

Monsour wollte kurz anmerken, dass alles und jeder irgendwann starb, also nach diesr Logik kaum etwas Sinn ergab, aber er hatte den Anstand, den Mund zu halten. „Es tut mir leid, dass ich Ihre Frau nicht zugedeckt habe, aber das ist das Protokoll, bis der Gerichtsmediziner sein Okay gibt."

„Ich verstehe", sagte Pierre, wandte sich vom Fenster ab und blickte zum ersten Mal, soweit Monsour es bemerkt hatte, auf Iris hinunter.

Monsour beobachtete sein Gesicht, konnte aber überhaupt keine Vorstellung davon bekommen, was der Mann fühlte oder dachte, als er auf den toten Körper seiner Frau blickte.

„Waren Sie zu Hause? Haben Sie eine Ahnung, was passiert sein könnte?", fragte der Gendarm.

Pierre sah ihn scharf an. „Sie ist die Treppe hinuntergefallen", sagte er mit einem Anflug von Verachtung. „Ich dachte, das wäre ziemlich offensichtlich."

„Ja, natürlich", sagte Monsour hastig. „Aber Monsieur... Menschen benutzen ständig Treppen. Viele Male am Tag. Und meistens tun wir es ohne Unbehagen. Ein Unfall wie dieser – es ist wahrscheinlich, dass er einen anderen Aspekt hat, wenn Sie verstehen, was ich meine. Zum Beispiel, ist es möglich, dass Ihre Frau heute Abend mehr getrunken hat als üblich? Etwas, das ihr Gleichgewicht oder die Kontrolle über ihren Körper beeinträchtigt haben könnte?"

„Oh *bon sang*", sagte Pierre, verließ die Küche durch die Hintertür und ließ sie hinter sich zuknallen.

Monsours Hände ballten sich zu Fäusten. Der Mann hatte

Nerven, mitten in der Befragung wegzulaufen. Und das mit einer toten Frau auf dem Küchenboden!

Er riss die Hintertür auf und folgte ihm, in der Erwartung, dass Gault zur Vorderseite des Hauses gehen würde, um nach dem Krankenwagen Ausschau zu halten. Aber Gault ging in den Garten seiner Frau und schritt langsam und bedächtig den Kiesweg entlang.

Hatte er seine Frau die Treppe hinuntergestoßen? Wenn ja, warum bemühte er sich nicht mehr darum, weniger schuldig auszusehen?

Und wo, um Gottes willen, war Maron?

„DU HÄNGST es direkt über das Fenster!"

„Entspann dich, Franny, ich weiß, was ich tue", log Molly, während sie das Muster der zweiten Tapetenrolle an die kleinen grünen Blätter der ersten anpasste, die bereits ordentlich an die Wand geklebt war. Sie glättete sie mit einem Schwamm und trat zurück. „Jetzt pass auf." Sie nahm eine einseitige Rasierklinge und schnitt den Überschuss um die Fensterleiste herum ab, und innerhalb von Sekunden sah dieser Teil der Wand perfekt tapeziert aus.

„Du weißt wirklich, was du tust", murmelte Franny von ihrer üblichen Position auf dem Bett aus. „Ich mag dein neues Muster. Ich meine, *ich* mag es nicht, aber ich denke, für Gäste war es eine gute Wahl. Geschmackvoll und gefällig."

„Du hasst es."

„Natürlich."

„Ich mag es irgendwie. Ich weiß, es ist ein bisschen kitschig, englisches Landhaus und so, aber ich mag einfach Blätter."

„Ich dachte, du magst Rosen."

„Ich mag Blätter *und* Rosen. Ich wünschte, ich könnte mich an den Namen dieses Films mit der verblassten Rosentapete erinnern. Ein gutaussehender Fremder – natürlich charmant – mietet ein

Zimmer im Haus einer alten Frau. Vielleicht führt sie ein Hotel, ich kann mich nicht erinnern. Die alte Frau sitzt im Rollstuhl." Molly machte eine Pause, während sie die in Leim getauchte Rolle über die Rückseite des dritten Tapetenabschnitts führte, der auf dem Boden ausgebreitet war. „Findest du nicht, dass alte Frauen im Rollstuhl von Horrorfilmen ausgenommen sein sollten?"

„Haha!", lachte Frances. „Du bist nur auf diesen Film fixiert, weil du deine Zimmer an charmante, gutaussehende Fremde vermietest."

Molly lachte. „Wie Wesley Addison?"

Ihr Handy, das auf dem Nachttisch lag, machte ein rauschendes Geräusch. „Kannst du für mich nachsehen? Gibt es etwas, um das ich mich kümmern muss?"

Frances rollte sich herum und nahm das Telefon.

„Es ist von Lawrence. Es steht nur: *Möglicher Mord. Ruf mich an.*"

Molly sah Frances mit weit aufgerissenen Augen an. „Was?", sagte sie ungläubig.

„Du hast mich in ein Nest von Morden gelockt", sagte Frances, nahm noch einen Schluck Limonade und ließ sich auf den Rücken fallen. „Ich gebe zu, dass ich mich leicht langweile, aber das könnte selbst für mich zu weit gehen."

Molly hantierte mit der dritten Tapetenbahn, passte sie so an, dass die Nähte mit der zweiten übereinstimmten, und drückte sie an ihren Platz. „Oh Gott", sagte sie. „Ich hatte so viel Spaß dabei, diese Tapete anzubringen. Ich dachte, ich könnte vielleicht das ganze Haus tapezieren, vielleicht sogar das Cottage. Es ist so befriedigend, weißt du? Bedeckt alles mit hübschen Blättern. Keine großen Emotionen, kein Schmerz, keine Gefahr. Nur ... Tapete."

Frances hielt ihr das Telefon hin. Molly nahm es und hielt einen Moment inne, zunächst um zu beten, dass es niemand war, den sie kannte, und dann fühlte sie sich schlecht. Wer auch

immer es war, diese Person hatte Angehörige, ob sie nun dazuge-
hörte oder nicht.

Lawrence nahm nach dem ersten Klingeln ab.

„Was zum Teufel?", sagte Molly.

„Ich weiß. Und es ist diesmal besonders schlimm. Jemand, der
sehr beliebt war."

„Na, sei nicht so geheimnisvoll, sag mir wer!"

„Iris Gault."

Molly stand mit offenem Mund da, ihre Gedanken rasten.

„Wer?", fragte Frances und lehnte sich neben das Telefon an
Mollys Ohr.

„Iris Gault", sagte Molly zu ihr.

„Das stimmt", sagte Lawrence. „Bist du bereit, an die Arbeit
zu gehen?"

„An die Arbeit gehen?"

„Pierre wird beträchtliche Hilfe brauchen. Anscheinend
wurde sie die Treppe hinuntergestoßen und er rief die Behörden.
Wie du sicher weißt, ist es in solchen Fällen fast immer der
Ehemann."

„Die Treppe hinuntergestoßen? Woher weißt du, dass sie nicht
einfach gestürzt ist?"

„Das könnte so gewesen sein. Der Gerichtsmediziner ist jetzt
im Haus und untersucht alles."

„Wie kommst du *bloß* an deine Informationen?"

Lawrence lachte leicht. „Ich sage nur, wenn Pierre kein
wasserdichtes Alibi hat, fürchte ich um ihn, wirklich."

„Es ist kaum meine Aufgabe, zu...."

„Schau, Molly - Ben ist nicht mehr bei der Polizei. Und Maron
ist... nicht völlig inkompetent, aber auch nicht der Beste, da
stimmst du mir doch zu? Thérèse ist weg. Ich habe den neuen
Kerl noch nicht kennengelernt, aber meiner Ansicht nach bist du
die bestqualifizierte Detektivin im Dorf. Also los geht's, meine
Liebe. Ich muss los. Wir bleiben in Kontakt."

Molly ließ das Telefon sinken und setzte sich langsam aufs Bett.

„Ich habe mich erst neulich Abend mit Iris unterhalten", sagte Frances. „Ich mochte sie. Ich mochte sie wirklich."

„Sie hatte unglaubliche Augen."

„Absolut wunderschöne Frau. Und interessant im Gespräch. Viel interessanter als ihr Mann, der, soweit ich das beurteilen kann, über nichts anderes als Steine spricht."

„Ich weiß nicht, ich glaube, Lawrence könnte voreilige Schlüsse ziehen", sagte Molly. „Okay, sie ist die Treppe hinuntergefallen. Hat sich wahrscheinlich das Genick gebrochen. Aber das könnte doch jedem passieren. Muss nicht automatisch Mord sein, oder?"

Frances nickte. „Richtig. Ich habe gelesen, dass mehr Menschen beim Treppensturz sterben, als man je glauben würde. Wahrscheinlich sind die meisten von ihnen allerdings blau."

Molly zupfte an einem Nagelhäutchen ihres Daumens. „Ich... ich meine, Mensch, ich weiß, wie es ist, in einer schlechten Ehe zu sein. Ich weiß, wie sehr das nervt. Aber dafür gibt es doch Scheidungen! Warum sich die ganze Mühe machen und das Risiko eingehen, jemanden zu töten, um von ihm wegzukommen, wenn man das so leicht auf andere Weise erreichen kann?"

„Eine Million Gründe, Molly, das weißt du doch. Wegen Versicherungsgeld, Erbschaft, Rache... die Liste ist praktisch endlos. Kannst du dir vorstellen, wie befriedigend es wäre, jemanden zu ermorden, der zwanzig Jahre lang mit offenem Mund am Frühstückstisch gekaut hat?"

„Oder sich die Fußnägel im Bett schneidet?"

„In den Zähnen herumstochert. Bei allem zwanghaft ist. Deine Post öffnet. Befehle erteilt. Hässliche Hemden trägt. Nie, nie einen Küchenschrank schließt."

Molly lachte. „Wie in aller Welt bleibt irgendjemand jemals verheiratet?"

„Da fragst du die Falsche, Schätzchen."

„Nun, ich denke, diesmal könnte sich Lawrence' Quelle geirrt haben. Es tut mir schrecklich leid um Iris – ich will nicht alles auf mich beziehen, aber ich glaube, wir wären gute Freundinnen geworden. Ich sehe einfach nicht, wie ein Treppensturz gleich Mord bedeuten soll."

Frances zuckte mit den Schultern. „Wir werden einfach abwarten müssen, was der Gerichtsmediziner sagt. Ist er gut?"

„Nie getroffen. Ben scheint zu denken, er sei okay. Zumindest habe ich nie Beschwerden gehört. Ich frage mich, wie - oder ob - er in der Lage sein wird zu sagen, ob sie gestoßen wurde oder nicht?"

„Physik."

„Nie mein bestes Fach gewesen."

„Gut, dass du nicht der Gerichtsmediziner bist."

„Hilf mir mit diesem nächsten Tapetenabschnitt, ja? Ich schwöre, du bist die schlechteste Helferin aller Zeiten."

„Können wir nicht erst zu Mittag essen? Wer hätte gedacht, dass du dich in so einen Sklaventreiber verwandelst, sobald du Geschäftsinhaberin wirst."

Molly stimmte zu, dass ein Mittagessen eine gute Idee war. Während sie das Tapezierprojekt aufräumte, den Kleister verschloss und die Rolle nach unten brachte, um sie abzuspülen, dachte sie an Iris Gault. An ihre melancholischen blaugrünen Augen, ihre üppige Figur und die grauen Strähnen in ihrem dichten Haar.

Wenn Sie jemand tatsächlich getötet hat, werden wir herausfinden, wer es war, versprach Molly ihr, obwohl sie sich gleichzeitig einredete, dass ihr Tod höchstwahrscheinlich ein Unfall gewesen war.

❦ 9 ❦

An diesem Abend versuchte Molly, Ben zu überreden, sie ins Chez Papa zu begleiten. „Komm schon, willst du nicht mitkommen? Es macht mehr Spaß, wenn du dabei bist. Außerdem kennst du mehr Leute und kannst Dinge herausfinden, die ich nicht erfahren würde."

„Nicht nur, dass Iris nicht mein Fall ist", sagte Ben. „Wir haben noch nicht einmal den Bericht des Gerichtsmediziners gehört. Der Sturz könnte durchaus ein Unfall gewesen sein." Ben ging zum Kühlschrank und öffnete ihn. „Ich hoffe es jedenfalls. Was ist das für eine Besessenheit, die du mit Limonade hast?"

„Netter Versuch. Ich lasse mich nicht so leicht ablenken."

„Ich meine, ich mag Limonade schon ganz gern. Jeder mag Limonade. Aber für mich ist es eher etwas für zwischendurch. Obwohl, vielleicht werde ich ein bisschen davon in ein Glas Prosecco geben."

„Halten die Leute dich für einen Verräter, einen Franzosen, der italienischen Sekt und Wein trinkt?"

„Kommt drauf an, wen du fragst. Möchtest du einen?"

„Nein, danke. Und ich habe nicht vergessen, worüber wir sprechen. Ich möchte nur ins Chez Papa gehen, etwas trinken und hören, was die Leute sagen. Vielleicht war jemand bei Pierre und er hat ein gutes Alibi. Wärst du nicht erleichtert, das herauszufinden?"

„Molly, du verbrennst die Stufe."

„Hä?"

Ben hielt die Flasche Prosecco hoch, während er einen Moment nachdachte. „Mal sehen... keine Ahnung, wie die englische Redewendung lautet. Ich meine, du übereilst es. Du überspringst Dinge."

„Ah! Du bist voreilig!"

„Genau. Bis ich von Nagrand höre, wie Iris gestorben ist, werde ich davon ausgehen, dass ihr Tod ein Unfall war." Er verkorkte den Prosecco und stellte ihn zurück in den Kühlschrank. „Sie war eine komplizierte Frau, Iris."

Molly legte den Kopf schief. Sie hatte Iris für so atemberaubend gehalten, dass sie sich nicht vorstellen konnte, dass irgendein Mann nicht von ihr hingerissen wäre, und sie spürte einen lächerlichen Stich der Eifersucht bei dem Gedanken, dass Ben an sie dachte.

„Inwiefern?"

„Ach, darüber können wir später reden. Ich weiß, du bist ganz scharf darauf, ins Chez Papa zu gehen und die Meinungen aller an der Bar zu hören. Und selbst wenn Nagrand am Ende ihren Tod als Mord einstuft, überlasse ich das der Polizei von Castillac."

„Aber vor fünf Minuten *warst* du noch die Polizei von Castillac!"

„Richtig - *Vergangenheitsform*. Schon viele Monate her. Und ich bereue es keine Sekunde, zurückgetreten zu sein, und werde nicht versuchen, mich in diesen Fall einzumischen und Maron und den neuen Kerl, wie auch immer er heißt, zu untergraben."

„Thereses Ersatz ist schon da?"

„Anscheinend. Ich kenne keine Details, nicht einmal einen

Namen." Ben nahm einen Schluck von seinem Getränk. „Das ist sehr gut. Sicher, dass du keinen willst, bevor du gehst?"

„Was wirst du heute Abend dann machen?"

„Ich habe vor, tief in die Napoleonischen Kriege einzutauchen. Ich verstehe, dass du dieses besondere Interesse nicht teilst, aber ich kann mir nichts Angenehmeres vorstellen, als hier mit Bobo zu bleiben und so viele Stunden zu lesen, wie ich möchte, verloren in der Welt von 1805. Ist es okay für dich, wenn ich hier bleibe, während du weg bist?"

„Natürlich. Gib Bobo nicht zu viele Leckerlis." Molly gab es auf, ihn zu überreden, da sie wusste, dass der Versuch, ihn aus dem Haus zu zerren, ihn nur noch widerspenstiger machen würde. Schnell zog sie sich um, trug etwas Lippenstift auf und fuhr mit ihrem geliebten Roller ins Dorf.

Die Stimmung im Chez Papa war deutlich anders als am Abend zuvor. Obwohl das Wetter genauso perfekt war und Alphonses bunte Lichter funkelten, waren die Gespräche gedämpft. Es gab kein Lachen, keine Fröhlichkeit. Pierre war kein beliebter Mann, aber seine Arbeit wurde respektiert, und Iris war die geschätzte Freundin vieler gewesen, sowie das Objekt großer Bewunderung sowohl von Männern als auch von Frauen. Die schlechte Nachricht, die aus heiterem Himmel in diesem so schönen, sorglosen Juli hineingeplatzt war, hatte alle deprimiert und sogar ein wenig nervös gemacht.

„Könnte ein gewöhnlicher Wahnsinniger sein, der nur auf der Durchreise ist", sagte ein Mann am Ende der Bar, aber er wurde schnell niedergeschrien.

„Es ist eigentlich unwahrscheinlich, von einem Fremden ermordet zu werden", sagte ein anderer Mann, der sein Bierglas auf die Theke knallte und Nico nickend um ein weiteres bat.

„Ich habe immer gesagt, eine Schönheit wie ihre ist eine Art Fluch", sagte Lapin, der ein Glas Hauswein in den Händen hielt. „Salut, Molly", fügte er hinzu, als sie hereinkam, seine Stimme ohne die übliche Fröhlichkeit.

„Salut, Lapin. Nico."

Nico machte sich daran, Molly einen Kir einzuschenken, während sie Lapin zur Begrüßung küsste. „Kanntest du Iris?", fragte er.

„Nein, ich habe sie erst letzte Woche kennengelernt, hier im Chez Papa. Wir haben ein paar Minuten geredet, das war's. Sie schien... traurig. War das ungewöhnlich?"

„Ich sagte gerade, dass sie das mittlere Alter anscheinend ziemlich schwernahm", sagte Lapin. „Ihre Mutter ist letztes Jahr gestorben, sie standen sich sehr nahe."

Lawrence Weebly kam durch die Tür und sah uncharakteristisch zerzaust aus.

„Salut, Lawrence", sagte Molly. „Wurdest du in der Gasse überfallen?"

„Ach ja", sagte Lawrence, nachdem er alle begrüßt hatte. Er steckte sein Hemd ordentlich in die Hose und krempelte seine Ärmel sauber hoch. „Ich bin am Boden zerstört wegen der Nachricht. Einfach am Boden zerstört. Was in aller Welt ist nur mit unserem kleinen Dorf passiert?"

„Es ist ja nicht so, als wäre es etwas Neues", sagte der Mann an der Bar, der seinem nächsten Glas Bier schon ordentlich zugesprochen hatte. „Ehemann tötet Ehefrau. Ende der Geschichte."

„Das ist keine besonders gute Geschichte", murmelte Molly.

„Pierre ist ein Freund von mir", sagte ein anderer Mann. „Es mag schlecht für ihn aussehen, aber ich glaube nicht, dass er auf irgendeine Weise schuldig ist."

„Wie war ihre Ehe?", fragte Molly.

„Ach, Ehe", sagte der Biertrinker. „Wer wollte nicht schon mehr als einmal die Person umbringen, mit der er verheiratet ist? Ich weiß, ich schon."

„Ich denke, sie waren glücklich genug", sagte Lawrence. „Aber weißt du, es ist schwer zu sagen. Niemand weiß, was wirklich hinter verschlossenen Türen vor sich geht."

„Auf Iris!", sagte der Biertrinker, und alle erhoben ihr Glas und tranken auf ihr Andenken.

Ein weiteres Mitglied der Gemeinschaft war gegangen, und für einen Moment stellten sich alle im Chez Papa mit einem scharfen Stich die Frage, ob auch sie vorzeitig von der Bühne des Lebens geholt werden würden. Und wenn ja, würden sie die Nächsten sein?

$$\text{❀ \ 10 \ ❀}$$

Ben hatte bis spät in die Nacht gelesen und seinen Roller fast mitten in der Nacht, lange nachdem Molly eingeschlafen war, zu sich nach Hause zurückgebracht. Am nächsten Morgen war Samstag, der Wechseltag, also stand Molly früh auf und ging ins Dorf, um eine schnelle Runde über den Markt zu drehen und Gebäck für das letzte Frühstück ihrer Gäste zu holen. Sie vermisste es schon, sich am Samstag Zeit zu nehmen, mit den Verkäufern und jedem anderen, dem sie begegnete, zu plaudern - aber da der Samstag tasächlich der einzige Tag war, an dem sie hart arbeiten musste, konnte sie sich nicht wirklich beschweren.

Zuerst zu Raoul, dem Schweinebauern, für eine kurze Diskussion über Politik und einige seiner geliebten Würste. Dann zum Gewürzhändler, wo sie eine Vielzahl thailändischer Gewürze kaufte, in der Überlegung, irgendwann in der Woche ein Curry zu versuchen. Dann zu ihrer Freundin Manette, die über die größte und eindrucksvollste Gemüseauslage herrschte.

„Bonjour, Manette!", sagte Molly fröhlich, als sie einander zur Begrüßung auf die Wangen küssten.

Manette schüttelte den Kopf. „Nicht so *bon*, oder?", sagte sie niedergeschlagen.

„Du sprichst von Iris Gault?"

„Natürlich. Sie war... sie und ich standen uns sehr nahe."

„Es tut mir so leid." Die Blicke der beiden Frauen trafen sich und wurden feucht. „Es ist einfach schrecklich. Ich hatte sie gerade erst kennengelernt. Ich wollte sie auf jeden Fall besser kennenlernen."

Manette legte etwas Salat in die Tüte eines Kunden und gab Wechselgeld heraus. *„Merci, à bientôt"*, sagte sie mit flacher Stimme.

„Sie hatte zuletzt eine schwere Zeit", sagte Manette leise.

„Was für eine schwere Zeit?"

„Ach, du weißt schon. Typisch für unser Alter, schätze ich. Sie sagte ständig zu mir: ‚War das also wirklich schon alles?'„

„Hm. Ja. Das ist der übliche Sand im Getriebe, nicht wahr?"

„Manche Menschen scheinen einfach über diese Phase hinwegzusegeln. Aber Iris... sie suchte nach *irgende*twas, sie -" Manette hielt inne und bedeckte ihre Augen mit den Händen.

Molly konnte sehen, wie ihre Schultern zitterten, als sie weinte.

„...sie wird jetzt keine Chance mehr haben, es zu finden", beendete Manette mit einiger Mühe.

„War es etwas... etwas Bestimmtes? Job, Ehe... oder einfach das Leben?"

Manette blickte die lange Schlange der Kunden hinunter. „Ich kann jetzt nicht wirklich darauf eingehen, Molly", sagte sie und deutete auf die wartenden Menschen. „Schön, dich zu sehen, wie immer."

Molly fühlte sich zurechtgewiesen. Sie sollte nicht in diesem Fall herumschnüffeln - sie kannte Iris kaum und hatte kein Recht, eine Menge persönlicher Fragen zu stellen, wenn Menschen trauerten. Aber sie konnte nicht anders, als zu denken, dass sie sicherlich, wenn Iris *tatsächlich* ermordet worden war... wären nicht alle erleichtert und dankbar, wenn der Mörder gefasst würde?

Es sei denn natürlich, es war Pierre. Molly war sich nicht

sicher, wie das aufgenommen werden würde, auch wenn er nicht der beliebteste Mann im Dorf war. Sie konnte die Statistiken nicht auswendig zitieren, aber in den USA zumindest wurden Frauen häufiger von ihren Ehemännern getötet als von jemand anderem. War es in Frankreich genauso?

Die Mackleys würden bald abreisen, und sie würde ihr Frühstück nie rechtzeitig abliefern können, wenn sie sich nicht beeilte. Molly eilte vom Platz und die Straße hinunter zur Pâtisserie Bujold, in der Hoffnung, dass Monsieur Nugent beschäftigt genug sein würde, um sein Angebot, ihr beizubringen, wie man Mandelcroissants machte, zu vergessen.

Eine kurze Schlange erstreckte sich aus der Tür auf den Bürgersteig, ein weiterer Beweis für Nugents Talente in der Konditorei. Castillac zog zwar nicht viele Touristen an, aber dennoch war der Laden seit Ende Juni immer mit Menschen gefüllt, die Molly noch nie zuvor gesehen hatte, und von denen einige Sprachen sprachen, die sie nicht ganz identifizieren konnte. Heute war es genauso.

Monsieur Nugent sah hinter der Theke gestresst aus, als er die Forderungen zweier Frauen bearbeitete, die auf Dinge zeigten und ihm Fragen stellten, eine auf Polnisch und die andere auf Englisch. Er benutzte geschäftig die Zange, um Croissants aufzuheben und in weiße Papiertüten fallen zu lassen; er kassierte Bestellungen und nahm ihr Geld entgegen, zu beschäftigt, um seine übliche Wertschätzung für die weiblichen Formen in all ihrer Vielfalt und Pracht zu zeigen (wie er es beschreiben würde).

Tatsächlich, dachte Molly, als sie das Geschehen von hinten in der Schlange beobachtete, schien Monsieur Nugent kurz vor einer Art Zusammenbruch zu stehen. Sein Gesicht war totenbleich, und sie konnte Schweißperlen auf seiner Stirn sehen. Seine Hände an der Zange zitterten, ebenso wie seine Stimme, als er fragte, wer als Nächstes dran sei. Er begrüßte nicht einmal jeden Kunden, der an der Reihe war, was er sonst nie, nie versäumte.

War es die Belastung durch zu wenig Schlaf und den Mangel

an Hilfe? Oder war Monsieur Nugent wegen Iris Gault aufgewühlt? Nach seinem Verhalten zu urteilen, konnte man fast denken, dachte Molly spöttisch, dass Iris *seine* Frau gewesen war...

DUFORTS WOHNUNG WAR ein karges Einzimmerapartment mit Kochnische, das Billigste, das er hatte finden können, da sein Einkommen nach seinem Ausscheiden aus der Gendarmerie stark reduziert war. Ein Vorteil der kleinen Wohnung war jedoch, dass es fast keine Zeit brauchte, sie ordentlich zu halten. Er stand am Samstagmorgen spät auf und hatte die Wohnung innerhalb von zwanzig Minuten blitzblank. Er beschloss, ein spätes Frühstück im Café de la Place einzunehmen. Sein Buch über die Napoleonischen Kriege nahm er mit.

„Bonjour, Pascal", sagte Dufort zum Kellner, als er sich an einen leeren Tisch auf der Terrasse setzte.

Pascal, normalerweise der überschwänglichste aller Kellner (und Objekt der Bewunderung vieler Castillac-Frauen jeden Alters), murmelte ein Bonjour und stand mit ausdruckslosem Gesicht da, um Duforts Bestellung entgegenzunehmen.

„Stimmt etwas nicht?", fragte Dufort.

Pascal schien nicht zu hören. „Das Übliche?", sagte er schließlich.

„Ja, das Übliche. Aber Pascal - du siehst nicht aus wie du selbst. Was ist los?"

„Sie war so schön", sagte er, schüttelte den Kopf und ging weg, direkt an einem leeren Tisch mit gebrauchten Kaffeetassen und Tellern vorbei, ohne sie auf sein Tablett zu stellen.

Dufort seufzte. Ja, Iris war schön gewesen, das konnte niemand bestreiten. Er fragte sich, ob ihre Schönheit direkt oder indirekt zu ihrem Tod geführt hatte. Er fragte sich... aber es war nicht sein Fall, nicht sein Mord. Es war vielleicht überhaupt kein Mord, erinnerte er sich selbst, während er ins Innere des Restaurants blickte, in der Hoffnung, Pascal mit Kaffee kommen zu sehen.

Aus Gewohnheit von seinen Jahren als Gendarm warf er einen schnellen Blick über den Platz, um die Stimmung des Dorfes zu erfassen und nach möglichen Anzeichen von Ärger zu suchen - aber der Ärger hatte bereits stattgefunden, und er konnte die Auswirkungen des Verlusts von Iris Gault nicht nur bei Pascal, sondern auch bei anderen Dorfbewohnern sehen. Der Markt war vorbei und nur wenige Menschen waren unterwegs; diejenigen, die noch da waren, sprachen leise in kleinen Gruppen, die sich mit Umarmungen auflösten, gefolgt von mattem Winken anstelle des üblichen Lachens und Plauderns.

Sein Handy vibrierte. Es war Florian Nagrand, der Gerichtsmediziner. Er und Ben standen sich zwar nicht nahe, hatten aber so viel beruflichen Respekt voreinander, dass Nagrand bereit war, ihm über alles Interessante Bescheid zu geben, selbst nachdem Dufort seinen Posten gekündigt hatte.

„Bonjour, Ben", sagte er mit seiner rauchigen Stimme. Ben konnte die Zigaretten fast riechen.

„Was hast du?"

„Ich kann es nicht mit absoluter Sicherheit sagen, aber wenn ich wetten müsste, würde ich sagen, sie wurde gestoßen. Kein Alkohol. Ich lasse einen Toxscreen machen, erwarte aber, dass er negativ ausfällt."

„Kannst du mir eine Prozentzahl geben?"

„Leider nicht. Und ich werde auch nicht beschwören können, dass es Mord war - in einer solchen Situation ist es unmöglich, es mit Sicherheit zu wissen, es sei denn, man hat es gesehen. Aber ich dachte, du würdest gerne wissen, dass ich die Wahrscheinlichkeit für hoch halte, auch wenn es vom Zustand und der Position der Leiche her nicht beweisbar ist."

„Ich bin dir dankbar, Florian. Danke."

Florian legte auf, ohne sich zu verabschieden. Ben schaute erneut in Richtung der Küche, in der Hoffnung, Pascal mit seinem Kaffee und Croissant herauskommen zu sehen, aber er sah niemanden, nicht einmal Pascals Mutter, die die Kasse führte.

Also wurde Iris Gault *doch* ermordet. Die komplizierte, unglückliche Schönheit des Dorfes, getötet.

Pierre konnte es getan haben - konnte man jemals von jemandem sagen, er würde niemals einen Mord begehen, egal was passierte? Aber ich kann nicht glauben, dass er es ist, dachte Ben, während er gleichzeitig sehr gut verstand, dass seine lange Freundschaft mit Pierre jede Objektivität unmöglich machte.

Dufort stand auf und ging ins Restaurant. Pascals Mutter umarmte ihre Nachbarin und weinte. Pascal stand mit gesenktem Kopf an eine Säule gelehnt.

„Pascal?", sagte Dufort sanft. „Vergiss das Frühstück. Ich werde jetzt gehen."

Pascal schreckte auf und Dufort glaubte, Tränen in den Augen des jungen Mannes zu sehen. Pascal schüttelte nur den Kopf, und Dufort ging zurück in den hellen Sonnenschein und überlegte gerade, was er als Nächstes tun sollte, als sein Handy wieder vibrierte.

„Du hast es gehört?", sagte Pierre.

„Ja", sagte Dufort. „Ich weiß nicht, was ich sagen soll."

„Sag, dass du mir helfen wirst."

Dufort holte innerlich tief Luft. Er spürte ein unangenehmes Kribbeln am unteren Ende seiner Wirbelsäule, von dem er wusste, dass es sich zu einer unangenehmen Nervosität entwickeln würde, obwohl er keinen Kaffee getrunken hatte. „Ich bin mir nicht sicher, was ich tun kann", antwortete er.

„Wie wäre es damit, herauszufinden, wer meine Frau getötet hat? Ach ja, und ganz nebenbei zu verhindern, dass ich ins Gefängnis gehe. Du weißt, sie werden hinter mir her sein", sagte Pierre.

Wie üblich beeilte sich Molly, rechtzeitig mit frischen Croissants nach La Baraque zurückzukommen, damit ihre Gäste ein spätes Frühstück genießen konnten. Bisher hatte sie Glück gehabt, dass sich niemand darüber beschwert hatte, dass das letzte Frühstück etwas spät kam, aber alle packten und räumten auf und erledigten all diese letzten Kleinigkeiten, die es bei Reisen scheinbar immer zu tun gab. Molly ging zuerst zum Cottage, wo die Mackleys gerade die letzten Taschen in ihren Mietwagen packten.

„Es tut mir leid, dass ich so spät dran bin", sagte Molly, holte einen Teller und legte einige Croissants darauf. „Je länger ich hier lebe, desto mehr Leute kenne ich, und je mehr Leute ich kenne, desto länger brauche ich, um über den Markt zu kommen."

„Für uns war es eine Umstellung", sagte Josh. „In Chicago gilt: Je weniger die Leute in einem Geschäft reden, desto besser. Man will so schnell wie möglich rein und raus, verstehst du?"

„Ja, in Boston war es genauso. Vielleicht ist das eine Eigenheit von Großstädten? Hier ist es einfach völlig anders. Es geht alles um Beziehungen, nicht darum, eine Liste von Erledigungen effizient abzuarbeiten."

„Ich finde es fantastisch", sagte Olive. „Ich würde alles, wirklich alles dafür geben, für immer nach Frankreich ziehen zu können. Oder Italien. Oder... na ja, irgendwohin eben!"

Sie lachten alle.

„Aber sobald wir umgezogen wären, würdest du schon wieder woanders hinwollen", sagte Josh und griff nach einem Croissant.

„Genau!", stimmte Olive fröhlich zu.

„Also Molly, ich hoffe, es ist nicht zu persönlich darüber zu sprechen, aber ich kam ins Gespräch mit einem Typen in einem Café im Dorf..."

Molly wappnete sich. Überall reden die Leute, aber in Castillac war Klatsch eine Hauptbeschäftigung, und sie machte sich Sorgen darüber, was Josh gehört haben könnte.

„Dieser Typ - sein Englisch war holprig, aber ich glaube, ich habe den Kern verstanden - er erzählte mir, du seist so etwas wie die Hauptdetektivin hier. Dass du eine Reihe von Verbrechen aufgeklärt hast, einschließlich eines Falls, der jahrelang ungelöst war."

„Ach was", sagte Molly, die sich gleichzeitig schrecklich geschmeichelt und verlegen fühlte. „Dieser alte Fall war überhaupt nicht mein Verdienst. Ein Kind war der Schlüssel zu der ganzen Sache. Jedenfalls möchte ich nicht, dass ihr den Eindruck bekommt, Castillac sei eine Hochburg des Verbrechens. Es ist wirklich so schön hier, und die Menschen sind wunderbar. So liebenswert und gastfreundlich."

„Das haben wir auch so erlebt", sagte Olive. „Es war ein fantastischer Urlaub. Aber für mich - ich glaube, ich würde einen größeren Ort wählen, vielleicht Paris oder Bordeaux. Die Vorstellung, dass jeder jeden kennt, nichts wirklich privat ist... ich glaube nicht, dass ich damit umgehen könnte."

„Sie will ihre Giftexperimente geheim halten", sagte Josh todernst. Olive hob eine Augenbraue und Molly lachte.

„Nun, es war wunderbar, euch hier zu haben, und ich hoffe, ihr kommt eines Tages mal für einen weiteren Besuch zurück", sagte sie, genoss den Moment, war aber auch darauf bedacht, den Wechseltag abzuschließen, damit sie sich wieder Gedanken über Iris Gault machen konnte.

Nachdem die Mackleys weggefahren waren, warf sie einen Blick auf ihren Computer, um sich der Namen der ankommenden Gäste zu vergewissern. Roger Finsterman blieb eine weitere Woche im Taubenhaus, und ein Mr. und eine Mrs. Hale würden im Cottage sein. Ein älteres Paar aus Ohio, mehr wusste Molly nicht.

Sie hoffte sehr, dass die Hales pflegeleicht sein würden - sie hatte einen Mord aufzuklären.

Der Sonntagmorgen im Chez Papa war immer ruhig. Es kamen keine Arbeiter auf einen Kaffee vorbei, bevor sie zur Arbeit gingen. Christophe, der neue Taxifahrer, las normalerweise am Tisch in der Ecke die Zeitung, während er auf Anrufe wartete, aber sonntags schlief er aus. Alphonse, der Besitzer des Chez Papa, wollte den Laden so viele Stunden wie möglich geöffnet halten, weil er glaubte, dass manchmal ein freundliches Bistro genau das war, was ein Mensch brauchte – sei es in einem Moment der Krise oder einfach nur gegen alltägliche Einsamkeit. Jeder Buchhalter, der sich um die Bilanz sorgte, hätte ihm geraten, sein Restaurant nur dann zu öffnen, wenn er ziemlich sicher war, genug Kunden zu bekommen, um Gewinn zu machen, aber Alphonse kümmerte sich nicht darum.

„Es tut mir leid, dass ich wieder arbeiten muss", sagte Nico gerade zu seiner Freundin Frances, die an der Bar saß und auf Servietten kritzelte.

„Kein Problem", sagte Frances und strich ihr dunkles, glattes Haar hinter die Ohren. „Eigentlich, halt einfach mal für einen Moment die Klappe, okay?" Sie beugte sich über die Serviette, die bereits anfing zu zerfleddern, weil sie so heftig darauf schrieb.

Nico sah sich in der Bar um, ob noch irgendwelche Aufgaben zu erledigen waren, und als er nichts fand, lehnte er sich zurück, verschränkte die Arme und beobachtete Frances. Wenn sie arbeitete, war sie so vollkommen in das vertieft, was sie tat, dass er glaubte, man könnte ihr einen Eimer Eiswasser über den Kopf schütten und sie würde nicht aufhören. Er liebte ihre Intensität und ihren Antrieb. Er liebte... alles an ihr.

„Okay", sagte sie schließlich und blickte mit einem Grinsen auf. „Dieser Jingle wird mir genug Geld einbringen, um uns einen Monat auf den Malediven zu ermöglichen. Bist du bereit für einen Urlaub?"

Nico streckte sich über die Bar und hielt ihre Arme, zog sie nah genug heran, um sie zu küssen. „Jederzeit", murmelte er. „Bist du sicher, dass diese blasse Haut tropengeeignet ist?"

„Es gibt da so eine Erfindung namens Sonnencreme", sagte Frances, nahm Nicos Gesicht in ihre Hände und küsste ihn auf den Mund.

„Bist du irgendwann mal keine Klugscheißerin?", fragte er entzückt.

„Bis jetzt nicht", sagte sie und setzte sich wieder auf ihren Hocker. „Also sag mal, was ist los mit Iris Gault?"

„Willst du jetzt auch Detektivin spielen?"

„Nee. Das ist überhaupt nicht mein Ding. Aber ich interessiere mich für Iris. Ich habe sie erst letzte Woche kennengelernt. Fand sie interessant. Vielleicht ist es oberflächlich von mir, und ich weiß, dass ich damit alles andere als allein bin – aber es ist unmöglich, sich nicht für jemanden zu interessieren, der so auffällig ist."

„Ja. Die Dorfschönheit." Nico nahm ein Geschirrtuch und polierte einige Gläser, die gar nicht poliert werden mussten.

„Ich nehme an, alle Männer in Castillac waren von ihr hingerissen?"

„So ziemlich."

„Auch du?"

Nico neigte den Kopf und genoss den eifersüchtigen Unterton in ihrer Stimme. „Sie sah sicher sehr gut aus. Aber sie war nicht mein Typ."

„Und was ist dein Typ?", schnurrte Frances.

Nico zuckte mit den Schultern. „Frauen, die mich auf die Malediven mitnehmen?"

„Nicht schlecht", lachte Frances. „Okay, aber ernsthaft, wie war Iris so? War sie immer ein bisschen traurig, so wie letzte Woche?"

„Ich weiß es ehrlich gesagt nicht. Ich habe sie nicht oft gesehen. Ich glaube, sie war eine begeisterte Gärtnerin, also hat sie vielleicht dort ihre ganze Zeit verbracht. Sie kam nur alle Jubeljahre hier her. Sie hat sich nicht wirklich an den sozialen Anlässen im Dorf beteiligt, oder zumindest nicht an denen, zu denen ich gehe."

„Hmm, eine schöne Einsiedlerin. Interessant."

„Sprichst du davon, an einem dieser Orte zu übernachten, wo man in Strohhütten über dem Wasser wohnt, mit einem Steg, der einen mit dem Strand verbindet?"

„*Oui*, Monsieur. Genau davon spreche ich."

„Ich bete dich an."

Frances hielt den Kopf gesenkt und tat so, als würde sie die mit Gekritzel bedeckte Serviette studieren, während sie versuchte, sowohl ihr Lächeln als auch die Röte zu verbergen, die ihre weiße Haut in ein rosiges Pink verwandelte.

NACH DEM FRÜHSTÜCK am Sonntag traf Molly Ben auf dem Platz und sie gingen gemeinsam zum Haus der Gaults, um Pierre ihr Beileid auszusprechen. Es war keine Art von sozialem Anlass, auf den man sich freute, und ohne es einander zu sagen, erwarteten beide, dass es umso schwieriger sein würde, da Pierre selbst in den besten Zeiten nicht der einfachste Gesprächspartner war.

Und dies waren ganz sicher nicht die besten Zeiten.

Nachdem sie sich auf dem Platz zur Begrüßung geküsst hatten, bat Ben Molly, einen Moment zu warten, bevor sie wieder auf ihren Roller stieg. „Ich muss dir etwas sagen. Nun, eigentlich zwei Dinge. Erstens...", er beugte sich näher und senkte die Stimme, „Iris *wurde* ermordet. Nicht zu 100%, aber wahrscheinlich. Florian sagt, höchstwahrscheinlich wurde sie die Treppe hinuntergestoßen, was ihr das Genick brach."

Molly nickte. „Hab ich mir schon gedacht."

„Du bist nicht ein bisschen überrascht?"

„Nun... nein. Sollte ich es sein?"

„Kann ich nicht sagen. *Ich* war es."

„Das liegt daran, dass du nicht willst, dass dein Kindheitsfreund unter Verdacht gerät, was er sofort wird. Das liegt daran, dass du immer das Beste in Menschen sehen willst. Es ist Teil deines Charmes", fügte sie grinsend hinzu.

Dufort sah weg. „Und vielleicht der Sargnagel meiner Karriere", murmelte er. „Nun, das Zweite ist, dass Pierre mich um Hilfe gebeten hat. Nicht inoffiziell – er möchte mich als Privatdetektiv engagieren. Um herauszufinden, wer es getan hat."

Molly versuchte, ihre Aufregung bei dieser Nachricht zu unterdrücken. „Und? Nimmst du den Auftrag an?"

Dufort presste die Lippen zusammen. „Ich habe ihm keine Antwort gegeben. Ehrlich gesagt interessiere ich mich nicht für diesen Fall. Ich bin nicht mehr bei der Polizei von Castillac und das tut mir nicht leid. Ich kenne Pierre, seit wir Kinder waren. Das Letzte, was ich tun möchte, ist, Nägel in seinen Sarg zu treiben."

Molly sah Ben lange an. „Also... denkst du, er engagiert dich nur zur Tarnung? Glaubst du, er hat sie getötet?"

Er schüttelte den Kopf. „Ich will es nicht glauben", sagte er leise. „Und natürlich bestimmt die öffentliche Meinung nicht über Schuld oder Unschuld, aber ich kann dir sagen, dass die Leute es glauben wollen, nur weil sein Auftreten ein bisschen schroff sein kann. Pierre ist nicht der Typ, mit dem man am Ende des Tages ein Bier trinkt und sich auf die Schulter klopft, weißt du?"

Molly nickte. „Aber trotzdem, er ist ein talentierter Maurer. Er arbeitet hart. Er hat sein ganzes Leben hier gelebt, oder? Das muss doch etwas zählen."

„Oh, das tut es, ganz sicher. Einige der objektiveren Dorfbewohner werden ihm dafür viel Anerkennung zollen und dafür, dass er nicht der Typ ist, der Ärger macht. Aber andererseits..."

Molly wartete. Sie zappelte herum. Sie fuhr sich mit den Fingern durch ihr wildes Haar und band es zu einem Pferdeschwanz zusammen, den sie mit einem Gummi befestigte, und noch immer hatte Ben seinen Satz nicht beendet. „Andererseits was?", platzte es schließlich aus ihr heraus.

„Andererseits hat er die schönste Frau im Dorf geheiratet, möglicherweise sogar im ganzen *département*. Die Leute konnten es nicht verstehen, wie so ein scheinbar biederer, langweiliger Mann wie Pierre an sie geraten ist ‑ und was sie nicht verstehen, können sie schnell verurteilen. Ich glaube, Pierre war sich größtenteils nicht bewusst, wie neidisch manche Leute auf ihn waren. Oder vielleicht hat es ihn einfach nicht gestört. Es ist ja nicht so, als würde er herumlaufen und seine Gefühle darüber teilen."

„Oder über irgendetwas anderes."

„Stimmt. Verschwiegen wie eine Auster, der Pierre."

„Du wirst ihm also absagen?"

Dufort zuckte mit den Schultern. „Ich möchte. Aber wie könnte ich?"

Molly stieß unbeabsichtigt einen Freudenschrei aus und warf ihre Arme um ihn. „Wenn er unschuldig ist, braucht er dich auf seiner Seite", sagte sie ihm ins Ohr, ein bisschen zu laut. „Und wenn er es nicht ist ‑ und ich sage das nicht, weil ich glaube, dass er schuldig ist, sondern weil ich versuche, vorsichtig zu sein und nicht zu früh zu urteilen – wenn er es nicht ist, dann braucht Iris uns, um den wahren Mörder vor Gericht zu bringen. Ich meine –

braucht *dich*“, korrigierte sie sich, während ihr eine Röte den Hals hinaufkroch.

„Möchtest du vielleicht meine rechte Hand sein?“, fragte Ben mit einem langsamen Lächeln.

Molly strahlte. „Ich würde gerne auf jede mögliche Weise helfen“, sagte sie bescheiden. „Aber heute Morgen... wie wäre es, wenn ich dich eine Weile mit ihm allein lasse, damit ihr dieses *Mano-a-Mano*-Ding machen könnt.“

Ben lachte. „In Ordnung. Ich denke, du hast Recht, dass ich zuerst allein mit ihm sprechen sollte. Steig auf deinen Roller und folge mir – das Haus ist gleich am Dorfrand, wir brauchen von hier aus drei Minuten, um dorthin zu kommen.“

Und so parkten Molly und Ben etwa drei Minuten später ihre Roller und gingen auf Pierres Haustür zu.

„Diese Laube ist atemberaubend“, sagte Molly und zeigte auf eine rustikale Laube, die zu einem Dach geformt und mit Glyzinienranken bedeckt war. Darunter standen ein Metalltisch und Stühle, ein perfekt schattiger Platz für den Morgenkaffee oder das Mittagessen.

„Iris war eine ziemlich gute Gärtnerin. Rémy hat erwähnt, dass sie im Laufe der Jahre verschiedene Preise gewonnen hat, obwohl ich nie viel darüber wusste.“

„Gärten sind nicht wirklich dein Ding“, sagte Molly und stieß ihn mit ihrem Ellbogen an. „Warum braucht Pierre so lange? Er erwartet uns doch, oder?“ Sie reckte den Hals, um durch das kleine Fenster in der alten Holztür zu sehen, konnte aber nichts erkennen.

Dann hörten sie das Knirschen von Kies und langsame Schritte. Pierre erschien von der Seite des Hauses.

Ben und Molly sprachen ihr Beileid aus. Molly umarmte ihn, aber er erwiderte die Umarmung nicht. Pierre wirkte verhalten, als wäre er vielleicht gerade erst aufgewacht.

„Würde es dir etwas ausmachen, wenn ich ein bisschen im Garten herumwandere?“, fragte Molly. „Ich muss leider sagen, dass ich Iris erst letzte Woche kurz kennengelernt habe – du erinnerst dich, Pierre, neulich Abend bei Chez Papa? Das mag ein bisschen esoterisch klingen, aber ich würde ihr gerne dort meine Achtung erweisen."

Pierre deutete zur Antwort auf den Weg, und dann gingen er und Ben hinein.

Seltsam, dachte Molly, aber er war schon immer seltsam. Oder nicht einmal das – man hatte einfach das Gefühl, dass er sich mehr für Steinmetzarbeiten interessierte als für Menschen. Das war kein Verbrechen. Und Trauer sah bei jedem anders aus. Man konnte nicht erwarten, dass jemand heulte, wütete und laut seinen Kummer ausdrückte, nur weil man selbst so reagieren würde, wenn der Ehepartner ermordet worden wäre.

Und doch... trotz allem fühlte sich Molly unwohl. Sie hatte mit Pierre am Taubenschlag gearbeitet und war mehr als zufrieden mit der hervorragenden und künstlerischen Arbeit, die er geleistet hatte. Aber das bedeutete nicht, dass sie ihn *mochte*.

War es überhaupt relevant, ob man jemanden mochte? Konnte ein Mörder nicht sympathisch sein und ein Unschuldiger unsympathisch?

Molly wurde klar, dass sie auf dem Weg stehen geblieben war und ins Leere gestarrt hatte, während sie nachdachte. Mit einem Ruck bewegte sie sich vorwärts und zwang ihre Aufmerksamkeit auf Iris' Garten. Und oh, was für ein Garten das war! Sehr geordnet und geometrisch, im französischen Stil. Eine Reihe von Parterres mit eleganten Mustern aus sorgfältig geschnittenen niedrigen Pflanzen. Buchsbaumhecken um Reihen von Edelrosen. Die weißen Kieswege makellos, kein Unkraut weit und breit zu sehen.

Zwei Schwan-Topiaries standen wie königliche Wächter über allem, grüne Geister mit fein definierten Federn und anmutigen Hälsen. Wie in aller Welt hatte Iris all das ohne Hilfe gepflegt? Oder hatte sie vielleicht doch jemanden gehabt, oder eine ganze Schar von Helfern, die kamen, um zu schneiden, zu formen, zu gießen und all die unzähligen Aufgaben zu erledigen, die für ein so pflegeintensives Unterfangen nötig waren?

Molly war neugierig, worüber Ben und Pierre im Inneren des Steinhauses sprachen. Aber sie hatte auch das Gefühl, dass sie Iris ein wenig kennenlernte, indem sie dort blieb, wo sie war. Eine Person, die einen solchen Garten anlegte, hatte große Ambitionen, das war klar. Hatte keine Angst vor Arbeit. Und, vielleicht am interessantesten, Molly verstand, dass das Gestaltungsprinzip auf Kontrolle basierte, die Üppigkeit der Pflanzen wurde zurückgehalten und durfte nicht einmal ein kleines bisschen ausbrechen oder wild wachsen.

Auf dem Boden neben einem der Schwäne sah Molly eine kleine Ansammlung von Schnipseln, noch grün. War das Aufhübschen des Topiaries eines der letzten Dinge gewesen, die Iris getan hatte? Molly stellte sich vor, wie sie allein arbeitete und den Garten in perfekten Zustand versetzte, während ihre eigene Schönheit gerade erst zu verblassen begann. Molly kamen die Tränen, und sie kniete sich hin, um die Schnipsel aufzuheben und durch ihre Finger fallen zu lassen, wobei sie eine Welle der Traurigkeit über die Verschwendung eines Lebens empfand.

Molly selbst bevorzugte Gärten mit einem freieren Geist, die Üppigkeit über Starrheit stellten. Sie konnte Iris' Garten zwar würdigen, aber er flößte ihr eher Respekt als Freude ein. Und er ließ sie ein wenig Mitleid mit Iris Gault empfinden, wenn es stimmte, dass der Garten ein Spiegelbild ihres Charakters war - wenn sie ein Leben der Zurückhaltung geführt und sich nie die Erlaubnis gegeben hatte, aus der Reihe zu tanzen.

❧ 12 ❧

Nach etwa fünfzehn Minuten ging Molly zum Haus der Gaults, in der Annahme, dass sie den Männern genug Zeit gegeben hatte, allein zu reden. Sie schlüpfte durch die Haustür, um sie nicht durch Klopfen zu stören. Sie konnte ihre gedämpften Stimmen aus dem hinteren Teil des Hauses hören und bewegte sich leise den Flur entlang, wobei sie kurz in das Wohnzimmer schaute.

Es war sehr, sehr ordentlich. Peinlich ordentlich sogar. Unangenehm ordentlich. Das Sofa war eine Antiquität mit kunstvollen Holzschnitzereien, aber ohne Zierkissen. Auf beiden Seiten stand jeweils ein kleiner Beistelltisch. Ein Bücherregal war mit Büchern gefüllt, und kein einziges lag oben auf der Reihe, wie es bei Molly zu Hause üblich war. Ein Sessel mit einem kleinen runden Tisch daneben, drei Bücher genau aufgereiht und eine leere Teetasse auf einer Untertasse. Es war makellos sauber und völlig ohne jegliches Durcheinander.

Ich bin nicht gerade eine Schlampe, dachte Molly, aber dieses Haus sieht viel zu ordentlich aus. Leben viele Leute so? Sie schauderte leicht. Das Wohnzimmer war unangenehm; es fühlte sich an, als würde es darauf warten, jeden zu tadeln, der hereinkam und es störte, als ob derjenige, der diese Teetasse zurückgelassen hatte, es irgendwie bereuen würde.

Molly lächelte in sich hinein und erkannte, dass sie sich ein wenig hatte hinreißen lassen. Sie trat zurück in den Flur und ging näher zur Küche, um zu hören, was die Männer sagten, bevor sie merkten, dass sie zuhörte. Sie sprach sich von diesem Vergehen frei, indem sie sich sagte, dass sie es Ben später gestehen würde.

„...Versicherung. Ich weiß, es sieht schlecht aus", sagte Pierre gerade.

„Was hat dich dazu bewogen, eine so hohe Police abzuschließen?"

„Iris drängte mich dazu. Sie konnte manchmal etwas morbide sein, weißt du. Sie verfiel in diese Stimmungen, und ein Teil davon war, dass sie glaubte, sie würde nicht alt werden."

„Nun ja."

„Ja, nun. Offensichtlich hatte sie Recht. Ich könnte die Auszahlung ablehnen? Oder sie für einen guten Zweck spenden?"

„Ich glaube nicht, dass das viel ändern wird", sagte Dufort. „Du könntest in der Meinung des Dorfes besser dastehen, aber die Gendarmen werden es als verzweifelten Versuch sehen, den Verdacht von dir abzulenken."

Molly klopfte diskret an die offene Küchentür.

„Komm rein", sagte Ben. „Du hast doch nichts dagegen, oder, Pierre? Molly war in früheren Fällen äußerst hilfreich, wie du vielleicht gehört hast."

„Eine echte Inspektorin Maigret", sagte Pierre, ohne auch nur den Hauch eines Lächelns.

Molly stand unbeholfen in der Tür. „Macht es dir etwas aus, wenn ich ein paar Fragen stelle?"

Pierre zuckte mit den Schultern. Er stand auf und blickte in den Garten.

„Ich weiß, das ist persönlich, und ich würde nicht fragen, wenn es nicht notwendig wäre. Vielleicht habt ihr das schon besprochen? Aber eine entscheidende Sache – wie war eure Ehe, Pierre? Wart du und Iris glücklich miteinander?"

Pierre seufzte. „Ja. Sie war ein Engel und ich habe sie angebetet."

Niemand sprach.

„Das wollt ihr hören, oder?", sagte Pierre verbittert. „Denn wenn so etwas passiert, vergessen die Leute, dass eine Ehe Höhen und Tiefen hat, schwierige Phasen, die sich mit glücklichen abwechseln, oder vielleicht nicht einmal das, vielleicht ist das Beste, was man bekommt, nicht elend zu sein – die Leute verstehen nicht, wie es ist. Aber in ihrer Unwissenheit werden sie über mein Schicksal entscheiden."

Ben neigte den Kopf. „Das stimmt nicht, Pierre. Die Beweise werden über dein Schicksal entscheiden."

„Obwohl es helfen würde, wenn ein Teil dieser Beweise darauf hindeutet, dass du deine Frau geliebt hast", fügte Molly leise hinzu.

„Wir waren sehr glücklich zusammen. Aber sag mir: Wie soll ich das beweisen?", fragte Pierre.

„Keine Affären, nichts dergleichen?"

„Nein. Sei nicht lächerlich."

Molly ärgerte sich über Pierres Abwehrhaltung. Sie warf Ben einen Blick zu, aber er erwiderte ihn nicht. „Pierre hat ein teilweises Alibi", sagte er zu Molly, sah sie aber immer noch nicht an.

„Was ist ein ‚teilweises' Alibi?"

„Er war am Freitagabend im Chez Papa. Ich kenne die von Nagrand festgestellte Todeszeit nicht, aber es scheint, als wäre Pierre während eines großen Teils des möglichen Tatzeitraums – tatsächlich mit dir zusammen gewesen."

Molly ärgerte sich erneut. „Entschuldige, wenn ich das nicht verstehe, aber ich dachte, die Idee eines Alibis impliziert, dass man eines hat oder nicht. Wenn es irgendeine Zeit gibt, für die man nicht Rechenschaft ablegen kann, und es reicht aus, um das fragliche Verbrechen zu begehen, dann... tut mir leid, ist es kein Alibi. Mit anderen Worten, es gibt kein ‚teilweises'."

Pierre starrte sie wütend an.

„Hör zu, ich versuche nicht, schwierig zu sein. Und Pierre, ich verstehe, dass das, was ich sage, vielleicht nicht leicht zu hören ist, aber was bringt es, um den heißen Brei herumzureden? Übersehe ich etwas, Ben? Wenn wir zum Beispiel wissen, dass Iris zwischen acht und zehn getötet wurde, und Pierre von acht bis neun im Chez Papa war, wie in aller Welt hilft ihm das überhaupt? Für mich heißt das, dass er eine schöne fette Stunde hat, für die er keine Rechenschaft ablegen kann."

Schließlich sprach Pierre. „Du sagtest, dass Nagrand nicht sicher sein kann, dass es Mord war, sondern nur darüber spekuliert hat. Es könnte durchaus ein Unfall gewesen sein. Wie hartnäckig, glaubst du, werden die Gendarmen deswegen sein? Könnte es sein, dass sie ein bisschen herumstochern und dann aufgeben?"

Molly und Ben hörten den hoffnungsvollen Ton in Pierres Stimme, und beide deprimierte dieser Klang ein wenig.

AM NÄCHSTEN MORGEN trafen sich Molly und Ben zum Frühstück im Café de la Place. Eine Hitzewelle baute sich auf, und selbst zu dieser recht frühen Stunde fühlte es sich angenehmer an, im gefleckten Schatten einer riesigen Platane zu sitzen. Sie gaben bei Pascal ihre Bestellungen auf und sahen einander liebevoll über den Tisch hinweg an.

„Du siehst heute Morgen reizend aus", sagte er, obwohl er bemerkte, dass ihre Haare auf einer Seite verrückt abstanden.

„Du siehst auch nicht schlecht aus", sagte sie grinsend.

Ein paar Gäste setzten sich an den Tisch neben ihnen - wahrscheinlich Touristen, da weder Ben noch Molly sie erkannten.

„Die Versicherung... das ist ein ungünstiger Zufall", sagte Ben mit leiser Stimme und wippte mit dem Bein unter dem Tisch.

Molly sagte: „Hm", und schaute auf den Platz hinaus, der ruhig war und auf dem nur wenige Menschen umhergingen.

„Was bedeutet ,hm'?"

„Oh, nur..."

Ben hob die Augenbrauen. „Du vertraust Pierre nicht."

„Nein. Das tue ich nicht."

Ben verengte leicht seine Augen, als er über Mollys Antwort nachdachte.

Molly versuchte das zu tun, was sich ihrer Erfahrung nach bei der Detektivarbeit als am hilfreichsten erwiesen hatte: keine vorschnellen Schlüsse zu ziehen. Und sie würde sicherlich nicht davon ausgehen, dass Pierre die Wahrheit sagte, wenn er behauptete, seine Frau nicht ermordet zu haben, nur weil er es sagte. Oder weil er mit Ben zur Schule gegangen war und eine hervorragende Arbeit bei der Renovierung ihres Taubenschlags geleistet hatte.

Ihrer Meinung nach hatte das eine nichts mit dem anderen zu tun.

„Er hat kein Alibi. Das Versicherungsgeld wäre ein Motiv. Ich sage nicht, dass ich definitiv glaube, dass er es getan hat, aber du musst zugeben, es ist durchaus möglich."

Ben sprach endlich. „In diesem Fall ist es vielleicht keine gute Idee, dass du mit mir daran arbeitest."

Molly war verdutzt. „Müssen Ermittler immer glauben, dass ihre Klienten unschuldig sind?"

„In diesem Fall ja. Die Aufgabe ist es, Pierre zu entlasten. Jeder Spur nachzugehen, jeden Weg zu verfolgen, der produktiv sein könnte. Ich werde zum Beispiel viele Interviews führen, und wenn du dabei bist und in die andere Richtung ziehst... Ich denke, das könnte schädlich sein. Es könnte meinen Fortschritt behindern."

„Was meinst du mit ,in die andere Richtung ziehen'? Ich behaupte nicht, dass ich mehr weiß als jeder andere. Ich sage nicht, dass ich glaube, er sei schuldig oder dass ich will, dass er schuldig ist. Nur, dass ich nicht unbedingt glaube, dass Pierre unschuldig ist, nur weil er das behauptet."

„Und du denkst, ich bin ein Narr, weil ich es tue?"

„Das habe ich nicht gesagt!"

„Du implizierst es, Molly", sagte Ben mit steinerner Miene.

Sie saßen für einige lange Momente da. Molly wollte nicht nachgeben, da sie das Gefühl hatte, nur das gesagt zu haben, was für sie völlig logisch war. Und Ben war genauso unbeweglich und außerdem beleidigt.

„Ich werde jetzt joggen gehen und weitermachen", sagte er und stand auf. „Es macht dir doch nichts aus, zwei Frühstücke zu essen, oder?" Und damit lief er die Straße hinunter und war in wenigen Augenblicken außer Sicht.

Pascal kam mit zwei Kaffees, zwei frisch gepressten Orangensäften und zwei Croissants, alles auf separaten Tellern. Er schaute fragend auf den leeren Stuhl.

„Ben musste schnell weg", sagte Molly und schaffte es, dem gutaussehenden Kellner ein Lächeln zu schenken. „Aber du kennst mich ja, ich werde mir nie nachsagen lassen, dass eine Tasse guter Kaffee oder ein Croissant bei mir verschwendet wäre!"

Sie streute ein Päckchen Zucker in ihren Café grande und nahm einen langen Schluck, wobei sie die Augen schloss. Der süß-bitter-milchige Geschmack versetzte sie in eine kurze Verzückung, trotz ihres ersten Streits mit Ben.

Was zum Teufel war nur sein Problem? fragte sich Molly, die ihn noch nie so grantig erlebt hatte. Und dass er ohne Grund davonstürmte? Sie war genauso verärgert über ihn, wie er sich ihr gegenüber verhielt – als ob sie keine eigene Meinung haben dürfte und er dachte, sie würde ihn beleidigen, obwohl das nicht der Fall war.

Im Fall von Pierre und Iris Gault war es zumindest für Molly offensichtlich, dass keiner von ihnen wusste, was passiert war. Sie hatten noch nicht einmal mit den Ermittlungen angefangen!

Glücklicherweise hielt ihre Verärgerung sie nicht davon ab,

ihr Croissant zu genießen, das, wie sie feststellen konnte, von der Pâtisserie Bujold stammte. Es gab eine charakteristische Geschmacksnote, die Monsieur Nugent irgendwie hinbekam, eine Intensität butteriger Köstlichkeit, die kein anderes Konditoreigeschäft erreichen konnte. Nachdem sie Bens Orangensaft ausgetrunken hatte, vertilgte sie sein Croissant und beschloss dann, dass es Zeit für einen langen Spaziergang war.

Es war heiß, aber sie hatte gerade zwei Frühstücke gegessen und brauchte die Bewegung. Und sie dachte, wenn sie durch das ganze Dorf lief, würde sie sicher einige Leute zum Reden finden, die vielleicht etwas Licht in diese ganze Angelegenheit bringen konnten.

Es war genau genommen nicht so, dass sie sich vornahm, Ben zu beweisen, dass er falsch lag. Aber sollte das der Fall sein, würde es ihr nicht allzu leidtun – zumindest nicht in der Stimmung, in der sie gerade war.

❧ 13 ❧

Dufort machte sich auf den Weg zur Polizeiwache, weil er mit Maron sprechen wollte, änderte dann aber seine Meinung. Schweiß ließ den Rücken seines Hemdes feucht werden und er wischte sich mit dem Handrücken über die Stirn, obwohl ein Fußweg von ein paar Blocks für einen so fitten Mann wie ihn kaum eine Anstrengung darstellte. Er bog in eine schmale Seitenstraße ein und entfernte sich vom Dorfzentrum in Richtung der Kräuterhändlerin.

Er blieb stehen, als ihr seltsamer kleiner Laden in Sicht kam. Er wollte nicht hineingehen müssen. Er schreckte vor dem Gedanken zurück, wieder die blauen Glasfläschchen mit sich herumtragen zu müssen, von den Tinkturen abhängig zu sein, nachdem er so viele Monate davon befreit gewesen war.

Aber es war nicht die Behandlung, die das eigentliche Problem darstellte. Was er nicht wollte – leidenschaftlich nicht wollte – war, dass das Kribbeln seinen Rücken hinauf und hinunter wieder anfing, zusammen mit den wirren Gedanken, dem Schwitzen, der unkontrollierbaren Angst. Er hatte gehofft, dass sich die Dinge endgültig beruhigen würden, als er Valerie Boutillier von der Liste strich. Und er hatte sich in letzter Zeit so viel besser gefühlt, Tage und sogar Wochen ohne auch nur einen Hauch von Sorge.

Dufort öffnete die Tür zum Laden und trat ein. Die Kräuterkundige, eine junge Frau mit langen, zerzausten Haaren und ohne Make-up, lehnte mit den Ellbogen auf dem Tresen und betrachtete ein großes Buch.

„Bonjour, Benjamin", sagte sie und sah kaum auf. „Heiß heute, was? Wie geht's dir?"

Er seufzte. „Sehr gut, danke. Äußerst gut. Ich habe schon seit einiger Zeit keine Tinkturen mehr gebraucht. Überhaupt keine Probleme. Aber in letzter Zeit, und heute…"

„Die Angst ist zurück? Fühlt es sich genauso an wie beim letzten Mal?"

Ben nickte. „Ich habe keine rasenden Gedanken", sagte er und fühlte sich gleichzeitig peinlich berührt, so mit der jungen Frau zu sprechen, und erleichtert, seine Probleme teilen zu können. „Aber das Gefühl der Beklemmung ist zurück. Das Gefühl von Elektrizität in meinem Rücken. Und ich bin unruhig wie die Hölle." Er erinnerte sich an Molly und wie er sich von einer einfachen Meinungsverschiedenheit hatte in Rage bringen lassen. „Und plötzlich regen mich Dinge furchtbar auf, die mich noch vor fünf Minuten überhaupt nicht gestört hätten."

Die Kräuterkundige, die Chloé hieß, betrachtete Ben mit klinischem Blick. Sie stellte eine lange Liste von Fragen, von denen einige für ihn sehr seltsam klangen, aber er zögerte nicht, sie alle zu beantworten.

„Nun, zum Schluss", sagte sie. „Was hat sich verändert? Arbeitest du an einem neuen Fall, obwohl du doch im Ruhestand bist?"

„Kanntest du Iris Gault?"

Chloé lachte. „Jeder kannte Iris! Die Göttin von Castillac."

„Nur aus Neugier… hast du irgendeine Idee, was passiert ist?"

„Ich? Ich kann wirklich nichts dazu sagen, Benjamin. Ich kannte sie nicht persönlich, ihren Mann auch nicht. Die Leute sagen, es war Mord, stimmt das?"

Dufort nickte.

„Nun, dann würde ich mir den Ehemann mal genauer ansehen", sagte sie, während sie eine Schublade öffnete und mehrere kleine Glasflaschen herausnahm und begann, Tropfen in eine größere zu geben. „Ich meine, normalerweise ist es der Ehemann, oder? Und es passierte in ihrem Haus?"

Dufort nickte wieder. „Ja, sie stürzte die Hintertreppe hinunter."

„Du meinst, sie wurde gestoßen."

Dufort nickte widerwillig. Ihm wurde klar, dass er tief in seinem Inneren noch nicht wirklich akzeptiert hatte, dass Iris' Tod kein Unfall gewesen war. Als ob ein wunschträumender Teil von ihm dachte, Florian Nagrand würde ihn jeden Moment anrufen und sagen, es sei alles ein Irrtum gewesen, sie sei einfach ungeschickt gewesen, sie könnten alle nach Hause gehen und aufhören, nach einem Mörder zu suchen.

„Und als du erfahren hast, dass sie gestoßen wurde, ist da die Angst wieder hochgekommen?"

Dufort betrachtete das verschnörkelte Muster auf Chloés Kleid. Es erinnerte ihn an den Biologieunterricht vor Jahren, an Zellmembranen und Zilien und all die Dinge, die in der Welt lebten und die man nur mit einem Mikroskop sehen konnte.

„Ja, mehr oder weniger. Bevor Iris starb – bevor ihr Mann mich mit den Ermittlungen beauftragte – ging es mir gut."

„Geht mich ja eigentlich nichts an. Aber du solltest vielleicht über einen anderen Beruf nachdenken?"

Dufort zuckte mit den Schultern. „Vielleicht. Es ist... es ist schwierig, in meinem Alter noch herauszufinden, was man machen soll. Ich dachte, Detektivarbeit wäre das, was ich mehr als alles andere wollte." Er hob die Handflächen, als würde er aufgeben. „Man sollte meinen, ich hätte das inzwischen geklärt."

Chloé nickte. „Klar, so fühlt es sich an. Aber ich sehe hier alle möglichen Leute, die absolut nicht mit sich im Reinen sind. Mal ist es die Arbeit, mal sind es Beziehungen oder mal geht es einfach nur darum, wie man den Alltag bewältigt. Du wärst überrascht, Benjamin. Menschen haben zu kämpfen. So ziemlich jeder, irgendwann mal."

„Das ist nett von dir, das zu sagen."

„Nun, genauso wie vorher. Drei Tropfen unter die Zunge, wenn du einen schlechten Moment hast, ansonsten einfach fünf Tropfen am Morgen und weitere fünf vor dem Schlafengehen. Komm wieder zu mir, falls es nicht hilft."

Dufort bedankte sich und bezahlte, dann ging er zurück auf die sonnige Straße. Er dachte an Rémy, der sagte, dass jeder eine Aufgabe im Leben hatte – aber das war leicht gesagt, wenn man mit messianischer Hingabe in der Bio-Landwirtschaft arbeitete.

Er zog es vor, die Tropfen unbeobachtet einzunehmen, sogar ohne Chloés Beisein, und so duckte er sich in die erste Gasse, die er fand, sah sich um und zog mit einem Seufzer die Flasche aus der Tüte. Er würde die Dinge diesmal klären müssen. Er war fünfunddreißig Jahre alt. Es war an der Zeit, sich zu entscheiden, was für ein Leben er führen wollte, und damit anzufangen, es zu leben.

❧

Auf dem Weg zur Montagsmittagsschicht im Chez Papa machte Nico einen Umweg. Er verließ seine kleine Wohnung über einem alten Stall in der Rue Pasteur und ging in die entgegengesetzte Richtung zur Bar, ohne das heiße Wetter zu bemerken, weil er so auf den Kauf konzentriert war, den er gleich tätigen würde.

„Ich habe noch nie wirklich für jemanden Blumen gekauft", gab er gegenüber Madame Langevin zu, nachdem er ein paar Minuten in ihrem Laden herumgeschaut hatte, ratlos, wie er auswählen und was er fragen sollte.

„Mögest du verflucht sein!", sagte sie, starrte ihn an und lachte dann. „Das ist natürlich kein Problem, junger Mann. Sie sind Nico Bartolucci, nicht wahr?"

„Oui, Madame", sagte Nico, unsicher, was er von ihr halten sollte.

„Ich bin Angela Langevin. Lassen Sie mich Sie beraten. Sie haben zumindest einen anständigen Moment gewählt, um Ihre ersten Blumen zu kaufen, obwohl die Auswahl noch beeindruckender sein wird, wenn Sie in ein paar Wochen wiederkommen – und Sie werden wiederkommen, Monsieur Bartolucci! Ich habe die erstaunlichsten Sträuße importierter Blumen, natürlich, aber die regionalen Blüten – einfach unglaublich. Ich habe mehrere neue Lieferanten, die gerade ins Geschäft eingestiegen sind. Ein junges Paar, das weit draußen in der Rue des Chênes lebt, ich dachte zuerst, das würde überhaupt nicht funktionieren – sie sahen so ungepflegt und vernachlässigt aus, dass es schwer vorstellbar war, dass sie mir irgendetwas Schönes bringen könnten. Aber sehen Sie hier – diese Anemonen sind von ihrer kleinen Farm – großartig, finden Sie nicht?"

Nico lächelte und fühlte sich völlig fehl am Platz, aber es störte ihn nicht besonders. „Ich wusste gar nicht, dass es eine Blume namens ‚Anemone' gibt", sagte er. „Alles, was ich weiß, nun, ich rate eigentlich – aber ich denke, sie würde etwas mögen, das gut riecht?"

Mme Langevin musterte Nico prüfend. Sie spielte seit Jahrzehnten eine Nebenrolle in den Liebesgeschichten von Castillac und konnte Menschen schnell einschätzen.

Fast zu gut aussehend. Noch nie verliebt gewesen. Selbstbewusst, aber tief im Inneren ein bisschen zerbrechlich. Verdammt, das beschreibt die meisten von uns.

„Können Sie sie mir beschreiben?", fragte sie beiläufig.

Nico grinste. „Sie ist... sie ist Amerikanerin. Groß und schlank, lange Beine, Haare wie Kleopatra."

„Ich meinte eher ihre Persönlichkeit, Dinge, die sie mag, damit ich eine Vorstellung davon habe, welche Blumen sie erfreuen könnten?"

„Ach so, richtig. Nun, ich... ehrlich gesagt, sie ist ein bisschen unbeschreiblich!", sagte er lachend. „Sie ist sehr direkt, sagt, was ihr durch den Kopf geht. Sie ist musikalisch. Lebensfroh. Sie lässt in mir den Wunsch aufkommen, sie irgendwie zu beschützen."

Oh, es hat ihn schlimm erwischt.

„Riechen Sie mal daran", sagte Mme Langevin und wedelte mit einem Zweig Nicotiana unter seiner Nase.

„Wow", sagte Nico. „Kann ich einen großen Strauß davon haben? Ich möchte, dass die ganze Wohnung so gut riecht."

„Wenn Ihre Wohnung nicht zu groß ist, dann ja, das können Sie erreichen", sagte sie, riss ein großes Stück Wachspapier ab und legte einige lange Stiele darauf. Dann nahm sie noch ein paar Zweige aus dem Eimer und legte sie zu den anderen. „Ich lege eine kleine Karte mit Pflegeanweisungen bei. Sie werden nicht sehr lange halten, aber das ist Teil ihrer Schönheit."

Nico bedankte sich überschwänglich und ging schnell mit dem Strauß zurück zur Wohnung, in der Hoffnung, dass Frances unterwegs war, damit er die Blumen arrangieren und die Wohnung parfümieren konnte, bevor sie nach Hause kam.

Es stimmte, es hatte ihn schlimm erwischt. Er war fast dreißig Jahre alt, hatte viele Freundinnen gehabt, aber sich nie verliebt, und jetzt war diese seltsame Amerikanerin in sein Leben getreten, und er konnte an absolut nichts anderes denken, als ihr zu gefallen. Aber er stellte fest, dass Frances nicht so leicht zu erfreuen war, nicht weil sie anspruchsvoll war, sondern unberechenbar, mit eigenartigen Vorlieben.

Aber wer konnte Blumen widerstehen? Laut Madame Langevin konnte er damit nichts falsch machen.

Das Dorf war an diesem Morgen ruhig, vielleicht wegen der Hitze. Molly schlenderte ziellos umher und hoffte, jemandem zu begegnen, den sie kannte, aber die Straßen waren praktisch leer. Sie ging die Rue Saterne hinunter und sah Madame Luthiers heruntergekommenes Haus, dessen Dach auf einer Seite leicht einsackte. Neben der Tür lag ein Müllhaufen. Dann ging sie zur Rue Baudelaire, wo die alte Madame Gervais wohnte, aber als Molly klopfte, antwortete niemand. Der Lampenladen nebenan war geschlossen, wie es immer der Fall zu sein schien, und Molly verbrachte einige Momente damit, ins Schaufenster zu schauen, das frisch dekoriert war und mehrere Lampen mit Seidenschirmen präsentierte, die Molly begehrte.

Die Meinungsverschiedenheit mit Ben... sie ließ das ruhen. Es hatte keinen Sinn, daran herumzukratzen wie an einem Schorf; sie würde einfach sehen, ob sie die Wogen glätten konnten, wenn sie sich wiedersahen. In der Zwischenzeit wollte sie unbedingt Neuigkeiten für ihn haben, irgendeinen Schnipsel von Beweisen, den sie aufgestöbert hatte. Und die Wahrheit war - Bens Verhalten hatte ihren Wettkampfgeist geweckt, und sie genoss den Gedanken, ihm Beweise zu präsentieren, dass er mit Pierre falsch lag.

Es ergab perfekten Sinn - jeder wusste, dass der Ehemann der Hauptverdächtige war, wenn eine Ehefrau ermordet wurde. Es waren nicht Vorurteile oder Märchen oder Fernsehsendungen, die das besagten: Es waren Statistiken. Sie zog ihr Handy heraus, googelte schnell und fand mehrere gut recherchierte Artikel zum Thema Frauenmorde in Europa. Erschreckenderweise lag die Statistik für Frankreich bei sechs Frauen pro Monat, die von ihren Partnern getötet wurden.

Sechs. Pro *Monat.* Es war kaum abwegig, dass eine von ihnen, diesen Juli, Iris Gault gewesen war.

Sie ging zurück Richtung Place, von der Sonne erschöpft, und dachte darüber nach, wen sie interviewen konnte, der Iris gut gekannt haben mochte. Wer konnte etwas wissen, sie vielleicht über Pierre oder den Zustand ihrer Ehe reden gehört haben?

Direkt in der Rue Picasso fand sie ihre Antwort. Die Grundschule lag in der Nähe des Dorfzentrums; sie war schon oft daran vorbeigegangen, obwohl der Anblick der Kinder, die auf dem Spielplatz herumtollten, sie fast immer melancholisch stimmte und sie eine Flut von Bedauern darüber, keine eigenen Kleinen zu haben, nicht zurückhalten konnte.

Aber an diesem Morgen überkamen sie diese Gefühle überhaupt nicht - sie hatte eine Aufgabe zu erledigen. Molly schaute in die Fenster und sah einen Mann und eine Frau an ihren Schreibtischen sitzen. Sie mussten Iris recht gut gekannt haben, dachte sie und schritt ohne weiteres Zögern durch die Eingangstür.

„Bonjour", sagte sie zaghaft von der Bürotür aus. „Darf ich mich vorstellen. Ich bin Molly Sutton. Ich bin vor etwa einem Jahr aus den Vereinigten Staaten nach Castillac gezogen."

„Bonjour Madame Sutton", sagte der Mann und sprang von seinem Stuhl auf. Er war groß und schlaksig, mit etwas längerem Haar, das ihm über ein Auge fiel. „Ich bin Tristan Séverin, der

Schulleiter. Was kann ich für Sie tun?" Sein Ausdruck war warm und freundlich, und Molly fühlte sich ermutigt.

„Nun, ich komme gleich zur Sache. Sie kennen Ben Dufort natürlich?"

„Oh ja", sagte Séverin. „Er kam jedes Jahr, um mit den Schülern zu sprechen, damals, als er noch Chef war. Sehr unterhaltsam, die Kinder liebten ihn."

Molly lächelte. „Nun, er ist... er ist jetzt Privatdetektiv, ist das der richtige Begriff? Mein Französisch wird besser, aber ist noch lange nicht perfekt", sagte sie errötend. „Im Moment untersucht er den Tod von Iris Gault. Ich bin sicher, Agent Maron war schon bei Ihnen?"

Die Frau, die noch an ihrem Schreibtisch saß, ließ etwas Schweres zu Boden fallen.

„Noch nicht", sagte Séverin. „Es sind so schreckliche Nachrichten. Wir mochten sie sehr, nicht wahr, Caroline? Entschuldigung, das ist Caroline Dubois, meine Assistentin. Ohne sie würde hier gar nichts laufen." Er lächelte Caroline an, die es schaffte, Molly etwas zuzuwerfen, das einem Lächeln ähnelte, aber nicht sehr überzeugend war. Molly bemerkte, dass sie gut gekleidet und sehr ordentlich war, im Gegensatz zu ihrem Chef, der aussah, als käme er gerade selbst von einer Runde auf dem Spielplatz.

„Stimmt es, was wir gehört haben?", fragte Caroline. „Dass sie... ermordet wurde?"

„Ich fürchte, das ist die beste Vermutung des Gerichtsmediziners. Haben Sie Vertrauen in Nagrands Urteil?"

„Ich hatte bisher weder in die eine noch in die andere Richtung mit ihm zu tun", sagte Séverin. „Ich nehme an, er versteht sein Handwerk. Aber es ist sehr schwer vorstellbar, warum jemand Iris hätte töten wollen." Er warf einen Blick auf Caroline, die nickte und dann wieder auf ihren Bildschirm schaute.

„Hätten Sie ein paar Minuten Zeit zum Reden?", fragte Molly Séverin. „Ich möchte Ihren Tag nicht unterbrechen, aber ich kam gerade vorbei und hoffte, Sie hätten vielleicht eine Minute oder zwei, jetzt wo die Schule für den Sommer aus ist. Vielleicht könnten Sie mir zeigen, wo sie gearbeitet hat?"

Séverin sah Caroline an. „Nichts Dringendes?"

„Nein, es ist eigentlich ein ruhiger Tag. Die Aussendungen gingen letzten Freitag raus und Sie haben morgen früh einen Termin, aber das ist alles. Abgesehen von diesem Berg auf Ihrem Schreibtisch", fügte sie mit einem gezwungenen Lächeln hinzu.

„Bitte, erlösen Sie mich von diesem Berg", lachte er zu Molly, und sie verließen zusammen das Büro. „Sie arbeiten also mit Ben an dieser Sache, habe ich Recht? Sie haben sich einen ganz schönen Ruf erarbeitet, Madame Sutton, lösen Verbrechen links und rechts! Castillac kann sich glücklich schätzen, Sie zu haben."

„Nun, ich danke Ihnen", sagte Molly, und ihre Röte vertiefte sich. „Ja, ich arbeite mit Ben zusammen. Er wurde privat engagiert, um die Sache zu untersuchen. Obwohl die Gendarmerie zweifellos auch dran ist."

Séverin nickte. „Eine schreckliche Situation. Wirklich - es ist unvorstellbar. Iris war so eine sanfte Seele, ich kann mir nicht vorstellen, wie so etwas passieren konnte."

„Hat sie lange an der Schule gearbeitet?"

„Ja, viele Jahre. Ich glaube, sie fing als Hilfskraft in der Kantine an und arbeitete sich mit der Zeit in die leitende Position hoch. Sie stellte die Menüs zusammen, leitete die Küche, eigentlich alles. Meinerseits war es ein Bereich der Schulleitung, um den ich mich nie sorgen musste - ich wusste, dass mit Iris in der Verantwortung das Mittagessen der Kinder gesund, lecker und pünktlich serviert sein würde."

„Also keine Unstimmigkeiten, Probleme mit anderen Mitarbeitern, irgendetwas in der Art?"

„Oh nein, überhaupt nicht." Sie gingen durch einen leeren Hof und in einen sehr großen Raum in einem anderen Gebäude. „Gelegentlich hatten wir ein bisschen Hin und Her wegen des Budgets. Welcher Koch möchte schließlich nicht Geld für die besten Zutaten ausgeben?" Er lächelte. „Manchmal war sie deswegen frustriert oder darüber, dass sie in manchen Jahreszeiten nicht genug lokales Gemüse finden konnte. Sie war sehr gut in ihrem Job. Sehr fürsorglich und liebevoll zu den Kindern."

„Und wie kam sie mit allen anderen zurecht? Mochten die anderen in der Kantine es, mit ihr zu arbeiten?"

„Oh ja, sicherlich, ich habe nie ein Wort über irgendwelche Probleme gehört. Sie sollten vielleicht mit Ada Bellard sprechen, ihrer Stellvertreterin. Sie weiß sicher besser als ich, was hinter den Schwingtüren vor sich ging." Séverin deutete auf die Doppeltüren, die zur Küche führten.

„Und... ich weiß, das klingt schrecklich neugierig, aber das müssen wir tun... hat sie jemals über ihren Mann gesprochen?"

Séverin setzte zu sprechen an, schloss aber den Mund wieder. Molly hatte das Gefühl, ihm in den Hals greifen und diese verschluckten Worte direkt herausholen zu wollen. Mit Mühe blieb sie still.

Schließlich sagte Séverin: „Nun, es fühlt sich nicht ganz richtig an, Vertrauen zu brechen. Aber offensichtlich ist dies eine außergewöhnliche Situation. Ich muss darüber nachdenken, was Iris gewollt hätte."

„Natürlich."

„Sie war nicht der Typ, der endlos über ihre persönlichen Probleme redete. Aber es stimmt schon, ja, dass die Dinge mit Pierre seit einiger Zeit nicht gut liefen. Ich kenne keine Details. Gelegentlich ließ sie mal eine Bemerkung fallen, verstehen Sie?"

„Ich denke schon." Molly erwog, ihn weiter zu drängen, wollte aber nicht zu weit gehen.

„Die Ehe ist schwierig", sagte Séverin. „Ich weiß das aus Erfahrung. Meine Frau – nun, ich will Sie nicht mit all dem langweilen. Ich wünschte, ich hätte Ihnen mehr zu sagen, aber ehrlich gesagt hat Iris ihre schmutzige Wäsche nicht in der Öffentlichkeit gewaschen, obwohl wir alle, die hier in der Schule arbeiten, Freunde sind. Sie war, wenn überhaupt, diskret." Séverin richtete sich auf und lächelte. „Gibt es noch etwas? Ich fürchte Carolines

Zorn, wenn ich nicht wenigstens einen Teil dieses Stapels auf meinem Schreibtisch abarbeite."

„Ich verstehe, und vielen Dank, dass Sie mir alles gezeigt haben. Würde es Ihnen etwas ausmachen, wenn ich noch einen kurzen Blick in die Küche werfe, bevor ich gehe?"

„Nein, überhaupt nicht, wie Sie möchten. Ich hoffe, wir sehen uns wieder, aus einem weniger grausamen Grund. Au revoir, Madame Sutton!"

Der Schulleiter verließ die Kantine und Molly war allein. Der Raum war riesig; die Mittagstische waren an die Wand geschoben, die Stühle umgedreht darauf gestapelt. Alles war sauber und ordentlich. Sie stieß die Schwingtüren auf, im Bewusstsein, dass dies Iris' Platz war, in den sie so viel Zeit und Energie investiert hatte.

„Oh, Entschuldigung!" sagte Molly und zog sich zurück.

Ein Mann in blauem Overall war über ein Waschbecken am Ende der Küche gebeugt. „Ach, ich bin gleich fertig. Irgendwas wurde nicht richtig gemacht, als dieser Abfluss eingebaut wurde. Er verstopft ständig." Er leerte einen Eimer hinein, kratzte sich am Kopf und schlug dann mit dem leeren Eimer auf den Boden des Waschbeckens.

„Wissen Sie, ob Ada Bellard irgendwo in der Nähe ist?" fragte Molly.

Der Mann sagte etwas, das Molly nicht verstehen konnte. Er winkte kurz, bevor er durch die Hintertür verschwand.

Molly fragte sich, warum der Abfluss verstopft sein sollte, wenn die Schule geschlossen war und niemand die Küche benutzte. Sie schaltete noch mehr Lichter an und ging durch die Küche. Sie dachte an Iris. Große Töpfe hingen von einem Gestell an der Decke, viele weitere standen auf Drahtregalen. Alles war organisiert, ordentlich und blitzsauber: genau das, was Molly von Iris erwartet hätte, angesichts ihres gepflegten Gartens und Hauses.

Die industriellen Stahlarbeitsplatten und der Herd standen

irgendwie im Widerspruch zu ihrer Vorstellung von französischem Kochen, und ihr wurde klar, dass sie die ganze Sache romantisierte - was, hatte sie sich etwa vorgestellt, dass Iris hinter einem Brokatvorhang arbeitete und für die Schule in einem gusseisernen Topf über einem Feuer in einem mittelalterlichen Kamin kochte? Nur weil das Essen hausgemacht war, hieß das nicht, dass die Küche nicht modern war.

Molly schauderte. Selbst mit allen Lichtern eingeschaltet fühlte sich die Küche irgendwie dunkel an - oder als ob etwas Unheimliches da wäre und Molly nicht sehen konnte, was es war. Sie eilte zurück durch die Schwingtüren, quer durch den großen Raum und hinaus in die Hitze.

Wer war Iris Gault *gewesen*? fragte sie sich. Hatte Pierre sie in einem Anfall von Leidenschaft getötet, oder hatte er es geplant? Und wie sehr spielte das Versicherungsgeld dabei eine Rolle?

Es warteten einige Aufgaben in La Baraque auf sie. Molly schlenderte zurück zu ihrem Roller und düste dann nach Hause, erledigte hastig das Fegen, spülte einige schmutzige Teller und entfernte die verwelkten Blüten der Rosen im vorderen Beet. Sie weigerte sich standhaft, über Ben nachzudenken oder sich Sorgen zu machen, dass zwischen ihnen mehr als nur eine flüchtige Verstimmung war. Und sie plante sicherlich nicht, herumzuhängen und darauf zu warten, von ihm zu hören – an diesem Abend würde sie ins Chez Papa gehen, ganz allein, und sie konnte es kaum erwarten.

＊ 15 ＊

Gestärkt durch die neue Tinktur ging Dufort schnell zur Gendarmerie. Er wollte den neuen Gendarmen treffen und mit Maron über den Fall Gault sprechen. Aber Maron war nicht da.

„Ich weiß nicht, wann er zurück sein wird", sagte der kleine Mann, der an Thereses altem Schreibtisch saß. Dufort bemerkte, dass seine Uniform tadellos war, und fragte sich, ob er tatsächlich die Knöpfe polierte. „Vor etwa einer halben Stunde kam eine Frau herein und sagte, ihr Mann sei wieder verschwunden. Maron schien zu wissen, worum es ging."

„Ah ja, das wird Madame Vargas gewesen sein. Ihr Mann leidet an Demenz, der arme Kerl." Dufort hielt inne, kurzzeitig abgelenkt von den Gedanken an die Teile seines alten Jobs, die er gemocht hatte, wie zum Beispiel Monsieur Vargas sicher nach Hause zu bringen. Nichts Bedrohliches, nichts Kompliziertes und ein fast garantiertes Happy End. Er schüttelte leicht den Kopf, um sich in die Gegenwart zurückzuholen. „Ich bin Benjamin Dufort, ehemaliger Chef der Gendarmerie hier." Dufort lächelte, aber der andere Mann änderte seinen Gesichtsausdruck nicht.

„Ich habe von Ihnen gehört."

„Und Ihr Name ist...?"

„Entschuldigung. Ich bin Agent Paul-Henri Monsour. Kann ich etwas für Sie tun?"

Dufort verstand, dass Monsour absolut kein Interesse daran hatte, ihm zu helfen oder überhaupt irgendetwas mit ihm zu tun zu haben. Ein Chef, der seinen Posten aufgab - so ein seltsames, unerklärliches Verhalten! - war eine Person, die man nach Möglichkeit meiden sollte.

Dufort spürte, dass ihm dieses Zurückschrecken von Monsours Seite einen Vorteil verschaffte, auch wenn er nicht genau sagen konnte, inwiefern. In jedem Fall amüsierte es ihn eher, als dass es ihn beleidigte.

„Tatsächlich, Paul-Henri, glaube ich, Sie sind der Mann, mit dem ich sprechen möchte." Dufort wusste, dass die Verwendung seines Vornamens den Gendarmen ärgern würde. „Sie sind auf den Anruf am Freitagabend hin am Haus der Gaults gewesen?"

„Das bin ich."

„Erzählen Sie mir bitte, was Sie vorgefunden haben. Wie ging es Pierre? War sonst noch jemand am Tatort?"

„Es tut mir leid, Monsieur Dufort, aber Sie bitten mich, über die Angelegenheiten der Ermittlung zu sprechen, und das würde natürlich gegen alle Protokolle der Gendarmerie verstoßen. Mit einem *Zivilisten* auf diese Weise zu sprechen, nein, das könnte ich unmöglich tun."

„Natürlich meinte ich nicht offiziell", sagte Dufort.

„Trotzdem."

Die beiden Männer starrten einander an. Schließlich wurde Duforts Gesichtsausdruck weicher. „Bitten Sie einfach Maron, mich anzurufen, wenn er zurückkommt. Können Sie das tun?"

„Mit Vergnügen, Monsieur."

Dufort ließ die Tür hinter sich zuschlagen und ging wieder nach draußen. Es fühlte sich an, als wäre die Temperatur um weitere fünf Grad gestiegen, und er bewegte sich in den Schatten einer Eiche, während er seinen nächsten Schritt überlegte.

Abrupt lachte er kurz auf, als er daran dachte, wie froh er war, nicht Chef zu sein mit Monsour als Untergebenem. Für einen flüchtigen Moment stellte er sich vor, wie es wäre, Castillac zu verlassen und irgendwo anders neu anzufangen, wo er nicht die Geschichten der meisten Einwohner kannte und sich nicht verantwortlich fühlen würde, sie alle zu beschützen.

Dann begann er mit einem Seufzer eine Liste von Fragen: Hatten die Gaults mit jemandem besonderen Umgang? Wer hatte Einblick in ihre Ehe gehabt? Wer waren Iris' Vertraute?

Und vor allem, warum war Molly so darauf versessen, Pierre zu verurteilen, bevor sie überhaupt angefangen hatten?

❧

„Danke, Nico", sagte Molly, während sie sich auf ihrem Hocker im Chez Papa sortierte und dann ihren Kir aufnahm und einen langen Schluck trank. „Du meine Güte, war es heute heiß. Hast du einen Wetterbericht gehört? Wann ist diese Hitzewelle vorbei?"

„Ich mag die Hitze eigentlich", sagte Lawrence, der auf seinem üblichen Hocker saß, mit seinem üblichen Negroni vor sich. „Ich ziehe mich bis auf eine glamouröse heidnische Unterhose aus und sonne mich in meinem Hinterhof wie eine Eidechse."

„Du hast wirklich eine bewundernswerte Bräune."

„Ich glaube, mein Vitamin-D-Status ist absolut erstklassig", sagte er. „Also komm, genug vom Wetter und meiner Haut. Wie läuft es mit Iris' Fall? Gibt es Hoffnung für den armen Pierre?"

„Ich weiß nicht, warum du ‚armer Pierre' sagst. Er hat Ben engagiert, also ist er nicht gerade wehrlos."

„Deine Augenbrauen ziehen sich zusammen. Ziemlich niedlich."

„Oh, bitte. Mich interessiert, warum alle so schnell dabei sind, ihn zu verteidigen. Dir muss klar sein, dass Frauen häufiger durch die Hände ihrer Ehemänner und Freunde sterben als auf jede andere Art? Frauen in ihren Dreißigern und Vierzigern sterben häufiger auf diese Weise als an Krebs!"

„Das *ist* erschreckend."

„Allerdings. Und es macht mich wütend, Lawrence. Es lässt mich diesem verdammten Maurer ins Gesicht schlagen und ihn fragen wollen, wie er es wagen kann, seiner Frau wehzutun, und es ist mir schnurzegal, was in der Ehe nicht stimmte."

„Ich stimme zu, dass Unfreundlichkeit kein Grund ist, getötet zu werden. Wenn du das meinst."

„Ein Mörder zeigt Feigheit, mangelnde Selbstkontrolle, Schwäche... die Liste geht weiter. Ich gebe zu – und vielleicht klinge ich selbstgerecht – ich verachte es. Ich weiß, dass es möglicherweise von Zeit zu Zeit so aussieht, als wäre ich von Mord besessen, aber es ist die Dreistigkeit der Mörder, über die ich nicht hinwegkomme. Diese Vorstellung, die sie haben, dass *ihre* Gefühle, *ihre* Verletzungen wichtiger sind als die von allen anderen. Sie sind diejenigen, die entscheiden, wer lebt und wer stirbt. Es macht mich so verdammt wütend!"

Nico und Lawrence hörten vorsichtig zu.

„Ich sehe dich selten so aufgebracht", sagte Lawrence. „Vielleicht noch nie. Richtet sich das wirklich alles gegen Pierre?"

„Nein!", schnappte sie. „Es richtet sich auch gegen Ben, der völlig auf Pierres Seite steht. Freiwillig Geld annimmt, um einen Frauenmörder zu verteidigen. Was soll ich davon halten?"

„Aber Molls, du weißt doch gar nicht, ob Pierre es getan hat", sagte Nico ein wenig kleinlaut.

„Doch, das weiß ich. Statistiken können manipuliert werden, das gebe ich zu. Aber in diesem Fall denke ich, ist die Situation ziemlich eindeutig. Wie ich gerade sagte, werden Frauen in alarmierendem Ausmaß von ihren Ehemännern und Freunden ermordet. Sechs pro Monat in Frankreich – ich habe es gerade nachgeschaut. Sechs jeden *Monat!*

„Und die Fakten sind folgende: Iris wurde in ihrem Haus die

Treppe hinuntergestoßen. Pierre war da. Er machte einen halbherzigen Versuch eines Alibis, indem er hier vorbeischaute, was er fast nie tut, dann rief er die Gendarmen in einem schwachen Versuch, unschuldig auszusehen. Nie gab es einen einfacheren Fall, alles liegt klar auf der Hand! Oder meint ihr etwa, keine Ahnung, dass ein Fremder zufällig an ihrem Haus vorbeikam, hineinrannte und sie die Hintertreppe zur Küche hinunterstieß? Aus welchem Grund, frage ich euch? Ganz zu schweigen davon, dass Menschen statistisch gesehen tatsächlich nicht sehr oft von Fremden getötet werden. Und ich habe die fette, saftige Lebensversicherungssumme noch gar nicht erwähnt. Das gibt einem zu denken, oder?"

Lawrence und Nico tauschten einen Blick aus. Molly war von ihrem Hocker gesprungen und fuchtelte mit den Händen herum, ihre Haare flogen in alle Richtungen und ihre Wangen waren gerötet.

„Also stimmt keiner von euch mir zu?", sagte sie schließlich, als niemand sprach.

„Du bist es doch, die immer sagt: ‚Nimm nichts als gegeben an'", meinte Lawrence.

Molly verzog das Gesicht. „Es ist sehr ärgerlich, wenn einem die eigenen Worte vorgehalten werden, wenn man gerade versucht, einen Punkt klarzumachen."

„In der Tat", sagte Lawrence.

Die Tür hinter ihnen öffnete sich und eine Familie kam herein – eine müde aussehende Mutter und zwei kleine Kinder, zusammen mit einem geplagten Vater.

„Funktioniert die Klimaanlage?", fragte er Nico kläglich.

„Tut mir leid, wir haben keine Klimaanlage. Du weißt ja, wie das ist, Fredo – es gibt nur ein paar Tage im Sommer, an denen wir sie wirklich brauchen."

„Das ist einer davon."

„Da würde ich nicht widersprechen", lachte Nico. „Im Hinterzimmer läuft ein großer Ventilator. Nimm deine Familie mit dorthin und ich bringe euch allen Limonade, wie wär's damit?"

Fredo scheuchte sie an der Bar vorbei ins Hinterzimmer, und Nico machte sich daran, Zitronen zu schneiden.

„Na gut, Schlauberger", sagte Molly zu Lawrence. „Wenn Pierre Iris nicht getötet hat, wer war es dann? Allen Berichten zufolge war sie eine sanftmütige Frau, die jeder mochte. Wo ist da ein Motiv, sie zu töten?"

„Es gibt immer die Liebe."

„Musst du wie ein Glückskeks sprechen? Was meinst du mit ‚Es gibt immer die Liebe'?"

Lawrence beugte sich nah heran, als ob es nicht als Klatsch über die Tote zählen würde, wenn er leise spräche. „Ich habe gehört, sie hatte eine Affäre, das ist alles."

Mollys Augen weiteten sich. „*Was?* Wieso hat das vorher niemand erwähnt? Mit wem?", forderte sie zu wissen und schlug mit beiden Händen auf die Bar. „Obwohl, bevor du antwortest: Eine Affäre verstärkt nur Pierres Motiv, das ist dir schon klar."

Lawrence zuckte mit den Schultern. „Vielleicht. Wenn er es wusste."

„*Du* weißt es. Warum glaubst du, Pierre wusste es nicht?"

Lawrence lächelte. „Weil ich praktisch alles weiß, meine Liebe. Habe ich dich davon noch nicht überzeugt?"

„Moment mal. Nico – wusstest du irgendetwas von Iris' Affäre?"

Nico schüttelte den Kopf, vermied den Blickkontakt und schnitt weiter Zitronen.

„Ihr seid alle völlig zum Verzweifeln!", sagte Molly, während sie sich wieder auf ihren Hocker setzte und ihren Kir trank, fest entschlossen, den Namen von Iris' Liebhaber aus Lawrence herauszubekommen, und wenn es das Letzte war, was sie auf dieser Erde tat.

❧ 16 ❧

Es war Dienstag, der Tag von Iris Gaults Beerdigung. Molly stand früh auf. Sie fühlte sich niedergeschlagen und versuchte, das abzuschütteln. Sie dachte, sie hatte kein Recht, traurig zu sein – schließlich hatte sie die Frau kaum gekannt. Aber Mord hatte eine Wirkung, nicht nur auf Molly, sondern auf viele im Dorf: Sie fühlten sich, als wäre niemand wirklich sicher. Nicht, dass sie erwarteten, Iris' Mörder würde weiter töten und die Castillacois einen nach dem anderen erledigen. Es war eher so, dass, wenn ein vertrautes Ehepaar wie Iris und Pierre gestritten hatte und das zu dem tödlichen Sturz die Treppe hinunter geführt hatte – nun, das konnte doch jedem passieren, oder? War jeder nur einen schlechten Tag davon entfernt, umgebracht zu werden?

Mit einer Tasse Kaffee in der Hand schlenderte Molly halbherzig mit Bobo durch den Hinterhof. Die Hündin machte ihre üblichen Sprünge, raste voraus und rutschte dann komisch, um die Richtung zu ändern, aber Molly achtete nicht darauf. Sie wandte den Kopf beim Geräusch eines Autos und Bobo schoss mit ihrem Ich-kenne-dich-Willkommensbellen um die Hausecke.

Ich nehme an, das ist Ben, dachte Molly, und ihre Mundwinkel hoben sich trotz allem ein kleines bisschen. Sie richtete sich auf und folgte Bobo, neugierig, ob er irgendwelche neuen Informationen zu teilen hatte. Sie wusste, sie würde ihm von Iris' Affäre erzählen müssen, aber sie plante, die Neuigkeit so lange wie möglich zurückzuhalten, einfach weil ihr danach war, störrisch zu sein.

Ben und Molly sagten zunächst nichts, aber beide bedauerten den Streit des Vortages und das zeigte sich in ihren Gesichtsausdrücken. Sie küssten einander auf beide Wangen und standen einen Moment lang Händchen haltend da, während die heiße Sonne auf sie herabbrannte, obwohl es erst acht Uhr morgens war.

„Iris hatte eine Affäre", platzte Molly heraus, ihr Starrsinn geschmolzen durch das Gefühl von Bens Händen in ihren.

Ben sah überrascht aus. „Von wem hast du das gehört?", fragte er.

Molly schüttelte den Kopf. „Das kann ich nicht sagen."

„Lawrence."

Molly zuckte mit den Schultern. „Also hat Pierre dir nichts darüber gesagt?"

„Es könnte nichts dran sein", sagte Dufort. „Ich kann mir vorstellen, dass die Gerüchte über Iris und andere Männer schon seit Jahren brodeln, nichts als Fantasien."

„Meine Quelle ist zuverlässig."

„Nun, selbst wenn das ganze Dorf es glaubt, brauchen wir Beweise, bevor wir alle Fährten verfolgen, die eine Affäre zu eröffnen scheint."

„Wenn du so pingelig sein willst, spielt es eigentlich keine Rolle, ob es ein Gerücht ist oder nicht. Es kommt darauf an, ob Pierre glaubte, dass sie eine Affäre hatte – das ist es, was zählt."

„Nur wenn du–" Ben schloss den Mund und blickte einen Moment lang zu Boden. „Wie wäre es, wenn wir reingehen. Du kannst mir eine Tasse deines sehr guten und starken Kaffees einschenken. Und wir können das durchsprechen."

Molly atmete tief durch. Warum musste er so dickköpfig sein? Konnte er es nicht *sehen?*

Als sie mit frischen Tassen Kaffee im Schatten der Terrasse saßen, sagte Molly: „In Ordnung, es hat keinen Sinn, hin und her zu streiten, bis wir mehr Beweise haben. Wie können wir die beschaffen? Wen hältst du für einen wahrscheinlichen Liebhaber von Iris? Wer waren ihre Freunde?"

„Ich habe sie nicht privat getroffen. Ich glaube, keiner von beiden ging viel aus – Iris war in ihrer Freizeit meistens in ihrem Garten, und Pierre... er arbeitet. Hat immer mindestens ein großes Projekt am Laufen, manchmal sogar mehrere."

„Sie muss einsam gewesen sein."

„Möglicherweise. Oder vielleicht mochte sie es, Zeit allein zu verbringen. Nicht jeder ist ein wilder Extrovertierter", sagte er liebevoll und wuschelte durch ihr Haar. Molly lächelte. „Es ist irgendwie schlechtes Timing mit der Beerdigung heute, aber ich plane, Pierre zu bitten, mich das Haus durchsuchen zu lassen. Ich werde Iris' Sachen mit dieser Affären-Idee im Hinterkopf durchgehen. Wahrscheinlich hat Maron bereits ihren Computer und ihr Handy mitgenommen. Ich bezweifle, dass er großzügig mit allem umgehen wird, was er entdeckt."

„Ich wünschte, Thérèse wäre noch hier. Und es ist schade, dass die Leute keine Briefe mehr schreiben."

„Ja. Aus vielen Gründen schade. Ich habe bisher keine romantischen E-Mails geschrieben oder erhalten, wie sieht's bei dir aus?"

Molly lachte nur. „Hör zu. Ich möchte nicht mit dir über diesen Fall streiten, Ben. Aber so sehe ich es. Iris hatte eine Art Midlife-Crisis. Also – sie ist in ihren Vierzigern und fragt sich, ob ihr Leben im Grunde vorbei ist. Ihrer Meinung nach wird sie weiterhin den Kindern in der Kantine das Mittagessen servieren, bis sie zu alt zum Arbeiten ist. Sie wird all ihre Energie darauf verwenden, einen unglaublichen Garten zu pflegen, weil ihr Mann kaum mit ihr spricht–"

„–warte mal–"

„Lass mich ausreden. Also, sie ist noch nicht bereit, mit einem Fuß im Grab zu stehen. Sie nimmt sich einen Liebhaber. Und oh ja! Es ist erstaunlich, dass jemand sie wertschätzt! Sie fühlt sich wieder jung! Geliebt! Außer... Pierre findet es heraus. Er ist wütend. Sie streiten sich, und das Nächste, was du weißt, ist, dass Iris mit gebrochenem Genick am Fuß der Treppe liegt. Pierre wollte das nicht, nicht wirklich. Es war eine Affekthandlung."

„Also, was ich sage, ist, dass es kein geplanter Mord war, er hat es nicht getan, um das Versicherungsgeld zu bekommen oder so. Ein Ausbruch von Wut, von Leidenschaft..."

„Du könntest Recht haben."

Molly zwang sich, nicht zu jubeln.

„Aber ich glaube es nicht. Ich weiß, du denkst, dass ich nicht objektiv sein kann, weil ich Pierre mein ganzes Leben lang kenne. Und vielleicht hast du damit Recht. Aber es bedeutet auch, dass ich ein ziemlich tiefes Verständnis von ihm habe, auch wenn wir nicht die besten Freunde sind und es nie waren. Die Nähe all diese Jahre, das summiert sich zu etwas, Molly."

„Etwas, das ich nie haben werde."

„Nicht für Castillac, nicht für lange Zeit, nein. Aber natürlich sind frische Augen auf ihre Art auch wertvoll." Ben streckte seine Beine aus und trank etwas Kaffee. „Du hast nicht zufällig irgendwelche Croissants herumliegen, oder?"

„Überraschenderweise nein. Ausnahmsweise mal."

„Also gut, ich bin dran. Hier ist meine Version dessen, was passiert ist, spontan mit diesen neuen Informationen, die du über die Affäre gesammelt hast. Nehmen wir an, du hast alles genau richtig verstanden über Iris' Zustand und warum sie die Affäre überhaupt begonnen hat. Aber dann läuft etwas schief. Sie will mehr. Sie will, dass ihr Liebhaber sie aus Castillac wegbringt, um ein neues Leben in der Schweiz oder Amerika zu beginnen... aber der Liebhaber weigert sich, aus tausend möglichen Gründen. Vielleicht wollte er Iris nur kurz, um zu beweisen, dass er die schönste Frau im Dorf haben konnte. Oder vielleicht war er verheiratet und konnte oder wollte seine Frau nicht verlassen."

„Sie streiten sich, und Iris ist schrecklich wütend und verletzt, und sie bewegt sich, um ihn zu schubsen - nicht um ihn zu verletzen, sondern nur um ihre Frustration auszudrücken - und er tritt instinktiv zur Seite, und sie stürzt die Treppe hinunter."

„Oder... Iris könnte die Affäre beendet haben, und es war der Liebhaber, der sie gestoßen hat."

„Auch das."

Sie saßen da und beobachteten, wie Bobos gefleckter Kopf im hohen Gras der Wiese auf- und untertauchte. Ihr Schwanz wedelte wie verrückt.

„Wir haben noch viel zu tun", sagte Ben.

„Du hast recht. Okay, wann ist die Beerdigung? Wollen wir zusammen hingehen?"

Ben lachte. „Wir sind wahrscheinlich das einzige Paar in der Dordogne, das eine Beerdigung für ein richtig gutes Date hält."

„VIELLEICHT IST ES UNSENSIBEL", sagte Maron zu Monsour, als sie am Morgen der Beerdigung von Pierre Gaults Frau dessen Einfahrt hochgingen. „Aber er wird seinen Verlust wahrscheinlich gerade heute Morgen besonders spüren. Wir wollen ihn sehen, wenn der Tod seiner Frau ihn hart trifft."

Monsour nickte. Er hatte noch nie etwas mit einem Mord zu tun gehabt, außer in Fernsehkrimis, und er freute sich darauf, diesen schuldigen Ehemann schnell zu überführen.

„Du sagst kein Wort", sagte Maron. „Lass mich reden."

Sie klopften an die Tür. Maron spürte, wie ihm ein Schweißtropfen unter den Kragen lief. Er wünschte, er hätte sich kürzlich die Haare schneiden lassen; er hasste es, feuchte Haare im Nacken zu spüren.

„Ich höre nichts."

„Ich hab dir gesagt, kein Wort!" Maron neigte den Kopf und lauschte. Von weit weg konnte er langsame, schwere Schritte hören. Er stellte sich vor, wie Pierre die Treppe herunterkam, halb angezogen, und versuchte, so unschuldig wie möglich auszusehen. Vielleicht würde er sogar ein paar Tränen vortäuschen.

Die Tür knarrte auf. „Ja, Agents, was kann ich für Sie tun?"

„Wir möchten ein paar Worte mit Ihnen wechseln. Ich verstehe, Iris' Beerdigung ist heute-"

„-in etwas über einer Stunde-"

„-was uns genug Zeit gibt. Entschuldigen Sie die Störung an einem Tag, der für Sie sicher schrecklich und traurig ist." Maron beobachtete Pierre genau.

Pierre zuckte mit den Schultern. „Ich brauche noch etwa fünf Minuten, um fertig zu werden, das ist alles. Was immer Sie brauchen." Er ging ins Wohnzimmer und bedeutete den Gendarmen, ihm zu folgen.

„Ich nehme an, ich muss Ihnen nicht sagen, dass Sie in einer schlechten Position sind", begann Maron. Sein Magen fühlte sich unruhig an, und er wünschte, er hätte besser geplant, was er sagen wollte.

Pierre nickte kurz. Er sah nicht besorgt aus.

„Wenn Sie uns also zunächst Ihren Aufenthaltsort am letzten Freitag mitteilen würden? Am Abend des 11. Juli. Von neun bis elf."

Pierre seufzte. Er kratzte sich an der Stirn. „Ich arbeite gerade an einem Projekt bei den Lafonts. Der Teil, an dem ich jetzt arbeite, ist eine runde Treppe aus Kalkstein. Das ist ziemlich knifflig. Die Leute schätzen die Ingenieurskunst nicht, die in so etwas steckt, wenn diese großen Steinblöcke gestützt werden müssen, während sich die Struktur in einer Säule in die Luft erhebt-"

„Ja, ich bin sicher, es ist sehr kompliziert", sagte Maron. „Ihr Aufenthaltsort?"

„Ich war bei den Lafonts bis nach Einbruch der Dunkelheit,

dann bin ich kurz bei Chez Papa vorbeigegangen, bevor ich nach Hause kam. Ich habe ein paar Lampen aufgestellt, sodass ich nicht von Sonnenuntergang abhängig bin. Ich habe bis etwa 21 Uhr an der Treppe gearbeitet und danach aufgeräumt. Es war dunkel, aber ich habe die Lampen. Kunden sind zufriedener, wenn man einen ordentlichen Arbeitsplatz hinterlässt, und ich bin tausendmal glücklicher. Ich kann Unordnung nicht ausstehen."

„Und Sie haben die Lafonts also um wie viel Uhr verlassen?"

„Ich habe nicht auf die Uhr geschaut."

„Aber irgendwann nach Einbruch der Dunkelheit."

„Das habe ich gesagt, ja."

Maron und Monsour konnten Pierres Verärgerung nicht übersehen.

„Und als Sie schließlich nach Hause kamen, was haben Sie vorgefunden?"

Pierre sah Maron an, als hätte er zwei Köpfe. „Meine Frau, auf dem Küchenboden liegend. Ist das das, was Sie meinen? Soll das ein Verhör sein? Denn ich muss Ihnen sagen, Agent Maron, Sie sind sehr schlecht darin." Pierre sah amüsiert aus.

„Sind Sie nicht daran interessiert, den Mörder Ihrer Frau zu finden, Monsieur Gault?", fragte Maron.

„Natürlich. Weshalb Ihre Zeitverschwendung mit dieser Belanglosigkeit am Tag, an dem ich Iris beerdigen muss, meine Geduld auf die Probe stellt."

„Ich höre, Sie sind ein sehr geduldiger Mann", sagte Monsour. „Würden Sie dem zustimmen?"

Maron funkelte Monsour an.

„Steinmetzarbeit erfordert das", antwortete Pierre. „Nun, wenn das alles ist? Ich möchte pünktlich sein. Ich bin sicher, Sie verstehen das."

Maron und Monsour wurden zurück in die Hitze hinausbegleitet. Maron durchforstete sein Gehirn nach weiteren Fragen, etwas, das diesen arroganten Mann aus der Fassung bringen würde. Die Tatsache, dass Gault sich nicht überschlug, um bei den Ermittlungen zu helfen, war in Marons Augen sehr verdächtig.

Als er in Paris gewesen war, hatte Maron vor niemandem Angst gehabt. Jetzt, da er die kleine Truppe in Castillac leitete, war er ständig aus dem Gleichgewicht, sein Selbstvertrauen instabil. Ich werde Pierre Gault festnageln, sagte er zu sich selbst, als er und Monsour zurück zur Wache gingen. Ich werde beweisen, dass ich Dufort nicht brauche, der mich an der Hand hält, um diesen Kerl in Handschellen zu legen.

Das wird die Dinge wieder in Ordnung bringen.

Es war zumindest für einige merkwürdig.

Iris, deren körperliche Gaben so außergewöhnlich gewesen waren, dass sie eigentlich nach Hollywood hätte entführt werden oder zumindest auf den Laufstegen von Chanel hätte laufen und auf dem Cover der Vogue hätte prangen müssen, hatte andere Ambitionen gehabt. Sie wollte einfach nur ein Haus voller Kinder und eine glückliche Familie, für die sie kochen konnte, sowie einen Garten, in dem sie herumwerkeln konnte. Einige Dorfbewohner hatten weiterhin gehofft, dass sie nach New York, Los Angeles oder Paris aufbrechen und das Dorf stolz machen würde, aber Iris hatte nie auch nur einen Funken Interesse daran gezeigt.

Sie hatte den Steinmetz geheiratet, der sie vergötterte, und sich in dem Haus niedergelassen, das seine Eltern ihm nach ihrem Tod hinterlassen hatten. Alle, die sie kannten, hatten erwartet, dass gleich darauf Schwangerschaften folgen würden. Aber sie waren ausgeblieben.

Drei Jahre nach der Hochzeit, als Iris und Pierre noch recht jung gewesen waren und Iris' Schönheit unverändert, war Pierre an einem Samstagmorgen zu einem geheimnisvollen Auftrag aufgebrochen. Iris hatte nur milde Neugier daran gezeigt, wohin er ging, und sich in den Garten begeben, um mit der Tagesarbeit zu beginnen.

In Madame Langevins Blumenladen kaufte Pierre keine Blumen, sondern sprach mit der Besitzerin, deren alte Freundin in Paris eine Freundin eines Talentscouts einer berühmten Modelagentur war. Nur wenige Verbindungen dazwischen, es war nicht falsch, Kontakte zu nutzen, wenn man sie hatte, oder? Und sicherlich würde seine Frau etwas anderes tun wollen, wenn die gewünschten Kinder - aus welchem Grund auch immer - nicht kamen. Etwas, wobei sie ihre Talente optimal nutzen konnte, dachte Pierre. Etwas, das ihr die verdiente Ehre bringen würde.

Madame Langevin half gerne. Die Freundin einer Freundin vermittelte den Kontakt, und mit dem Namen und der Nummer des Agenten in der Hand ging Pierre zum Reisebüro und traf Vorkehrungen für eine einwöchige Reise nach Paris für sich und Iris. Er hatte noch nie so viel Geld für etwas so Immaterielles ausgegeben, aber es bereitete ihm einen Nervenkitzel, eine Überraschung für seine Frau zu arrangieren, in dem Wissen, wie geschmeichelt und bestätigt sie sich durch seine Geste fühlen würde.

„Meine Liebste!", rief er aus, als er zum Haus zurückkehrte und sie noch im Garten vorfand. Ein Schlammfleck verdunkelte ihre Wange, und er bemerkte, dass sie wie oft ihre Handschuhe abgeworfen hatte, da sie es vorzog, die Erde und Pflanzen mit bloßen Händen zu fühlen.

„Was ist los?", fragte Iris, während sie ihre langen Beine entfaltete und mit einem schwachen Lächeln aufstand.

„Ich habe eine ziemliche Überraschung für dich." Pierre legte seine große Hand auf ihre Schulter und drückte sie. Er wollte den Moment der Vorfreude in die Länge ziehen, sich ihre glückliche Reaktion ausmalen.

„Na?", drängte sie.

„Wir fahren in zwei Wochen nach Paris. Ich habe Zugtickets gekauft und Hotelreservierungen gemacht."

„Oh! Das ist... das ist lieb von dir", sagte Iris, ihre Stimme senkend. „Für wie lange? Wir wollen doch nicht die ersten blühenden Rosen verpassen. Ich glaube, dieses Jahr werden sie wirklich zu sich selbst finden."

Pierre ließ seine Hand von ihrer Schulter fallen. „Vergiss für einen Moment die Rosen. Die Reise ist nur ein Teil davon. Ich habe auch ein Treffen mit einem Agenten für dich arrangiert. Er arbeitet für Elite, eine der Top-Agenturen der Welt, wenn Madame Langevin sich auskennt, und ich denke, das tut sie."

Iris blickte in die Augen ihres Mannes. Sie starrten einander für einen langen, langen Moment an. Iris fühlte, wie ihr das Blut aus dem Kopf wich, und stellte sich für einen Sekundenbruchteil vor, dass es direkt aus ihren Fußsohlen in den Boden floss, auf dem sie stand.

„Ich dachte, ich hätte es erklärt", sagte sie leise. „Ich... ich will das nicht."

„Aber Iris! Du musst doch wissen, wie sehr-"

„Ich habe dir gesagt, in Zeitschriften zu sein, all dieser Kram... das bedeutet mir nichts. Ich habe überhaupt kein Verlangen danach, von hier wegzugehen. Ist Geld das Problem? Ich habe dir gesagt, ich bin mehr als glücklich zu arbeiten. Ich würde gerne hier in Castillac einen Job annehmen."

„Nein!", schrie Pierre. „Es geht nicht ums Geld! Geld ist überhaupt nicht der Punkt!"

Iris trat einen Schritt zurück. Sie blickte auf die zarten Rosenblätter, die sich gerade erst von einem Comte de Chambord entfalteten. Sie hob erneut den Blick, in der Hoffnung, etwas Sanftheit im Gesichtsausdruck ihres Mannes zu sehen oder zumindest die Bereitschaft, zu verstehen, was sie ihm so oft zu erklären versucht hatte. Sie mochte es nicht, im Mittelpunkt der Aufmerksamkeit zu stehen; alles, was sie wollte, waren Babys und, wenn das nicht klappte, in ihrem Garten zu arbeiten.

Aber Pierre starrte finster auf den Comte de Chambord, und er streckte die Hand aus und riss einen frischen grünen Trieb voller winziger Knospen ab, warf ihn dann auf den Gartenweg und zertrat ihn.

Iris ging schnell um die Seite des Hauses herum, nahm unterwegs eine Gartenschere mit und beschäftigte sich damit, den Blauregen in der vorderen Laube zu beschneiden, während Tränen ihre Wangen hinunterliefen. Pierre stand völlig verwirrt im Garten, kleine Blutrinnsale zeichneten die Stellen, an denen die Rosendornen seine Hand aufgerissen hatten.

⚜ 17 ⚜

Die letzte Beerdigung, zu der Molly gegangen war, war die von Joséphine Desrosiers im vergangenen Herbst gewesen. Es hatte ein wenig geregnet, und es waren nur eine Handvoll Trauernde anwesend gewesen (wenn man sie überhaupt so nennen konnte, da Joséphine nicht für ihre Wärme und Großzügigkeit bekannt gewesen war). Die Gault-Zeremonie entwickelte sich zu etwas völlig anderem; als Molly und Ben die Rue des Chênes zum kleinen Dorffriedhof hinuntergingen, konnten sie eine lange Reihe geparkter Autos sehen, die fast bis zum Dorf reichte. Eine Menschenmenge stand am eisernen Tor und eine weitere Schar war drinnen. Es sah aus, als wäre jeder einzelne Einwohner von Castillac anwesend.

„Siehst du Pierre irgendwo?", murmelte Ben und nahm Mollys Hand.

Molly drückte seine Hand und schüttelte den Kopf. „Die ganze Welt ist hier! Sie muss sehr beliebt gewesen sein."

„Oder bewundert. Das ist nicht wirklich dasselbe, oder?"

„Wenn man jung ist, scheint Bewunderung genau das zu sein, was man will. Aber es ist wirklich nicht viel wert, glaube ich. Nichts im Vergleich zu echten Freunden."

Ben nickte. Er musterte die Menge und nickte Leuten zu, die er kannte. „Madame Bonnay", sagte er. „Geht es Yves gut?"

„Sehr gut", antwortete Madame Bonnay. „Aber das – es ist nicht richtig, dass wir bei Iris' Beerdigung sind. Sie wurde zu jung genommen, viel zu jung!"

Ben nickte und zog Molly hinter ein Mausoleum. „Wenn sie *tatsächlich* eine Affäre hatte", flüsterte er, „dann wird er fast sicher hier sein."

Molly nickte. „Wir sollten uns aufteilen. So können wir mehr Leute beobachten."

Also ging Ben nach links, in Richtung von Joséphine Desrosiers' Grab, und Molly ging nach rechts, zu einem Geschwisterpaar, das sie seit ein paar Monaten nicht gesehen hatte.

„Michel! Adèle! Hallo! Ihr seid wieder in der Stadt?"

Adèle, die modischer gekleidet war als je zuvor und eine atemberaubende Handtasche am Arm trug, tauschte Wangenküsse mit Molly und umarmte sie dann. „Eigentlich sind wir nur auf der Durchreise, müssen ein paar Papiere erledigen. Oh, es ist so schön, dich zu sehen!"

„Euch auch. Ich muss sagen, etwas Geld zu haben, scheint euch beiden gut zu bekommen."

„Ha!", sagte Michel. „Ich denke, das würde jedem gut bekommen. Hör mal, Molly, wir kaufen ein Haus in der Provence, und du musst unbedingt zu Besuch kommen. Versprichst du das?"

„Natürlich werde ich das! Oh, das klingt traumhaft. Nun... ich will nicht unhöflich sein, aber ich bin..."

„Sie arbeitet an einem Fall, Michel", sagte Adèle. „Siehst du diese gerunzelte Stirn? Wie sie ihre Augen über die Menge schweifen lässt, suchend? Ich kenne die Anzeichen."

„Keine Punkte dafür, das herauszufinden, Schwesterherz. Jeder weiß, dass Iris ermordet wurde."

Molly blickte zur Straße, um sicherzugehen, dass der Leichenwagen noch nicht angekommen war. Es war unhöflich, direkt am Grab so zu plaudern, aber andererseits, wen würde sie beleidigen?

Nicht Iris, traurig genug. Und was Pierre dachte, war ihr ziemlich egal.

„Okay, hört zu, bevor ich losrenne - sagt mir, was ihr über Pierre und Iris wisst. Glückliches Paar? Oder nicht? Kennt ihr jemanden, der früher mit ihnen rumgehangen hat?"

„Das sind viele Fragen", sagte Michel und schüttelte den Kopf. „Alles, was ich weiß, ist, dass, als Iris jünger war, das ganze Dorf in sie verliebt war. Sie hatte diese unglaublichen Augen, es war wie in funkelndes Wasser zu blicken..."

„Michel war in sie verknallt", sagte Adèle. „Sie war älter und völlig unerreichbar. Niemand konnte es glauben, als sie Pierre heiratete."

„Wieso das?"

„Na ja, du kennst ihn doch, oder? Er ist nicht gerade Mr. Aufregend."

„Manche Leute wollen das nicht in einem Partner. Sie wollen Stabilität, Berechenbarkeit..."

Adèle zuckte mit den Schultern. „Die Sache ist, Iris hätte jeden haben können. Du hast sie getroffen? Ich bin sicher, sie war in ihren Vierzigern immer noch attraktiv. Aber als sie jung war? Der Verkehr blieb buchstäblich stehen. Sie war eine *Göttin*. Einen Maurer zu heiraten, der nur über Steine reden wollte, schien nicht gerade die beste Nutzung ihrer Möglichkeiten zu sein."

„Vielleicht hat er sie wirklich geliebt", sagte Michel.

Adèle zuckte erneut mit den Schultern. „Was ist Liebe überhaupt? Ich kann mir vorstellen, dass es ab einem gewissen Punkt ermüdend wird, so schön zu sein. Es ist ja nicht so, als hätte dein Aussehen wirklich etwas damit zu tun, wer du bist. Es ist keine Leistung oder etwas, wofür du hart gearbeitet hast, weißt du? Einfach nur Glück."

„Nicht, dass wir etwas gegen Glück hätten", lachte Michel, „da wir selbst eine ordentliche Portion davon abbekommen haben."

„Stimmt!", sagte Adèle. „Du bist unnatürlich ruhig, Molly, was ist los?"

Molly hob mit beiden Händen ihr feuchtes Haar vom Nacken in der Hoffnung, dass die leichte Brise sie abkühlen würde. „Ich höre zu. Und denke über das nach, was ihr sagt. Also gut, ich muss wirklich gehen. Es war so schön, euch beide zu sehen. Ruft mich an wegen des Besuchs in der Provence, ich komme sofort!"

Die Menschen drängten sich von allen Seiten, und es gab nicht viel Platz, sich umzudrehen, aber es gelang ihr, niemanden zu stark anzurempeln. Sie versuchte, näher an das Grab heranzukommen, aber es war kein Platz. Schließlich entfernte sie sich von der Menge und ging einen kleinen Hügel hinauf, von wo aus sie ziemlich gut sehen konnte, wenn auch aus der Ferne.

Pierre stand am Grab. Er schien in das Loch zu blicken, seine großen Hände hingen an seinen Seiten, die Ärmel seines Mantels waren ein wenig zu kurz. Er wirkte stoisch. Steinern.

Hinter Pierre weinte ein Mann, sein Gesicht von den Händen bedeckt. Molly beobachtete ihn und fragte sich, wer er war. Sie konnte mehr Schniefen hören, von Männern und Frauen, und als die Sargträger mit dem Sarg auf den Schultern den Friedhof betraten, wurde das Weinen lauter.

Der Mann hinter Pierre ließ seine Hände sinken, die Augen auf den Sarg gerichtet. Es war Pascal.

War er auch in Iris verliebt gewesen? Oder war es mehr als das?

Sie spürte, wie sich eiserne Finger um ihren Arm schlossen. „Molly!", keuchte Nugent. Sein Gesicht war verzerrt, und sie konnte tatsächliche Tränenspuren auf seinen Wangen sehen.

„Monsieur Nugent", sagte sie sanft. „Es tut mir so leid." Sie konnte nicht anders, als von seiner rohen Emotion bewegt zu sein.

„Kannten Sie sie? Sie war... sie war die Vollkommenheit, Molly. Ich..."

Molly wartete, aber Monsieur Nugent hatte den Kopf gesenkt

und war in Tränen ausgebrochen. Sie war ziemlich sicher, dass sie noch nie so viele weinende Männer an einem Ort gesehen hatte. Weinten Männer in Frankreich leichter, oder hatte Iris einen Zauber über die Männer des gesamten Dorfes Castillac gelegt?

Der Priester in schwarzer Robe begann mit dem Gottesdienst. Molly murmelte eine Entschuldigung zum Konditor und musste seine Finger von ihrem Arm lösen; sie ging ein paar Schritte weiter den Hang hinauf, um besser sehen zu können.

Da war Caroline Dubois, ihr Gesicht wächsern, die Schultern hängend. Neben ihr stand Tristan Séverin, der ebenfalls Tränen zurückhielt, seinen Arm um eine gut gekleidete Frau gelegt, die auf den Boden starrte. Hinter ihnen waren Manette und ihr Ehemann, Mollys Nachbarin Madame Sabourin und Alphonse von Chez Papa. Sie alle sahen betrübt aus, und viele tupften sich mit Taschentüchern die Augen ab.

Sie kehrte immer wieder zu Pierre zurück und beobachtete ihn. Er wirkte so einsam, obwohl er sich im Zentrum einer solchen Menschenmenge befand. Die Leute sprachen mit ihm, aber er bekam keine Umarmungen, keine tröstenden Arme um seine Schultern. Er sah nicht einmal besonders traurig aus. *Komm schon*, dachte Molly. Es ist die Beerdigung deiner Frau! Kannst du nicht wenigstens so tun, als wärst du ein bisschen aufgebracht?

Maron war da, direkt hinter Pierre, und Molly sah einen kleinen Mann in Uniform neben ihm, Thereses Ersatz. Sie fragte sich, wen sie für Iris' Mörder hielten oder ob sie zu diesem Zeitpunkt überhaupt mögliche Erklärungen für den Mord hatten. Sie bewegte sich ein paar Schritte zur Seite, um eine andere Gruppe von Gesichtern sehen zu können. Aller Augen waren auf den Sarg gerichtet, der eine wirklich prachtvolle Blumendecke trug - die Floristin hatte sich selbst übertroffen.

Was Molly glücklicherweise die beste Idee seit Tagen bescherte.

❧ 18 ❧

Am nächsten Tag werkelte Molly ein paar Stunden in La Baraque herum, nachdem sie aufgestanden war und einen Kaffee getrunken hatte. Sie sah nach den Hales, die tatsächlich die pflegeleichtesten Gäste waren, die man sich vorstellen konnte – sie waren introvertiert und selbstständig und managten die Details ihres Urlaubs ohne jegliche Hilfe von Molly. Sie hatte ihren Plauderinstinkt zügeln müssen, als sie merkte, dass die Hales kein Interesse an Small Talk hatten, aber es war eine Erleichterung zu wissen, dass sie ohne ihre Anleitung oder Aufmerksamkeit gut zurechtkamen. Roger Finsterman war bereits aufgebrochen, wahrscheinlich irgendwo konzentriert bei der Arbeit mit seiner Staffelei und Palette.

Gegen zehn Uhr vermutete sie, dass der Blumenladen geöffnet hatte, und fuhr mit ihrem Roller ins Dorf. Die Brise fühlte sich wunderbar an, da die Hitzewelle keine Anzeichen zeigte, nachlassen zu wollen.

Der Laden sah von außen nicht nach viel aus. Das Fenster war beschlagen und es war nichts im Außenbereich ausgestellt, was angesichts der Hitze Sinn ergab. Molly betrat den Laden zum

Klingeln einer Glocke und war dankbar, eine echte Klimaanlage zu spüren, was im Dorf nicht üblich war.

„Bonjour, Sie sind die berühmte Madame Langevin?", sagte Molly, die kaum ihren Blick von den unglaublichen Blüten in den Reihen glänzender Stahlkübel losreißen konnte.

„*Oui*", sagte die ältere Frau. „Und ich glaube, *Sie* sind die berühmte Madame Sutton, die von ganz Castillac gefeierte Detektivin?"

Molly sah sie scharf an und dachte, sie wäre sarkastisch. Aber Madame Langevin öffnete ihre Arme und lächelte. „Ich necke Sie ein wenig", sagte sie. „Wir sind sehr dankbar für das, was Sie getan haben. Ich bin mit der Mutter von Valerie Boutillier befreundet", fügte sie hinzu und bezog sich dabei auf einen früheren Fall. „Also sagen Sie mir, was kann ich für Sie tun? Möchten Sie, dass ich einige spezielle Sträuße für Ihre Gäste in den Gîtes mache? Zu dieser Jahreszeit könnte ich das sehr günstig machen, und natürlich fühlt man sich durch nichts mehr geschätzt als durch einen Blumenstrauß."

„Da stimme ich voll und ganz zu. Tatsächlich ist das der Grund, warum ich Sie heute besuche, wenn auch nicht für die Gîtes. Ich habe die Blumen gesehen, die Sie gestern für Iris Gaults Sarg gemacht haben-"

Madame Langevin schüttelte langsam den Kopf. „Eine schreckliche Angelegenheit."

„Ja. Das ist es sicher. Kannten Sie sie?"

Madame Langevin zögerte, nur kurz. „Ja, das tat ich. Nicht sehr gut – sie war nicht das, was man eine gesellige Person nennen würde, um ehrlich zu sein. Ich meine damit nicht, dass sie unangenehm war oder so. Sie mochte es einfach, für sich zu bleiben. Eine sehr talentierte Gärtnerin – ich habe sie ab und zu gefragt, ob sie in Erwägung ziehen würde, einige spezielle Dinge für mich anzubauen, es hätte für uns beide lukrativ sein können. Sie war nicht interessiert."

Molly wusste, dass Madame Langevin wahrscheinlich nicht

bereit sein würde, ihr zu sagen, was sie wissen wollte. Ihr Kopf kreiste auf der Suche nach etwas, das die Floristin zum Reden bringen würde. Sie streckte die Hand nach einigen Rosen aus und rieb ein glänzendes Blatt zwischen ihren Fingern, dann strich sie ihr Haar hinter ein Ohr und dachte nach.

„Nun, ich werde einfach direkt sein. Ich nehme an, es wäre keine große Überraschung zu hören, dass ich versuche, alles über Iris' Mord herauszufinden?"

Madame Langevin nickte mit einem leichten Lächeln. „Ich glaube nicht, dass ich dabei viel helfen kann."

„Was ich mich frage – und glauben Sie mir, ich weiß, das ist unverzeihlich neugierig – aber Sie verstehen, ich frage, weil ich nach der Wahrheit suche, nicht um zu tratschen oder Drama zu schüren. Und es kam mir in den Sinn, dass Sie von allen in Castillac besonderes Wissen über die romantischen Vorgänge im Dorf haben könnten. Die hinter den Kulissen, meine ich."

„Sie meinen, wer Affären hat? Und mit wem?" Madame Langevin lachte laut, dann ging sie hinüber und überprüfte einen der Eimer, um sicherzustellen, dass genug Wasser darin war. „Nun, das ist ziemlich clever von Ihnen. Ich weiß ... ein paar Dinge hier und da ... obwohl natürlich leider nicht jeder, der in eine amouröse Liaison verwickelt ist, Blumen schickt. Das sollten sie unbedingt, wissen Sie. Und vielleicht sind Sie interessiert zu erfahren, dass heutzutage Frauen öfter Blumen an Männer schicken, als Sie denken würden."

„Was mich *sehr* interessieren würde", sagte Molly und trat näher an die andere Frau heran, „ist, ob irgendwelche Blumen an Iris Gault gingen. Oder von ihr geschickt wurden, wie Sie sagen. Natürlich war sie eine erstaunliche Gärtnerin, aber wenn sie an Geheimhaltung interessiert war, hätte sie ihre Blumensendungen vielleicht über Sie abgewickelt?"

Madame Langevin sah weg. Molly konnte erkennen, dass sie etwas wusste.

„Ich weiß, dass sie eine Affäre hatte“, sagte Molly. „Was ich nicht weiß ... ist mit wem?“

Madame Langevin ging weiter von Molly weg. Sie antwortete zunächst nicht. Schließlich pflückte sie eine weiße Rose aus einem der Metalleimer. „Kennen Sie die Symbolik der Rosen, Madame Sutton?“

„Bitte, nennen Sie mich Molly. Rot für Liebe? Das ist alles, was ich weiß.“

„Weiß steht für Reinheit, wie Sie vielleicht vermuten. Auch – für Geheimhaltung und Schweigen.“ Sie zwickte ein welkes Blatt ab und legte die weiße Rose zurück zu den anderen. „Es tut mir leid, aber ich kann Ihnen die Informationen, die Sie suchen, nicht guten Gewissens geben. Ich ... nun, ich kann ehrlich gesagt nicht sagen, dass es mir leidtut, weil ich mich selbst als jemanden sehe, der dem Dorf einen wertvollen Dienst erweist, und während ein Teil davon das Wissen über Blumen, das Arrangieren und die Auswahl der am besten geeigneten Blüten und so weiter ist – ein anderer Teil ist meine Diskretion.“

„Meine Kunden wissen, dass sie mich bitten können, Blumen an jede beliebige Person zu schicken, und ich werde ihr Vertrauen niemals verraten. Wenn ich es täte, welch frostiger Schatten würde über das Dorf fallen! Und ich wäre bald pleite“, lachte sie, aber ohne Heiterkeit.

Molly betrachtete die andere Frau einen Moment lang. Sie war glamourös, auf eine bescheidene Art: ihre Haut gut gepflegt, ihr Haar in einer dramatischen Hochsteckfrisur zurückgekämmt und sorgfältig gefärbt, ihr Make-up perfekt und nicht übertrieben. Für einen Moment fragte sich Molly nach Madame Langevins amourösen Liaisons, wie sie es ausgedrückt hatte, aber dann lenkte sie ihre Aufmerksamkeit zurück zu Iris Gault.

„Aber Sie müssen doch sehen, wir könnten über die Person sprechen, die sie getötet hat“, sagte Molly.

Madame Langevin winkte ab. „Oh, vielleicht, vielleicht. Ich

habe gehört, es war sowieso nicht definitiv Mord. Menschen stolpern und fallen nun mal, wissen Sie."

Molly wusste das. Sie war erst neulich flach auf ihr Gesicht gefallen, als sie nicht aufgepasst hatte, wo sie hinging, und über eine Schaufel gestolpert war. Aber es gab nicht ein Detail an diesem Fall, das sie glauben ließ, dass das Iris passiert war. Vielleicht verließ sie sich zu sehr auf ihre Intuition, das konnte sie nicht sagen. Vielleicht würde die Untersuchung am Ende genau das ergeben, mit nichts als Sackgassen und keinem anderen Schluss, als dass die arme Frau einen tragischen Unfall erlitten hatte.

Aber Molly war noch lange nicht so weit.

DER ROLLER MACHTE auf dem Rückweg zur La Baraque ein besorgniserregendes neues Geräusch. Er lief mit seinem üblichen Putt-putt-putt, aber dann unterbrach alle paar Augenblicke ein leises Quietschen den Rhythmus. Mollys Gîte-Geschäft war zwar solide und sie hatte Buchungen bis in den September hinein, aber mit ihren großen Expansionsplänen war ihr Budget immer noch anfällig für unerwartete Ausgaben.

Vielleicht hat er nur einen leichten Husten. Das geht vorbei.

Sie parkte ihn vor ihrer Haustür und kniete sich hin, um Bobos stürmische Begrüßung entgegenzunehmen. Mit wild wedelndem Schwanz, Küssen auf Mollys Gesicht und ein paar unterdrückten jaulenden Lauten – ja, die Liebe eines Hundes war wirklich die beste. Unwahrscheinlich, dass er dich die Hintertreppe hinunterstößt, dachte sie düster und ärgerte sich, weil sie keinen Weg gefunden hatte, Madame Langevin zum Reden zu bringen.

Aber sicher war die Floristin nicht die einzige Person in der Stadt, die Augen im Kopf hatte. War Castillac nicht bekannt für seine Bevölkerung von unkontrollierbaren Klatschbasen? Um einen Namen zu bekommen, musste sie einfach die richtige Person fragen.

Molly dachte an die Beerdigung zurück und all die weinenden Männer. Einer von ihnen war wahrscheinlich Iris' Liebhaber gewesen. Einer von ihnen war vermutlich Iris' Mörder gewesen. Und ob diese Person ein und dieselbe war... sie hatte keine Ahnung.

Sie zog ihr Handy heraus und machte einen Anruf, bevor sie sich selbst davon abbringen konnte. (Und war sie die einzige Person im Dorf, die die Pâtisserie Bujold auf Kurzwahl hatte?)

„Âllo?"

„Monsieur Nugent?", sagte sie zögernd.

Eine kurze Stille. „Ist das Madame Sutton?", fragte er. „Ich habe Ihnen gesagt, der Morgen ist besser, um Ihre Croissants zu bekommen, wenn Sie eine bestimmte Sorte benötigen. Jetzt ist es nach dem Mittagessen, und ein Großteil meiner Ware ist verkauft."

Molly war von seiner Schroffheit verunsichert. Normalerweise schien er so begeistert, von ihr zu hören. „Ich rufe eigentlich nicht wegen Gebäck an", sagte sie. „Nun, ich meine, nicht um welches zu kaufen. Sie haben letzte Woche vielleicht erwähnt, dass Sie bereit wären, mir ein paar Unterrichtsstunden zu geben, damit ich gelegentlich versuchen kann, meine eigenen zu machen? Gilt dieses Angebot noch?"

Wieder eine kurze Stille. Molly hatte gedacht, er würde bei der Idee Feuer und Flamme sein.

„Ja, Madame", sagte er. „Wenn Sie möchten, können Sie heute Abend vor dem Abendessen kommen. Wäre 18 Uhr passend?"

„Ja! Das klingt perfekt. Ich freue mich darauf!" Molly bedankte sich überschwänglich und verabschiedete sich. Aber warum hatte er so pflichtbewusst und unenthusiastisch geklungen? Nachdem er sie praktisch jeden Tag angestarrt hatte, seit sie nach Castillac gezogen war, hatte sie gedacht, er würde Feuer und

Flamme für die Idee sein, einmal mit ihr allein auf derselben Seite der Theke zu sein.

Menschen waren nie endende Geheimnisse, dachte sie, als sie hineinging, um sich aus den köstlichen Resten, die sie finden konnte, ein spätes Mittagessen zu machen, und Bobo einen Leckerbissen versprach.

Nico und Frances genossen einen seltenen freien Tag und hatten im Voraus beschlossen, den ganzen Tag damit zu verbringen, absolut nichts von dem zu tun, was sie eigentlich tun sollten. Keine Hausarbeiten, keine Arbeit, nur das, worauf sie gerade Lust hatten, ganz im Sinne von Frannys Absicht, sich für den Rest des Sommers auf Spaß zu konzentrieren.

Die erste Hürde tauchte früh auf, als klar wurde, dass Nico und Frances auf unterschiedliche Dinge Lust hatten. Aber sie meisterten das, indem sie sich abwechselten. Sie spielten eine Runde Schere-Stein-Papier, um zu sehen, wer anfangen durfte. Nico gewann, und so saßen sie in Sesseln und spielten ein Videospiel, als es an der Tür klingelte.

„Du gehst", sagte Nico, der seinen Zauberer nicht aus dem Kampf zur Rettung der Welt vor der Zerstörung nehmen wollte.

„Gerne", sagte sie und legte die Steuerung beiseite. Sie öffnete die Tür und sah den Lieferanten von Madame Langevin, der einen riesigen Strauß roter Rosen hielt.

„Nico!", rief sie.

Er schaute kurz um die Ecke und grinste. „Bonjour, danke fürs

Vorbeikommen." Und dann wandte er sich wieder seinem Zauberer zu.

„Lässt du mich etwa für meine eigenen Blumen Trinkgeld geben?", sagte Frances lachend.

„Das macht man hier eigentlich nicht", sagte Nico, während er auf einen Knopf der Steuerung drückte. „Merci", sagte Frances und benutzte damit eines ihrer wenigen französischen Wörter, und der Lieferant grinste und verschwand.

„Sie sind spektakulär", sagte sie und vergrub ihre Nase darin. „Kein Duft. Aber ihr Aussehen macht das wett. Jede einzelne ist perfekt", sagte sie und streichelte die Blüten sanft mit den Fingerspitzen. Molly hatte ihr beigebracht, wie man frische Blumen pflegte, und sie brachte sie in die Kochnische, schnitt die Stiele ab und stellte die Blüten in eine Vase mit Wasser.

„Nico...", sagte sie.

„Ich bin kurz davor, diesen Schamanen zu töten", sagte er, den Blick immer noch auf das Spiel gerichtet.

„*Nico*", sagte sie mit einiger Dringlichkeit und brach dann mit geschlossenen Augen auf dem Boden zusammen.

„ICH WERDE NUR LERNEN, wie man Gebäck macht. Mach dir keine Sorgen um mich", sagte Molly, während sie Bobos Ohren streichelte. „Und schau mich nicht so an", sagte sie zu der orangefarbenen Katze, die von ihrem Platz auf der Rückenlehne des Sofas finster dreinblickte. „Ich weiß genau, dass es dir egal ist, ob ich lebe oder sterbe, also täuschst du hier niemanden. Ich gebe dir etwas Sahne, wenn ich zurückkomme."

Sie blickte über die Wiese zum Taubenhaus, aber es gab kein Anzeichen von Finsterman, und alles war ruhig am Cottage. Also sprang Molly, bestrebt, pünktlich zu sein, auf den Roller (der immer noch unter einem trockenen Husten litt) und brauste zur Pâtisserie Bujold für ihre erste Lektion mit Monsieur Nugent.

„Wunderbar, Sie zu sehen", sagte er mit einem breiten Lächeln, als sie den Laden betrat. „Sie sind pünktlich. Ich bewundere Pünktlichkeit. Nun, ich habe über dieses Unterfangen nachgedacht. Ich werde mein Bestes tun, um davon abzusehen, Ihnen Vorträge zu halten: Sie kennen bereits meine Meinung über die Sinnlosigkeit des Versuchs, eine Kunst schnell zu erlernen, die viele Jahre braucht, um sie zu meistern." Nugent sah sich nach etwas um, das er geraderücken konnte, aber alles war bereits aufgeräumt und in Ordnung. „Ich bin mir nicht sicher, ob Sie die erforderliche Ausdauer haben, Madame Sutton, obwohl ich Ihnen zugestehe, dass Sie die nötige Liebe zum Gebäck haben. Niemand könnte sagen, dass es Ihnen *daran* mangelt." Sein Blick verweilte wie üblich auf ihrer Brust. Molly hatte ein bescheidenes Hemd angezogen, bis zum Hals zugeknöpft, und sie fragte sich, warum sie sich die Mühe gemacht hatte. Es würde wahrscheinlich brütend heiß werden, wenn sie neben diesen großen Öfen arbeiteten.

„Zunächst einmal", sagte er und reichte Molly eine Schürze, „dieses Projekt, auf das wir uns einlassen... Ich warne Sie, es ist intim. Man kann gutes Gebäck nicht nur mit dem Verstand und den Händen machen. Es braucht Emotion; es braucht *Gefühle*."

Molly schluckte schwer. Sie nickte und trat einen Schritt zurück.

„Ich hoffe, Sie finden es nicht anmaßend, wenn ich vorschlage, dass wir uns duzen und uns auch bei unseren Vornamen nennen? Ich bin Edmond", sagte er mit einer kleinen Verbeugung.

„Das ist in Ordnung", sagte Molly, die am liebsten sofort damit begonnen hätte, Edmond nach Dorftratsch auszuhorchen, aber noch einen Rest Selbstbeherrschung fand. „Also, was ist der erste Schritt?"

„Oh Molly, das wusste ich von dir. Du *eilst*. Du hast es chronisch *eilig*. Und das... das ist nicht gut für Gebäck. Ich frage dich, bevor wir beginnen - hast du die Fähigkeit, etwas langsam zu machen? Mir zu erlauben, dich, meine Liebe, auf den Wegen zu führen, denen wir folgen müssen, bewusst, bedächtig, bei der Herstellung dieses Paradebeispiels der französischen Küche?

Ich würde lieber mit bloßen Händen nach madigen Leichen in einem Sumpf graben.

Aber sie dachte an Iris und antwortete: „Ja, Edmond, das kann ich. Führe mich!"

Akribisch zeigte er Molly, wie man das Mehl abmaß und siebte und dann den Teig mischte. Mit einem Übermaß an Worten sprach er über die Wichtigkeit, die kalte Butter über das Rechteck aus Teig zu verteilen und es zu falten, und dann wieder und wieder. Zwischendurch streute er Geschichtliches ein, erzählte ihr, dass der Vorläufer des Croissants erstmals im 14. Jahrhundert in Österreich aufgetaucht war, dass die Halbmondform möglicherweise vom Halbmond auf der türkischen Flagge inspiriert worden war, über die Auswirkungen der Zuckerpreise und Marie Antoinette.

Molly fand die Geschichte und die Arbeit irgendwie hypnotisierend. Es war sehr aufwendig, ziemlich körperlich und erforderte viele Schritte, sodass sie das Endergebnis völlig vergaß und sich nur darauf konzentrierte, was sie in diesem Moment taten und dann auf den nächsten Schritt vorbereiteten. Alles in der richtigen Reihenfolge, denn das war der einzige Weg, um die Luftblasen beim Backen des Teigs aufsteigen zu lassen.

„Natürlich machen wir heute ein einfaches Croissant, aber die Mandelversion herzustellen, ist nicht schwierig, sobald man die Grundmethode verstanden hat", sagte Nugent gerade.

„Sind alle im Dorf deine Kunden?", fragte Molly und suchte nach einem Weg, Iris ins Gespräch zu bringen.

Nugent lachte. „Nicht alle", gab er zu. „Aber möglicherweise haben die Nachzügler irgendwelche familiären Verbindungen zu einigen meiner Konkurrenten und wollen keine Gefühle verletzen. Oder sie sind einfach noch nicht hereingekommen und haben probiert, was ich kann, und treffen ihre Entscheidungen daher nicht auf Basis der Tatsachen."

„Sind die Gaults deine Kunden?" Sie wusste, dass der Übergang ungeschickt und wahrscheinlich durchschaubar war, aber sie hatte keine Geduld mehr.

Nugent versteifte sich. Er presste die Zähne zusammen und wandte sich Molly mit einem gequälten Gesichtsausdruck zu. „Ich würde dieses Thema lieber vermeiden", sagte er, hockte sich hin und tat so, als suche er etwas in einem niedrigen Regal.

Aber Molly machte weiter und warf einen Köder aus, von dem sie hoffte, dass er unwiderstehlich wäre. „Ich habe mich das gefragt, weil ich ein Gerücht gehört habe, und ich habe keine Ahnung, ob es stimmt oder nicht. Und ich dachte mir einfach, wer sieht mehr Dorfbewohner als Edmond, Tag ein, Tag aus? Vielleicht vertrauen sich manche dir an? Oder vielleicht bemerkst du Dinge, ich weiß nicht – wie etwas zwischen zwei Personen, das sie glauben zu verbergen, aber eigentlich machen sie keinen besonders guten Job dabei."

„Ich kenne meine Kunden in manchen Fällen besser als sie sich selbst. Sie vertrauen sich mir an, oh ja, aber sie merken nicht, dass sie es tun. Ich weiß, wenn sie aufgebracht sind, wenn das Leben ihnen Schwierigkeiten in den Weg gelegt hat. Wenn jemand jahrelang Palmiers gegessen hat und plötzlich auf Pistazienkuchen umsteigt? Oh, das bedeutet etwas, Molly, das bedeutet etwas."

„Ich meinte... eher so, dass du wahrscheinlich manchmal Gespräche mithörst."

„Das auch", sagte Nugent und richtete sich auf.

„Und vielleicht, wenn Leute aufgeregt sind – oder verliebt –, wollen sie protzen? Vielleicht bestellen sie eine große Torte oder eine ausgefallene Tarte, wenn sie das normalerweise nicht tun?"

„In der Tat", sagte Nugent und reichte Molly eine große Keramikschüssel.

„Also könntest du sehen, wenn zwei Personen hereinkommen – dass sie verliebt sind? Oder vielleicht sogar... nur Lust haben?"

Nugent stand auf, seine Augen blitzten. „Ich habe nichts

dergleichen bemerkt! Und dass sie diesen... diesen *Hänfling* gewählt hat! Es ist unerhört. Es ist jenseits von Gut und Böse!"

Ah, jetzt haben wir's. Der Fisch hat angebissen, jetzt muss ich ihn nur noch an Land ziehen.

„Ich kannte Iris nicht gut", sagte Molly vorsichtig. „Aber ich war auch überrascht. Hätte das nicht vermutet."

„Leute haben ständig Affären", sagte Nugent und winkte mit seiner mehligen Hand ab. „Es gehört zum Leben, die Würze! Es ist ihre Wahl, die einen schockiert."

„Ja", sagte Molly. Sie hielt den Atem an und betete, dass Nugent weiterreden würde.

„Sie hat einen schrecklichen Fehler gemacht, indem sie diesen lächerlichen Tristan Séverin gewählt hat", sagte er, seine Zähne noch immer zusammengebissen.

Bingo!

„Ich dachte, sie wäre die schönste Frau, die ich je gesehen habe, obwohl sie natürlich keine Konkurrenz für dich ist, Madame Sutton. Aber als ich von Séverin hörte, muss ich zugeben, verlor ich etwas Respekt vor ihr. Wir werden durch unsere Entscheidungen definiert, weißt du."

Molly nickte, ihr Kopf arbeitete auf Hochtouren, bereits dabei, eine Geschichte zu formulieren, in der Iris mit Séverin Schluss machte und er sie in einem Wutanfall tötete. Er schien ein anständiger Mann zu sein, sogar sanftmütig, aber Molly glaubte, dass fast jeder zu einem Mord fähig war, wenn der richtige Knopf gedrückt wurde, und vielleicht war der Verlust von Iris Séverins gewesen.

Es konnte natürlich auch Pierre gewesen sein, der in eifersüchtiger Wut handelte. So oder so, die Affäre war der Schlüssel zu dem, was passiert war, und sie hatte ihn sicher in der Tasche.

„Was machst du da?", kreischte Nugent. „Molly, du kannst den Teig nicht so grob bearbeiten, sonst wird die Butter durchstechen und alles ist verloren!"

Molly keuchte. „Tut mir so leid, ich war einen Moment abgelenkt. Sind wir bald fertig?"

„Du bist so ungeduldig, meine Liebe. Ich versuche dir beizubringen, dass das Herstellen von Gebäck wie langsames, ausgedehntes Liebesspiel ist – man kann es nicht überstürzen! Du musst vor allem den Teig *respektieren*."

Sie seufzte innerlich. Auch wenn sie noch für mehrere Stunden mit Edmond feststecken würde, war das Unterfangen es absolut wert. Sie hatte den Namen von Iris' Liebhaber und war zuversichtlich, dass Pierre einige gezielte Fragen bevorstanden. Eine Verhaftung stand vielleicht nicht unmittelbar bevor, aber es gab Fortschritte.

Babyschritte. Aber Babyschritte waren immer noch sehr viel besser als nichts.

Sie war nicht stolz darauf, aber Molly rief Ben nicht sofort an, um ihm den Namen von Iris' Liebhaber mitzuteilen. Sie genoss es, die Information für ein paar Stunden ganz für sich zu haben: sie in ihrem Kopf hin und her zu wälzen, sich vorzustellen, wie die Affäre begonnen hatte, und sich zu fragen, wer sonst im Dorf davon wusste. Und ob die Affäre Iris das gegeben hatte, wonach sie suchte, überlegte Molly. Ihre eigene Ehe war an den Klippen zerschellt, als ihr Mann eine Affäre gehabt hatte, aber nachdem sie die oberste Schicht von Verletzung und Demütigung abgeschält hatte, hatte sie verstanden, dass der Betrug eher ein Symptom als eine Ursache war.

Obwohl sie vorsichtig damit war, ihre amerikanische Sichtweise auf etwas zu übertragen, das die Franzosen möglicherweise ganz anders empfanden.

Und was war mit Madame Séverin? War sie nur ein Nachgedanke, wenn überhaupt? Oder waren ihre Gesundheit und Stimmung so schlecht und unbehandelbar, dass man es verstehen konnte, wenn ihr Mann woanders Liebe suchte? So viele Fragen und eine so komplizierte, aber doch alltägliche Situation...

Am nächsten Morgen, nach ihrer ersten Tasse Kaffee, rief sie

Ben an und bat ihn, vorbeizukommen. Dann wartete sie auf der Terrasse und spürte, wie die Hitze anstieg. Bobo lag im Schatten und machte ein Nickerchen.

In weniger als fünfzehn Minuten hörte sie Bens Auto in die Einfahrt biegen, und Bobo erhob sich, um um die Hausecke zu trotten und ihn zu begrüßen. Molly war sehr froh, ihn zu sehen. Nachdem sie sich zur Begrüßung geküsst hatten, zog sie ihn in eine Umarmung und hielt ihn für einen langen Moment fest, sein solides, vertrauenswürdiges Selbst wertschätzend.

„Na, bonjour", sagte er grinsend. „Okay, was hast du herausgefunden?"

„Woher weißt du, dass ich etwas herausgefunden habe?"

„Ich glaube, der englische Ausdruck ist, die Katze, die den Vogel gefressen hat?"

„Den Kanarienvogel", lachte Molly. „Na gut, Sherlock, ich weiß *tatsächlich* etwas. Willst du Zwanzig Fragen spielen? Wer war Iris Gaults Liebhaber?"

„Ich will nicht spielen. Sag es mir."

„Tristan Séverin."

Ben nickte langsam. „Wer hat dir das gesagt?"

„Nugent, ausgerechnet."

„Ja. Ich kann es mir vorstellen, nehme ich an. Obwohl du verstehst, dass du zu diesem Zeitpunkt nur ein Gerücht hast? Nur weil Nugent es gesagt hat - das ist Hörensagen, kein Beweis."

„Hörensagen ist der Motor der Welt", entgegnete Molly. „Wenn es allgemein bekannt wird, werden dann alle Männer im Dorf Séverin genauso verachten wie Pierre?"

Ben zuckte mit den Schultern. „Ich denke nicht, nein. Natürlich war Iris immer noch sehr schön, und du weißt, französische Männer bewundern nicht nur Zwanzigjährige." Er wackelte mit den Augenbrauen in Mollys Richtung. „Aber eine Affäre... das ist nicht dasselbe, wie sie zu heiraten, als sie noch jung war, verstehst du?"

„Nicht so sehr wie seine Fahne in erobertes Territorium zu rammen?"

„Ein gewalttätiges und nicht sehr wohlwollendes Bild, *chérie*. Tristan, er wird von den Eltern im Dorf sehr geliebt. Ich habe nie ein schlechtes Wort über seine Schulleitung gehört. Und das ist auch kein leichter Job."

„Da bin ich mir sicher. Ich mochte ihn und seine Assistentin auch. Willst du etwas Kaffee? Ich habe sogar ein paar altbackene Croissants, wenn du Hunger hast."

„Welche, die du gemacht hast? Wie lief der Unterricht, abgesehen davon, dass du dem armen Mann Informationen entlockt hast?"

„Es war endlos... aber es hat sich gelohnt. Ich denke, ich könnte mit etwas Übung ein anständiges Croissant machen. Und Nugent hat leicht ausgepackt, als ich ein bisschen Druck gemacht habe. Er ist sehr aufgebracht wegen Iris. Ich nehme an, es ist keine Überraschung, dass er einer der vielen ist, die in sie verknallt waren."

Ben schenkte sich etwas Kaffee ein und blickte nachdenklich auf die Wiese hinaus.

„Die offensichtliche Schlussfolgerung ist also, dass Pierre sie aus Eifersucht getötet hat, oder vielleicht - aber weniger wahrscheinlich - hat Séverin es während eines Beziehungsstreits getan", sagte Molly.

„Ich dachte, Pierre hätte es wegen des Versicherungsgeldes getan", sagte Ben mit einem Hauch von Sarkasmus.

„Keine Regel besagt, dass man nicht zwei Motive haben kann."

„Was ist mit Nugent? Er könnte es aus Wut getan haben, weil Iris, als sie schließlich einen Liebhaber nahm, nicht ihn erwählt hat", sagte Ben.

Mollys Augen weiteten sich. „Ich weiß, dass du scherzt. Aber... es ist tatsächlich plausibel..."

„Wie wäre es, wenn du mal mit Caroline redest? Wenn ein

Chef eine Affäre hat, weiß die Assistentin das sicher. Vielleicht hat sie einen Einblick in seine Gemütsverfassung in letzter Zeit."

„Ich bin dabei!" Sie war begeistert, eine Aufgabe zu haben, und dankbar, dass Ben offenbar zu glauben schien, Caroline würde sich ihr eher öffnen als dem ehemaligen Chef der Gendarmerie. „Okay, also, ich weiß, ich habe dich gebeten herzukommen, aber ich würde gerne kurz durch dieses Vogelnest auf meinem Kopf kämmen und dann loslegen. Es gibt keine Zeit zu verlieren!"

❧

OHNE BEWUSST DARÜBER NACHZUDENKEN, kleidete sich Molly gemäß Carolines Stil, bevor sie sich auf den Weg machte, um sie zu finden. Sie trug einen anthrazitfarbenen Bleistiftrock, den sie seit ihrer Abreise aus Boston nicht mehr angezogen hatte, eine maßgeschneiderte Bluse, sogar schickere Unterwäsche. Der Rock war auf dem Roller etwas unpraktisch, aber sie raffte ihn hoch und schaffte es. Eine halbe Stunde nachdem sie sich von Ben verabschiedet hatte, fuhr sie auf den geräumigen Parkplatz vor der Schule und konnte Caroline im Schulbüro bei der Arbeit sehen.

Glücklicherweise sah sie Séverin nicht. Er war vielleicht gerade für einen Moment rausgegangen, dachte Molly und beeilte sich, hineinzukommen und mit Caroline zu sprechen, bevor er wieder auftauchte.

„Bonjour, Caroline!", sagte Molly und klopfte an die offene Tür, während sie sprach.

„Ah! Sie haben mich erschreckt. Bonjour, Molly, wie geht es Ihnen?"

„Alles gut. Nur ein bisschen warm." Sie fächelte sich Luft zu und lächelte. „Ich habe mich gefragt, ob Sie eine Minute Zeit zum Reden haben? Ich hätte nur ein paar Fragen. Es wäre ungemein hilfreich, wenn Sie könnten."

Viele Menschen blühten auf, wenn man sie fragte, ob sie reden konnten. Sie mochten die Interaktion, den sozialen Kontakt, und natürlich sprach fast jeder gerne über sich selbst.

Offenbar nicht Caroline.

Zuerst zögerte sie, dann ordnete sie einige Papiere auf ihrem Schreibtisch, als wären sie so wichtig, dass sie nicht einmal für eine Sekunde pausieren konnte. Dann straffte sie ihre ohnehin schon gerade Haltung und sagte: „Ja! Natürlich. Alles, was Sie wollen. Würde es Ihnen etwas ausmachen, wenn wir gleichzeitig spazieren gehen? Ich werde krank davon, den ganzen Tag nur drinnen am Schreibtisch zu sitzen.“

„Klar“, sagte Molly und fragte sich, warum Caroline nervös war. Sie plauderten über das Wetter und darüber, welches Gemüse letzte Woche auf dem Markt Saison gehabt hatte. Sie kamen am *mairie* vorbei, an einer Pâtisserie, die Molly noch nie ausprobiert hatte, und an einer Mutter mit ihrem Kleinkind. Schließlich sagte Molly: „Hören Sie zu, ich komme gleich zur Sache. Ich habe Informationen über etwas erhalten und suche nur nach einer Bestätigung.“

Caroline sagte nichts.

„Monsieur Séverin. Sie arbeiten schon lange für ihn?“

„Nicht so sehr lange. Etwa drei Jahre.“

„Mögen Sie ihn? Ist er angenehm als Chef? Glauben Sie mir, ich hatte schon einige Horrorchefs, also wenn er schwierig ist, verstehe ich das. Und bitte seien Sie versichert, ich werde nichts von dem, was Sie sagen, an ihn weitergeben. Dies ist ein vertrauliches Gespräch.“

Caroline nickte. „Ähm, ja, wir kommen ganz gut miteinander aus. Wir ergänzen uns eigentlich gut. Er ist der brillante, chaotische, extrovertierte Typ, und ich bin sehr organisiert. Ich sorge dafür, dass die Formulare pünktlich eingereicht werden“, fügte sie mit einem gezwungenen Lächeln hinzu.

Molly nickte. „Ich verstehe. Und... ich hoffe, das ist Ihnen nicht unangenehm, aber ich muss nach... seinem Privatleben fragen. Ich habe gehört, seine Ehe...“

„Nun, seine Frau ist krank, das ist kein Geheimnis. Depression. Sie lehnt jede Art von Hilfe ab, und das ist für Tri-Monsieur Séverin verständlicherweise schwierig."

„Richtig. Völlig ans Haus gebunden, habe ich gehört?"

„Agoraphobisch, unter anderem. Hat panische Angst, das Haus zu verlassen."

Sie gingen weiter und überquerten die Straße, um im Schatten zu laufen. „Und... wissen Sie etwas von einer Affäre? Entweder aktuell oder früher?"

Caroline schüttelte den Kopf. „Nein, nichts dergleichen. Ich würde nicht sagen, dass er in seiner Situation wie Mutter Teresa war, er ist frustriert, wie es jeder wäre, aber im Großen und Ganzen denke ich, dass er gut zu seiner Frau ist. Er tut, was er kann, auch wenn sie ihn nicht viel machen lässt."

Molly war überrascht. Sie war davon ausgegangen, die Bestätigung der Affäre von ihrer Liste streichen zu können.

„Sind Sie sich da sicher? Denken Sie, es wäre möglich, dass er eine Affäre hat und sie vor Ihnen verbirgt?"

Caroline lachte. „Ich glaube, Sie verstehen das Ausmaß seiner Desorganisation nicht. Er bräuchte mich, um den Überblick zu behalten, wann und wo er sich mit ihr trifft!"

Molly lachte aufrichtig darüber und war verwirrt. Hatte Nugent den falschen Mann beschuldigt? Und wie war Nugent überhaupt an die Information gekommen?

$\mathscr{K}$ 2 1 $\mathscr{K}$

Ben brach vor dem Mittagessen auf, und Molly hatte Hausarbeiten, die sie vermeiden wollte. Frances war immer gut darin, beim Prokrastinieren zu helfen, also rief Molly an, bekam aber keine Antwort. Sie aß ein leckeres Mittagessen aus Käse, Pastete und Salat mit einem erfrischenden Glas Rosé. Sie legte sich ins Gras im Hinterhof und streichelte Bobo, bis der Hund genug hatte und auf der Suche nach einem ruhigen Schattenplatz davontrottete.

Es war heiß. Zu heiß, um im Garten zu arbeiten oder irgendetwas draußen zu tun.

Molly arbeitete ihre E-Mails ab und stellte sicher, dass alle bevorstehenden Buchungen korrekt im Kalender vermerkt waren. Sie war gerade dabei, die Bäder zu putzen und sich die weiche Stelle im Flurboden anzusehen, als ihr eine Idee kam. Ben hatte recht – zu diesem Zeitpunkt hatte sie keinen tatsächlichen Beweis dafür, dass Iris und Tristan eine Affäre gehabt hatten. Es war nichts als Klatsch und möglicherweise nicht mehr als die lüsterne Fantasie von Edmond Nugent. Aber sie glaubte hartnäckig, dass die Affäre der Schlüssel zu allem war, wenn es sie denn gegeben hatte, und deshalb brauchte sie einen Beweis, bevor sie zum nächsten Schritt übergehen konnte. (Genau wie beim Backen von Gebäck, dachte sie kichernd.)

Offensichtlich war es wenig produktiv, Tristan direkt zu konfrontieren; er würde mit Sicherheit alles abstreiten, es sei denn, sie könnte ihm etwas zeigen, das er nicht wegdiskutieren konnte. Sie brauchte etwas Greifbares, etwas, für das er keine Ausrede finden konnte. *Hmm.*

Sein Büro. *Das* war der Ort, an dem sie suchen musste. Sie war sicher, dass Tristans Schreibtisch in der Schule etwas enthielt, das ihr den Beweis liefern würde, den sie und Ben brauchten – eine Notiz, einen Brief, ein Foto, irgendetwas. Liebende sind wie Elstern, die kleine Stückchen von diesem und jenem sammeln, Schätze und Andenken, um ihre Liebe zu markieren. Da Séverin verheiratet war, schien sein Büro der wahrscheinliche Ort zu sein, um sie zu finden.

Aber sie brauchte Verstärkung oder einen Wachposten oder einfach einen Komplizen beim Gesetzesbruch. Wer, wenn nicht Frances? Molly versuchte es noch einmal auf ihrem Handy, bekam aber immer noch keine Antwort. Also füllte sie Bobos Wasserschüssel auf, sprang auf den Roller und brauste zu Nico in die Rue Pasteur.

Castillac war trotz der Hitze immer noch wunderschön, obwohl das Licht von den Kopfsteinpflastern blendete und der goldene Kalkstein so hell war, dass es in ihren Augen schmerzte. Die Straßen waren leer und ruhig. Ihr tat es für die Ladenbesitzer leid, deren Kunden wegen der Hitze zu Hause blieben und nur für das Nötigste nach draußen gingen.

Molly hämmerte gegen Nicos Tür. Seine Wohnung befand sich in einem renovierten Stall, einem uralten Gebäude mit *colombages* im ersten Stock. Keine Antwort.

Was zum Teufel? Frances war um diese Tageszeit normalerweise damit beschäftigt, Werbejingles zu schreiben oder mit einem Buch herumzulungern. Wo konnte sie nur sein?

Sie fuhr zurück zum Chez Papa, in der Annahme, dass sie und

Nico dort sein müssten. Sie parkte direkt vor der Tür und ging dankbar aus der Sonne hinein. „Nico! Ich versuche seit Stunden, Frances zu finden. Wo ist sie?"

Nico schüttelte den Kopf. „Oh, Molls." Dann legte er das Gesicht in die Hände und stöhnte.

Mollys Knie wurden weich. „Was? Ist etwas passiert?"

„Ja, warte, nein", sagte er und fasste sich. „Es geht ihr jetzt gut. Ja, es ist etwas passiert. Ich habe Frances Blumen besorgt – sie ist so bezaubernd, sie mag es wirklich, Blumen zu bekommen, weißt du? Und sie stellte sie in eine Vase, genau wie du es ihr gezeigt hast, und dann krächzte sie irgendwie meinen Namen und fiel in einem Häuflein Elend auf dem Boden zusammen. Gott sei Dank dachte ich nicht, dass sie scherzte! Ich rief sofort den Krankenwagen, und Gott sei Dank nochmal kamen sie schnell – zuerst dachte ich, es wäre vielleicht irgendwie eine Reaktion auf die Blumen, aber nein, es war eine Biene. Eine Biene war mit dem Strauß hereingekommen, hatte sie gestochen, und sie hatte eine allergische Reaktion."

„Anaphylaktischer Schock?", fragte Molly auf Englisch, da sie keine Ahnung hatte, wie man das übersetzen sollte.

„Genau das", sagte Nico. „Ich sage dir, Molly – es war das Erschreckendste, was ich je gesehen habe. Frances ist immer blass, aber nach dem Stich war ihre Haut wie Marmor. Sie konnte nicht atmen, sie schwitzte ... absolut erschreckend."

„Aber es geht ihr gut? Wo ist sie jetzt?"

„Ich habe darauf bestanden, dass sie mit mir zur Arbeit kommt. Sie ist im Hinterzimmer."

Molly rannte hinein, um Frances zu sehen, die auf einer Banquette lag und auf ihrem Tablet las.

„Franny? Was zum Teufel?"

„Ich wäre fast gestorben!", sagte Frances fröhlich, als sie sich aufsetzte. „Nico war unglaublich. Er hat keine Sekunde verschwendet! Und das war auch gut so – der Rettungssanitäter sagte, dass ich ins Gras gebissen hätte, wenn er nicht so schnell angerufen hätte."

Molly war sprachlos. Sie umarmte ihre Freundin und wollte sie nicht loslassen. „Stirb mir ja nicht weg", murmelte sie. „Ich ... ich bin noch lange nicht bereit dafür."

„Ich auch nicht", sagte Frances und küsste sie auf die Stirn. „Ich erinnere mich nicht an viel von dem, was passiert ist. Ich habe die Rosen arrangiert, ich erinnere mich an den Stich – und das Nächste, woran ich mich erinnere, ist, dass ich auf dem Boden aufwache und Gesichter auf mich herabblicken. Hat Nico zu Tode erschreckt", fügte sie grinsend hinzu.

„Du siehst aus, als hättest du die ganze Sache ziemlich genossen."

„Nun, manchmal können die Dinge in Castillac ein bisschen eintönig werden, oder? Es ist nicht schlimm, ein bisschen Drama zu haben, das gut ausgeht. Besonders wenn man seinen Mann in Aktion sehen kann. Wie ein Ritter auf einem weißen Ross, das war mein Nico!"

Molly schüttelte nur den Kopf. „Also, bist du jetzt wieder ganz okay? Sollst du nicht Bettruhe halten oder so?"

„Sehe ich da ein Funkeln in deinen Augen?"

„Vielleicht. Ich habe eine kleine ... Eskapade im Sinn. Ich dachte natürlich zuerst an dich."

„Oh, das klingt gut. Wir müssen uns durch den Hinterausgang davonschleichen – Nico ist so süß, aber ein bisschen überfürsorglich. Also, was? Welchen bösen Plan hast du ausgeheckt?"

„Nicht böse. Aber wir müssen die Zeit totschlagen, bis es dunkel wird."

„Es klingt immer besser. Hol dir einen Kir, komm zurück und erzähl mir *alles*."

„ICH VERSTEHE DAS NICHT", sagte Tristan Séverin zu Caroline, die ihm den Rücken zugewandt hatte. „Wir sind immer so gut miteinander ausgekommen, wir beide. Habe ich etwas getan, um dich zu verärgern?"

Caroline drehte sich um und funkelte ihn an. „Ja. Das hast du. Aber aus einer Reihe sehr guter Gründe möchte ich nicht darüber sprechen. Können wir bitte einfach zur Arbeit zurückkehren?" Sie setzte sich auf ihren Stuhl, den Rücken gerade. „Ich werde darüber hinwegkommen", sagte sie und wedelte mit der Hand in der Luft.

Tristan sah sie weiterhin fragend an. Er brauchte einen Haarschnitt und sein Hemd war zerknittert. „In Ordnung, Caroline", sagte er leise. „Aber wenn du deine Meinung änderst, bin ich gerne bereit, darüber zu sprechen, was auch immer es ist. Ich möchte, dass die Luft zwischen uns rein ist."

Caroline antwortete mit einem Tippschwall, ihre Finger flogen so schnell über die Tastatur, dass Tristan für einen Moment dachte, sie würde es vortäuschen, einfach nur Kauderwelsch tippen. Aber es war kein Kauderwelsch, es war der Bericht, den Tristan letzte Woche hätte fertigstellen sollen, aber vergessen hatte, und Caroline, wie sie es oft tat, erledigte es für ihn.

„Ich fühle mich ein wenig verloren, jetzt wo die Kinder weg sind", sinnierte er und blickte auf den leeren Spielplatz hinaus.

Caroline antwortete nicht, sondern hämmerte weiterhin in einem rasenden Tempo auf die Tasten ein.

Tristan stand auf und verbrachte einige Minuten damit, die Bücher im Regal zu betrachten. „Es ist definitiv etwas, das ich getan habe? Ich weiß, dass es hier in letzter Zeit etwas kompliziert war, aber wir sind schon so lange befreundet, Caroline."

„Tristan!", schrie Caroline und erhob zum ersten Mal in ihrem Leben die Stimme bei der Arbeit. „Lass es einfach gut sein, kriegst du das hin?"

„Hector sollte das Waschbecken in der Kantine reparieren. Ich werde mal nachsehen", sagte er. Er ließ die Tür offen und überquerte den glühend heißen Schulhof zur Kantine. Es brannte kein Licht und er ließ es so. Er stand gerade innerhalb der Tür und erinnerte sich an Iris, wie sie aus der Küche kam und die Kinder begrüßte, wenn sie hereinkamen, ihnen vom Tagesmenü erzählte und sie neckte.

Er erinnerte sich daran, wie sie ihn manchmal so schüchtern anlächelte, mit gesenkten Wimpern, wie eine Figur aus einem Jane-Austen-Roman. Er schloss die Augen und wünschte sich, sie wäre am Leben, auf magische Weise hier in der Kantine bei ihm.

Jede Minute sah sie so schön aus, so voller Leben. Ihre Haare lockig von der Feuchtigkeit in der Küche, ihre Wangen rosig, immer mit dieser weißen Schürze, die um ihre schlanke Taille gebunden war. Seine Iris. Er glaubte nicht, dass er jemals über ihren Verlust hinwegkommen würde. Es war mehr als tragisch. Und jetzt nach Hause zu seiner Frau zu gehen, ohne Iris, auf die er sich freuen konnte, nie wieder ... es war fast nicht zu ertragen.

Er hörte ein Klirren aus der Küche und ging hinein, um zu sehen, ob Hector zum ersten Mal in seinem Leben das getan hatte, was er tun sollte.

$$\text{❦} \quad 2\,2 \quad \text{❦}$$

Sie mussten bis weit nach zehn Uhr warten, so hell blieb es im Juli. Molly trug marineblaue Shorts und ein schwarzes T-Shirt, und Frances einen wirbelnden schwarzen Rock mit einem dunkelgrauen Trägertop.

„Ich bin nicht sicher, ob du angemessen gekleidet bist", sagte Molly.

„Ich denke voraus, für den Fall, dass wir wegen Einbruchs verhaftet werden. Es ist gut, einen glamourösen Auftritt hinzulegen, wenn man zur Wache gebracht wird. Und ehrlich, woher hast du die Idee, dass marineblau und schwarz eine umwerfende Kombination wären?"

Molly verdrehte die Augen. „Okay, lass uns gehen. Ich denke, wir sollten zu Fuß gehen. Wir fallen weniger auf, als wenn wir den Roller nehmen."

Sie machten sich auf den Weg die Rue des Chênes hinunter zur Schule, wobei Molly Frances erklärte, was sie zu finden hoffte und welche Rolle sie für Frances vorgesehen hatte.

„Weiß Ben von diesem Plan?", fragte Frances.

„Nicht direkt."

„Du weißt, dass wir dafür wirklich verhaftet werden könnten."

„Sagst du, du kannst das nicht verkraften?"

„Ha! Natürlich nicht. Ich frage mich nur, ob *du* es verkraften kannst."

„Wir werden nicht erwischt", sagte Molly selbstsicher.

„Was, wenn die Schule dicht verschlossen ist? Planst du, Fenster einzuschlagen? Gibt es ein Alarmsystem?"

„Du hast so wenig Vertrauen in mich."

„Worauf spielst du an?"

„Du wirst schon sehen. Ich... habe heute früher etwas Vorarbeit geleistet."

„Hast du Brecheisen und Dietriche unter einem Busch versteckt?"

„Ich wünschte, ich wüsste, wie man Schlösser knackt. Scheint eine praktische Fähigkeit zu sein."

„Du hast nicht die Geduld dafür."

„Ich widerspreche nicht. Ist das Dorf nicht erstaunlich um diese Zeit? So friedlich. Ich bin immer noch überrascht, wie anders es hier in Frankreich ist."

„Ich bin immer noch überrascht, dass ich für einen einmonatigen Besuch gekommen bin und noch nicht abgereist bin."

Molly begann, „Isn't it Romantic" zu summen. Frances stieß ihr den Ellbogen in die Rippen.

Die beiden Frauen gingen eine Weile schweigend durch Castillac und lauschten dem Klirren von Geschirr der Dorfbewohner, die ihr Abendessen beendeten, dem Murmeln des Fernsehers, unterbrochen vom gelegentlichen Schrei eines Babys. Schwalben schossen durch den dunkler werdenden Himmel, und sie hörten das Kratzen von Tellern und murmelnde Gespräche. Es war so schön in seiner Gewöhnlichkeit, und Molly konnte kaum glauben, dass unter der Ruhe erst letzte Woche die Leidenschaften im Dorf hochgekocht waren, immer weiter, bis hin zu einem Mord.

„Hier sind wir", sagte Molly, als sie um eine Ecke bogen und die Schule in Sicht kam. „Bist du noch dabei?"

„Natürlich bin ich noch dabei." Frances musterte das Gebäude. „Hübscher Ort. Bist du sicher, dass niemand auftauchen wird, um nach Feierabend Papierkram zu erledigen oder so?"

„Ähm, zu 95% sicher. Im Sommer sind nur Tristan, Caroline und vielleicht der Klempner da, und offensichtlich ist keiner von ihnen jetzt hier. Ich denke, wir sind auf der sicheren Seite."

Modern und einstöckig erstreckte sich die Schule fast über die gesamte Länge des Blocks. Der Spielplatz war ein Innenhof, nichts Ausgefallenes, mit der Kantine auf der gegenüberliegenden Seite. Die Klassenzimmer und das Bürogebäude hatten große Fenster zur Straßen- und Spielplatzseite, die die Räume tagsüber hell hielten und von beiden Seiten wenig Privatsphäre boten.

Molly führte Frances zu einem Tor am Ende des Blocks, das sich zum Spielplatz öffnete. Die Kantine war rechts, sie warf einen Blick darauf und ging dann zum Schulgebäude und öffnete die Tür.

„Woher wusstest du, dass das nicht abgeschlossen sein würde?", fragte Frances misstrauisch.

„Klebeband", sagte Molly grinsend und zeigte auf den Schließbolzen, der mit einem sauber angebrachten Stück silbernem Klebeband zurückgehalten wurde.

„Wie hast du-"

„Du weißt doch, wie ernst das Mittagessen in Frankreich genommen wird, oder? Ich habe einfach gewartet, bis Caroline und Tristan zum Essen gegangen waren – es war leicht, sie durchs Fenster zu beobachten, und die Schule ist aus, also sind keine Lehrer oder Schüler in der Nähe – und bin reinspaziert und habe die Tür abgeklebt. Sie schließen tagsüber nicht ab, nur am Ende des Tages, wenn sie nach Hause gehen. Eigentlich weiß ich das nicht mal sicher – ich habe das Gefühl, die Leute in Castillac schließen ihre Türen meistens nicht ab. Vielleicht ist es in der Schule genauso? Ich wollte auf der sicheren Seite sein."

„Ich hatte keine Ahnung, dass du echte Einbrecherfähigkeiten hast. Ich verneige mich vor dir", sagte Frances.

Sie hörten ein Geräusch und erstarrten.

Sie standen gerade innerhalb der Tür im Flur, ihre Silhouetten leicht sichtbar vom Spielplatz oder der Straße aus. Instinktiv duckten sie sich, obwohl die Fenster so tief gingen, dass ihre Rücken immer noch sichtbar waren.

Ein kratzendes Geräusch, Metall auf Beton, Schritte.

Frances spähte aus dem straßenseitigen Fenster. „Es ist nur jemand, der eine Mülltonne über den Bürgersteig zieht“, flüsterte sie. „Was eigentlich ziemlich verdächtig ist. Vielleicht sollten wir ihm folgen.“

Molly holte tief Luft und richtete sich auf. „Okay, lass uns das hinter uns bringen. Ich bin kurz davor, einen Herzinfarkt zu bekommen.“

Sie schlichen ins Büro. Von der Straße kam nicht viel Licht herein, also holte Molly ihr Handy heraus und tippte auf die Taschenlampen-App, damit sie sehen konnte, was sie tat.

„Molls, dieses tanzende Licht wird von der Straße aus verdammt verdächtig aussehen...“

Molly keuchte und schaltete es aus. Sie hatte nicht wirklich darüber nachgedacht, wie exponiert die Position des Büros war. „Ich war so darauf fokussiert, reinzukommen, dass ich nicht wirklich daran gedacht habe, dass jeder Vorbeigehende uns sehen kann.“

„Mach einfach das hier“, sagte Frances und ging zu Tristans Schreibtisch. Sie bewegte die Maus und der Monitor ging an und warf einen sanften Schein über sie.

„Brilliant!“, flüsterte Molly. „Okay – du hältst Wache, während ich seine Schubladen durchwühle.“

Frances kicherte.

„Ach, sei still“, sagte Molly und lachte ebenfalls. Sie öffnete zuerst die lange, schmale Schublade. Sie war so vollgestopft mit Sachen, dass sie sich nicht leicht herausziehen ließ. Büroklammern, Stifte, abgebrochene Bleistifte, Radiergummis, eine Flasche flüssige Tinte, Tintenpatronen, Gummibänder, ein paar Zweige, eine zerknitterte Packung Zigaretten, ein Lippenstift.

Ein Lippenstift?

„Na ja", sagte Molly und hielt ihn hoch. „Entweder steht Tristan auf Crossdressing, oder der gehörte Iris", meinte sie. „Ich bezweifle stark, dass er seiner Frau gehört."

„Stimme dir hundertprozentig zu. Könnte man den auf DNA testen?"

„Keine Ahnung. Aber ist ihr Lippenstift überhaupt so belastend? Er könnte sich so leicht eine harmlose Geschichte ausdenken, um das zu erklären. Du weißt schon – ›Ich bin ihr zufällig auf dem Markt begegnet und habe ihn auf dem Boden bemerkt, nachdem sie weitergegangen war...‹"

Auf der rechten Seite befand sich eine Reihe von drei Schubladen, und Molly öffnete die erste. Sie war vollgestopft mit Papieren und Tintenpatronen für einen Drucker. Sie öffnete die zweite. „Definitiv Tendenzen zum Horten", berichtete Molly und hob einen schmutzigen Joghurtbecher heraus. „Ist die Luft immer noch rein?"

„Ich sag dir Bescheid, wenn's nicht mehr so ist", sagte Frances und kaute an einem Fingernagel.

Die dritte Schublade war mit Büchern gefüllt. Molly nahm das oberste heraus, ein schmales Buch mit Gedichten von Louis Aragon. Ein Zettel ragte heraus, und Molly öffnete das Buch, um zu sehen, was es war.

„Molly!", flüsterte Frances. „Leute kommen die Straße runter!" Sie krabbelte zu Carolines Schreibtisch und duckte sich dahinter.

Molly ließ sich auf den Boden fallen und hoffte, dass das Leuchten von Tristans Computer sie nicht verriet.

Sie hörten Stimmen. Jemand fing an zu singen. Es fühlte sich an, als würde es ewig dauern, bis sie vorbeigegangen waren. Molly hielt den Atem an und stellte sich Sirenen vor und wie Maron ihr Handschellen anlegte.

Ben, der den Kopf schüttelte, nicht amüsiert. Vielleicht sogar wütend.

Aber langsam wurden die Schritte leiser. Wer auch immer es war, hörte auf zu singen.

„Beeil dich doch", sagte Frances. „Findest du denn nichts?"

„Bis jetzt nicht", flüsterte Molly. „Sein Schreibtisch ist ein einziges Chaos!"

Sie stand auf, beugte sich ins Licht des Computers und schaute auf den Zettel. „Na sowas", sagte sie.

„Was? Was ist es?"

„Ein Liebesgedicht. Mit Iris' Namen drin."

„Ausgezeichnet, Inspektorin! Brauchst du mehr Zeit? Im Moment ist alles ruhig..."

„Ich will nur sichergehen, dass es seine Handschrift ist. Eine unmögliche Sauklaue, kann ich dir sagen." Molly blätterte durch weitere Papiere, bis sie einige handgeschriebene Notizen am Rand fand. Jap, sieht ganz nach seiner Handschrift aus. „Okay, wir können gehen, sobald ich diese letzten Schubladen durchgesehen habe... halt die Klappe, Franny."

„Ich werde nervös. Komm schon, lass uns von hier verschwinden."

Molly überlegte einen Moment und entschied, dass das Gedicht genug war. Es erwähnte schließlich Iris' Namen, und es war eindeutig verliebt genug, dass niemand es als bloß freundschaftlich missverstehen konnte. Vorsichtig schloss sie die Schubladen ganz, obwohl aus der obersten der unteren Schublade noch einige Papiere herausragten. Sie steckte das Gedicht in die Tasche ihrer Shorts und gesellte sich zu Frances an der Tür.

Als sie den Spielplatz erreichten, rannten sie. Die Angst, gesehen oder sogar verhaftet zu werden, holte sie ein, und alles, was sie wollten, war, so weit wie möglich vom Tatort wegzukommen. Etwa fünf Blocks später hielten sie keuchend an, und Molly holte das Gedicht heraus, damit sie es unter einer Straßenlaterne lesen konnten.

„Ähm, mein Französisch ist immer noch nicht so gut. Gelinde gesagt", sagte Frances und gab schnell auf.

„Hm", sagte Molly, während sie es weiter studierte. Das Gedicht bestand aus drei Strophen mit ziemlich kurzen Zeilen. Es reimte sich nicht. Die Handschrift war kindlich und unordentlich, aber lesbar.

Und das Gedicht war, wenn Mollys Französisch einigermaßen zuverlässig war, sehr erotisch. Es war grafisch in seiner Beschreibung dessen, was der Schreiber körperlich mit Iris machen wollte. Liebe wurde erwähnt. Der Schreiber schien kurz davor zu sein, von der Tiefe seiner Gefühle für sie völlig überwältigt zu werden.

Einerseits war das Gedicht in seiner rohen Offenheit ziemlich komisch. Und andererseits, nun ja, Molly konnte den Reiz verstehen, so heftig begehrt zu werden. Wer würde das nicht?

ℜ   23   ℜ

Es ist eine Art Lustgedicht, wenn es so etwas gibt. Aber „irgendwie trotzdem ziemlich romantisch, findest du nicht?“, sagte Molly zu Ben, während sie im Café de la Place frühstückten. Bens Haare waren noch feucht von der Dusche nach seinem morgendlichen Lauf, aber die Bewegung hatte anscheinend nicht viel dazu beigetragen, ihn zu entspannen.

„Es ist mir egal, wie du es bezeichnest, das ändert nichts an der Tatsache, dass du etwas aus diesem Büro gestohlen hast“, sagte Ben. Molly wartete darauf, dass er lächelte, aber er tat es nicht. „Ich dachte, du hättest gesagt, du hättest eine Art Karriere damit gemacht, amerikanische Krimiserien zu schauen. Hast du nicht gelernt, dass Beweise, die auf illegale Weise gewonnen wurden, wertlos sind? Unzulässig?“

Molly fühlte sich zurechtgewiesen, wollte es aber nicht zugeben. „Hör mal. Wenn ich dieses Gedicht nicht in die Finger bekommen hätte, wüssten wir immer noch nicht, dass Iris' Liebhaber mit 99-prozentiger Sicherheit Tristan Séverin war. Okay, ich hab's kapiert, wir können es nicht Maron übergeben und als Beweismittel aufnehmen lassen. Aber wir können es trotzdem als

Druckmittel verwenden. Ein ziemlich mächtiges Druckmittel, wenn du mich fragst. Ich wette, Séverin klappt wie ein billiges Akkordeon zusammen, wenn du ihm dieses Gedicht zeigst."

„Vielleicht." Ben starrte finster in seinen Kaffee, die Arme vor der Brust verschränkt. „Dann ist da noch die Sache mit dem Einbruch."

„Wir haben nichts aufgebrochen! Obwohl wir im Nachhinein wahrscheinlich Handschuhe hätten tragen sollen."

Ben lächelte nicht. „Ich möchte, dass du verstehst, Molly. Wir können keine Partner sein, wenn du weiterhin das Gesetz brichst."

„Meinst du... Partner bei der Detektivarbeit? Oder Partner jeglicher Art?"

„Ich meinte die Ermittlung. Aber..."

Sie erkannte plötzlich und zu spät, dass ihre illegale Schnüffelei eine Grenze überschritten hatte und dass er ihre Handlung nicht nur als illegal, sondern auch als respektlos ihm gegenüber empfand. Anstatt sich weiter zu verteidigen, ließ Molly eine Flut von aufrichtigen Entschuldigungen los und versprach, dass sie sich beim nächsten Mal erst mit ihm absprechen würde, wenn sie eine große Idee für die Beweissammlung hatte.

„Ich freue mich nicht gerade auf die Aussicht, dich im Gefängnis zu besuchen", sagte er, und endlich sah Molly zu ihrer Erleichterung ein schwaches Funkeln in seinen Augen.

„Glaubst du, Maron hätte uns wirklich verhaftet, wenn Franny und ich erwischt worden wären? Ich will es nicht rechtfertigen, bin nur neugierig."

„Ja, das glaube ich. Und ich denke, er hätte es ungemein genossen." Ben lehnte sich in seinem Stuhl zurück, in Gedanken versunken. „Und der neue Gendarm, Monsour? Er brennt geradezu darauf, jemanden ins Gefängnis zu stecken. Es ist ein bestimmter Typ, der sich von der Strafverfolgung angezogen fühlt – er genießt den autoritären Teil davon. Man kann es bei Monsour kilometerweit erkennen."

„Igitt."

Ben zuckte mit den Schultern, und Molly konnte nicht anders, als zu lächeln, wie unglaublich gallisch er in diesem Moment wirkte.

„Also, hier ist eine Frage...", fuhr Molly fort. „Warum denkst du, hat Caroline mich angelogen?"

„Sie war fest davon überzeugt, dass Séverin keine Affären hatte?"

„Absolut. Sagte auch, sie würde es definitiv wissen."

Ben zuckte mit den Schultern. „Wer weiß. Vielleicht nichts weiter als Loyalität ihrem Chef gegenüber."

Molly saß schweigend da und aß ihr Croissant. Dann brach sie in Gelächter aus und erschreckte die Leute am Nachbartisch. „Ich bin nur... das Gedicht! Es ist so *schlüpfrig*!"

Ben lächelte. „Es ist sicherlich nicht das, was ich von Séverin erwartet hätte. Ich habe ihn immer für... unschuldig gehalten. Wir brauchen jemanden, der sich seinen Computer ansieht. Ich werde nach dem Frühstück mit Maron sprechen und sicherstellen, dass er den Schulcomputer mitnimmt und schaut, was sonst noch darauf sein könnte. Seine E-Mails könnten eine Goldgrube sein."

Molly nickte heftig. „Oh ja, ich würde gerne einen Blick auf Séverins E-Mails werfen. Und auf Iris'. Pierres übrigens auch. Obwohl es wahrscheinlich zu viel erhofft wäre, etwas zu finden wie: ‚Du hast mich gedemütigt, also werde ich dich die Treppe hinunterstoßen.'"

„Wahrscheinlich", sagte Ben, diesmal ohne zu funkeln.

„WEIẞT DU, für ein Paar verbringt ihr und Dufort sicher nicht viel Zeit miteinander", sagte Lapin, der neben Molly und Lawrence an der Bar von Chez Papa am Freitagabend stand. „Ich glaube, unsere dorfeigene Miss Marple könnte bald wieder auf dem Markt sein, meinst du nicht, Larry?"

Lawrence hob eine Augenbraue, widmete sich ansonsten aber seinem Negroni.

„Auf diesen Köder springe ich nicht an", sagte Molly fröhlich, obwohl sie trotz sich selbst einen leichten Stich bei der Andeutung verspürte, dass zwischen ihr und Ben etwas nicht ganz stimmte. „Es ist nur so, dass er am Ende des Tages gerne zu Hause bleibt und liest, und ich gerne ausgehe und Leute treffe. Auch wenn ihr Haufen alles seid, was ich aufbringen kann."

„Autsch", sagte Lawrence grinsend.

„Dachte, du würdest nicht anbeißen, Sutton", sagte Lapin noch breiter grinsend.

„Und ich bin auch *nicht* Miss Marple. Sie hatte mindestens ein paar Jahrzehnte Vorsprung. Wie wäre es, wenn wir statt über mich über Iris reden? Lapin, du bist doch sonst immer mittendrin bei allen Morden in Castillac. Was ist dein Blickwinkel diesmal?"

„Sehr witzig, Molly." Lapin nahm einen langen, dramatischen Schluck von seinem Bier.

„Wusstet ihr beide, dass sie eine Affäre mit Séverin hatte?", fragte Molly.

Lawrence sagte nichts, aber Molly konnte das *Ja* in seinen Augen sehen. Lapin sah angewidert aus. „Ich weiß nicht, warum sie mich nicht gewählt hat", sagte er und rieb sich mit einer Hand über seinen großen Bauch. „Ich dachte immer, da wäre ein Funken zwischen uns."

Molly und Lawrence lächelten einander an.

„Glaubt ihr, Pierre wusste es? Hat es ihn in einem eifersüchtigen Anfall zum Mord getrieben?", fragte sie.

„Ehrlich gesagt, habe ich Pierre noch nie wütend gesehen. Nicht mal annähernd. Er ist der ausgeglichenste Mann, den ich kenne, würdest du nicht zustimmen?", sagte Lawrence.

Molly dachte darüber nach. Es stimmte, dass sie ihn nie die Beherrschung hatte verlieren sehen, aber sie hatte auch nicht viel Zeit mit ihm verbracht. Sie wollte die Eindrücke derjenigen im

Dorf hören, die mit ihm aufgewachsen waren, die ihn jahrelang regelmäßig gesehen hatten.

Im Hinterkopf wusste sie, dass sie stur war, aber sie war immer noch sicher, dass er schuldig war. Die Entdeckung der Affäre mit Séverin und des Liebesgedichts festigte nur ihre Meinung. Es war ärgerlich, dass anscheinend niemand sonst ihre Gewissheit teilte.

„Willst du damit sagen, du glaubst *nicht*, dass es Pierre war?", fragte sie.

Lawrence und Lapin tranken ihre Getränke und antworteten zunächst nicht.

„Ich werde dir meine übliche Antwort geben, wenn du solche Fragen stellst", sagte Lawrence schließlich. „Ich weiß es nicht. Ich weiß nicht viel über irgendetwas, wenn man es genau nimmt. Ich kann nicht erklären, warum Iris Pierre überhaupt geheiratet hat. Ich kann nicht erklären, warum sie von allen Männern, die sie hätte haben können, ausgerechnet Tristan Séverin gewählt hat. Ich kann nicht erklären, warum Pierre während ihrer Beerdigung eher gelangweilt ausgesehen hat als alles andere."

„Das hast du auch gesehen? Ich dachte das Gleiche", sagte Lapin. „Ich schwöre, er hatte sie nie verdient. So eine Göttin..."

„Das ist das Wort, das alle immer wieder benutzen", sagte Molly. „Ist das nur eine Redewendung, oder wirkte sie tatsächlich nicht menschlich?"

„Ich kann es nicht sagen. Ich hatte nie den Mut, ein Wort mit ihr zu wechseln."

„Wenn viele Leute so über sie dachten, muss sie sehr einsam gewesen sein", meinte Lawrence.

„Noch eine Runde?", fragte Nico und sah Molly nicht sehr warmherzig an. Er war nicht erfreut über den Ausflug zur Schule und machte sich Sorgen, dass Frances hätte erwischt und abgeschoben werden können. Direkt nach dem Bienen-Vorfall waren seine Nerven etwas angespannt.

„Also morgen ist Wechseltag, richtig?", fragte Lawrence. „Kommt morgen jemand Neues?"

„Ja. Die Hales reisen ab und eine Miss Eugenia Perry aus Louisiana kommt an, eine ältere Dame, die allein reist. Danke, dass du mich daran erinnerst, ich muss Constance eine Nachricht schicken, damit sie vorbeikommt. Und... ach, jetzt wo du mich darauf bringst, einige Fliesen im Badezimmer des Gästehauses sind locker. Ich sollte wirklich jetzt nach Hause gehen und sie verfugen, damit es über Nacht aushärten kann. Die Hales sind so entgegenkommend, ich glaube nicht, dass es ihnen etwas ausmacht."

„Ach je! Ich wollte dich nicht zur Tür hinausdrängen."

„Oh, das weiß ich", sagte sie und küsste ihn auf die Stirn. „Manchmal geht der Betrieb meines Gîtes bei all der Detektivarbeit etwas unter, und wenn ich nicht aufpasse, werde ich unzufriedene Gäste haben."

„Und kein Gîte-Geschäft mehr", warf Lapin ein.

„Richtig. Okay, jetzt lässt du mir das Blut in den Adern gefrieren. Gute Nacht, ihr beiden! Und, ähm, wenn ihr etwas hört, von dem ihr denkt, es könnte mich interessieren, gebt es mir weiter, ja?"

„Natürlich! Geh und kümmere dich um deinen Fugenmörtel", sagte Lawrence, winkte Nico zu und drehte seinen Finger, um ein weiteres Getränk zu bestellen.

Molly war zwei Schritte von der Tür entfernt, als Tristan Séverin hereinkam.

„Oh!", sagte Molly, ihr Gesicht wurde sofort rot.

Das Gedicht gelesen zu haben, das er für Iris geschrieben hatte, fühlte sich plötzlich wie eine solche Verletzung an, obwohl sie den Einbruch um nichts in der Welt rückgängig machen wollte.

Reiß dich zusammen!

„Bonsoir, Tristan", sagte sie. „Ich bin auf dem Weg, ein Badezimmer zu verfugen. Habt alle einen schönen Abend!"

Sie hoffte, dass das nicht zu aufgesetzt geklungen hatte.

Während sie auf dem Roller nach Hause fuhr, dachte Molly nicht an den Fugenmörtel oder ihre neuen Gäste, sondern fragte sich stattdessen, ob es sich lohnen würde, Madame Séverin einen Besuch abzustatten.

❧ 24 ☙

Am Samstagmorgen sprang Molly als Erstes aus dem Bett und wollte gerade die Fugen im Cottage überprüfen, als ihr einfiel, dass die Hales wahrscheinlich noch schliefen und ihren letzten Tag in La Baraque genossen. Gäste ließen sich in zwei Kategorien sortieren: Entweder sie schliefen am letzten Tag sehr lange, um jedes bisschen Entspannung aus ihrem Urlaub herauszuquetschen, oder sie standen früh auf, besorgt darüber, alles zu erledigen und für die nächste Etappe ihrer Reise bereit zu sein.

Da sie schon wach war, machte Molly Kaffee und trank eine Tasse auf der Terrasse. Es war zu dieser Tageszeit nicht so heiß, und Bobo war wie immer übermütig. Molly nahm ihr Handy und begann, eine Liste aller Reparaturen und Projekte zu erstellen, die sie in La Baraque durchführen wollte:

die gefugten Fliesen im Cottage abdichten

herausfinden, warum der Boden im Flur diese weiche Stelle hat

einige Obstbäume pflanzen

Scheune wieder aufbauen

Nun, verdammt. Wenn Pierre im Gefängnis sitzt, wird diese Scheune nie wieder aufgebaut, dachte sie und war sofort entsetzt über ihre Selbstsucht.

Sie hörte das Geräusch von Reifen auf Kies, Bobo bellte wie verrückt, und Constance kam um die Hausecke.

„Bonjour, Molly!", rief sie fröhlich, ihre Haare wie üblich zu einem arbeitsfreundlichen Pferdeschwanz zurückgebunden.

„Bonjour Constance. Du bist früh dran. Willst du einen Kaffee? Ich habe die Hales oder Finsterman noch nicht gesehen."

„Ich glaube, Finsterman ist für immer eingezogen. Er geht nie wieder weg."

„Er scheint sich hier wohlzufühlen. Aber ich habe in zwei Wochen ein Paar, das im Taubenhaus übernachtet, also kann er nicht länger bleiben. Wenn wir ihn sehen, dachte ich, wir könnten fragen, ob wir kurz reingehen und es schnell putzen können."

„Was immer du sagst, Boss", sagte Constance fröhlich.

„Läuft es gut mit Thomas?"

„Ich dachte schon, du fragst nie! Wir sprechen darüber, zusammenzuziehen", sagte sie strahlend.

„Das ist gut? Wenn du glücklich bist, bin ich es auch", sagte Molly.

„Moment mal, was? Du denkst, es ist eine schreckliche Idee?"

„Das habe ich nicht gesagt!"

„,Wenn du glücklich bist, bin ich es auch'... jeder weiß, dass das wirklich bedeutet ‚du machst einen schrecklichen Fehler, aber solange du das noch nicht herausgefunden hast, werde ich nichts sagen'."

Molly begann zu kichern und brach dann in schallendes Gelächter aus. „Du bist brillant, Constance", sagte sie. „Du hast es auf den Punkt gebracht. Aber ehrlich − wirklich − ich meinte nichts anderes als das, was ich gesagt habe. Du *bist* glücklich?"

Constance nickte heftig.

„Dann bin ich es auch. Wirklich." Sie stand auf und streckte sich. „Lass uns nachsehen, ob jemand wach ist. Ich würde gerne die Reinigung so schnell wie möglich erledigen und dann zum Markt fahren. Wir machen die Dinge diesmal etwas rückwärts."

Sie sagte nicht, dass sie zögerte, zur Pâtisserie Bujold zu

gehen, da Nugent nun erwarten würde, dass sie den Termin für ihre nächste Gebäckstunde vereinbarte. Sie hatte die erste nur durchgezogen, um herauszufinden, ob er wusste, mit wem Iris die Affäre gehabt hatte, und jetzt, wo sie es wusste, war das Letzte, was sie wollte, einen weiteren langen Abend mit ihm und seinen zweideutigen Bemerkungen zu verbringen. Obwohl das köstliche Endergebnis, heiß aus dem Ofen, fast jede Demütigung wert war.

Als sie und Constance den Staubsauger, Eimer und Mopp herausholten, wurde ihr klar, dass sie sich ein wenig mies fühlte, Nugent auf diese Weise ausgenutzt zu haben. Sie war ein manipulativer Blutegel gewesen, um es vorsichtig auszudrücken. All diese Ermittlungen – es war sicherlich aufregend und befriedigend, aber es bedeutete auch, dass sie sich manchmal wie ein Trottel benahm.

Aber es lohnte sich, oder? dachte Molly. Wenn ich Iris wäre, wäre ich mehr als glücklich, wenn sich Leute schlecht benehmen würden, um meinen Mörder zu fassen? Moralische Reinheit war schön und gut, aber nicht sehr nützlich, um jemanden zum Reden zu bringen.

Die beiden Frauen schlenderten zum Cottage. Die orangefarbene Katze lag zusammengerollt auf der Vorderstufe, an die Tür gelehnt, und sah fast süß aus, wie sie schlief. Kein Geräusch von innen.

„Ich möchte sie nicht stören – ich habe sie gestern Abend schon unterbrochen. Sie hatten genug Unannehmlichkeiten. Nun, lass uns das Taubenhaus versuchen. Ich glaube, Finsterman ist normalerweise um diese Zeit schon mit seiner Staffelei und seinem Malkasten weg."

„Stell dir vor, Molly. Er könnte eines Tages ein berühmter Künstler sein und über die Inspiration sprechen, die er in La Baraque bekommen hat!"

„Ha! Ich bin mir nicht sicher, ob Finsterman so hohe Ambitionen hat. Obwohl ich ihm vielleicht vorschlagen sollte, mal bei L'Institut Degas vorbeizuschauen und zu sehen, ob es ihn interessiert. Ich wäre mehr als glücklich, einen Langzeitmieter zu haben, während er sein Studium absolviert."

Molly klopfte an die Tür. Keine Antwort. Sie trat zurück und betrachtete die Außenseite des Taubenhauses, wobei sie, wie jedes Mal, bemerkte, was für eine erstaunliche Arbeit Pierre geleistet hatte. Es sah fast aus wie von Le Corbusier. Die Wand der kreisförmigen Struktur hatte leichte Wellen, die sehr angenehm wirkten, fast als ob sich unter der Haut der Wand Muskeln befänden - man wollte mit der Hand darüber streichen, es streicheln. Das Gebäude schien fast lebendig. Und nachts, wenn die winzigen Fenster von innen beleuchtet waren, war es absolut magisch. Was auch immer er sonst sein mochte, Pierre war ein Künstler, und ein inspirierter dazu.

„Mr. Finsterman?", rief Molly. „Wie gesagt, ich bin ziemlich sicher, dass er weg ist." Sie drückte die Klinke und steckte den Kopf hinein, rief erneut und bekam keine Antwort. „Okay Constance, komm rein. Ich mache das Badezimmer und die Küche, du machst schnell Staub und saugst. Wir sind im Nu fertig."

Constance nickte und ging mit einem Haufen Staubtücher hinein, während Molly ins Badezimmer ging. *„Merde!"*, rief sie. „Noch ein tropfender Wasserhahn! Ich schwöre, diese Dinge sind so gemacht, dass sie nach sechs Monaten kaputtgehen." Sie überlegte einen Moment. „Hör zu, ich muss ein paar Dichtungen holen, also kann ich genauso gut gleich einkaufen gehen. Willst du etwas? Es macht dir nichts aus, meinen Teil hier zusätzlich zu deinem zu machen?"

„Was immer du sagst, Boss", sagte Constance grinsend.

Liebe, dachte Molly auf dem Weg zum Roller. Wenn es damit gut läuft, macht sogar das Putzen von Badezimmern Spaß.

FÜR DIE MEISTEN Castillacois war der Samstag für Hausarbeiten, Einkäufe, Besuche bei Freunden und Kochen reserviert. Einige unternahmen lange Spaziergänge auf dem Land, andere malten, schrieben oder lasen. Aber fast niemand entschied sich zu arbeiten, wenn es der Job nicht erforderte.

Pierre war es gewohnt, der Außenseiter zu sein. In der Schule hatte er besser abgeschnitten als die meisten seiner Kameraden, und obwohl er gut mit ihnen ausgekommen war, hatte er keine engen Freundschaften geschlossen. Sein Geschichtslehrer hatte ihn gedrängt, den akademischen Weg einzuschlagen, und gemeint, er hätte genug Fähigkeiten, um an einer Universität zu unterrichten, wenn er wollte - aber Pierre wusste, dass er einen schrecklichen Lehrer abgegeben hätte, und außerdem hatte er schon seit seiner Jugend gewusst, was seine Lebensaufgabe sein würde.

Steine und Felsen, Mauern und Treppen. Das war es, was er liebte, solange er sich erinnern konnte. Er war nie glücklicher, als wenn er in ein Projekt vertieft war, je komplexer, desto besser, und für ihn war es ein großes Glück, dass die Leute ihn tatsächlich dafür bezahlten, eine Arbeit zu machen, die er so sehr genoss.

Seine Werkzeuge waren bereits bei den Lafonts, und so brauchte er wenig Zeit, um sich fertig zu machen – er trank schnell eine Tasse Kaffee, war um acht in seinem Lastwagen und um Viertel nach acht an der Baustelle. Im Laufe der Jahre hatte er gelernt, dass die Kunden, egal wie fieberhaft sie etwas fertiggestellt haben wollten, wütend wurden, wenn er vor etwa zehn Uhr morgens an einem Samstag Meißel an Hammer ansetzte. Menschen waren verwirrend, aber irgendwann hatte Pierre den Widerspruch einfach akzeptiert und gelernt, damit umzugehen.

Und tatsächlich hatte er wie viele Künstler gelernt, die Einschränkung zu schätzen. Ein paar Stunden damit zu verbringen, seine Pläne zu durchdenken, den Stein, den er an diesem Tag verwenden würde, genau zu betrachten, ohne sich zu erlauben, mehr zu tun - es ließ den Wunsch, etwas zu erschaffen, in ihm mit einer Art angenehmen Druck ansteigen. Und an diesem besonderen Samstag, kaum mehr als eine Woche nach dem Tod seiner Frau, war die angenehme Vorfreude nicht anders.

Das Haus der Lafonts war nicht besonders prunkvoll, was seinen Besitzern entgegenkam. Es war im sechzehnten und siebzehnten Jahrhundert erbaut worden, hatte winzige Fenster und war daher im Inneren recht dunkel, und hatte viele Details dieser Epochen beibehalten, einschließlich einer Spüle aus Trockenmauerwerk. Pierre verstand die Zuneigung des Paares zu ihrem Haus. Die Steinmetzarbeit war offensichtlich von hoher Qualität, da sie jahrhundertelang mit nur geringen Reparaturen überdauert hatte, und natürlich war der goldene Kalkstein der Dordogne einer seiner Favoriten - seiner Meinung nach viel wertvoller und schöner als die lichtdurchfluteten Räume, die eher dem aktuellen Stil entsprachen.

In T-Shirt und Leinenshorts gekleidet hockte er sich neben einen Haufen Steine und betrachtete ihn. Er ließ seine Augen darüber wandern, bemerkte ihre Topographie, ohne sich zunächst zu erlauben, sie zu berühren. Dann ging er in das Gebäude – es war ein Anbau am Haus der Lafonts, sodass er hineingehen konnte, ohne sie zu stören – und inspizierte die Treppe, die so knifflig zu platzieren gewesen war, da der Stein so schwer und der Platz für die Treppe beengt war.

Als er jünger gewesen war, hatte Pierre das Département und die Welt darüber hinaus bereist, Kathedralen und Schlösser besucht, überall, wo es Steinmetzarbeiten für ihn zu studieren gab. Er hatte Iris auf viele dieser Reisen mitgenommen, obwohl sie den Gebäuden in der Regel nur einen flüchtigen Blick schenkte, bevor sie zu den nahegelegenen Gärten ging. Es war eine Enttäuschung für ihn gewesen, dass sie seine Faszination für Steine nicht teilte.

Endlich war es zehn Uhr, und mit fast kribbelnden Fingern wählte er einen Meißel aus, nahm seinen Hammer und machte sich an die Arbeit, klopfte hier einen Vorsprung ab, glättete dort eine raue Stelle. Er dachte nicht an Iris, sondern nur an die Textur und Form der Steine, mit denen er arbeitete, ohne je aus den Augen zu verlieren, wie sie sich in sein Design einfügen würden.

Er hämmerte mehrere Stunden lang weiter, bis Madame Lafont dachte, sie stünde kurz davor, den Verstand zu verlieren, und Monsieur Lafont ihr einen Schluck Cognac einschenkte, um sie zu beruhigen, obwohl es noch vor dem Mittagessen war.

&

MOLLY LIESS Constance im Taubenschlag zurück, sprang auf den Roller und ... nichts. Der Motor hustete, stotterte und starb ab. „Komm schon", sagte sie zu ihm und streichelte den streifigen Lack des Tanks. „Kannst du es nicht einfach bis ins Dorf schaffen? Ich verspreche, ich bringe dich als Erstes zum Doktor."

Aber der Roller zeigte kein Lebenszeichen. Sie erinnerte sich daran, dass sie monatelang ohne jegliches Transportmittel gut zurechtgekommen war, und bog zu Fuß in die Rue des Chênes ein, während sie im Kopf eine Liste all der Dinge machte, die sie erledigen musste.

Ein Sturm zog auf. Der Himmel über der Hälfte des Dorfes war dunkel und bedrohlich, und eine heiße Brise war aufgekommen. Molly ging schneller, plante die Route ihrer Besorgungen und wies sich selbst an, nicht zu lange mit jedem zu plaudern.

Aber Rémy hatte bei weitem die besten Tomaten, und es war immer so interessant, mit ihm zu sprechen – sie kannte niemanden sonst, der sich so sehr an einem Gespräch über Dünger erfreute wie sie und Rémy. Natürlich musste sie alles darüber hören, was Manette so trieb, wie es ihrer ewig kranken Schwiegermutter ging und natürlich auch ihrer Kinderschar. Als sie bereit war, zur Pâtisserie Bujold zu gehen und mit Nugent zu sprechen, war sie mit Lebensmitteln beladen und es waren über zwei Stunden vergangen, aber zumindest war der Regen noch nicht gekommen.

Sie hatte zuvor die Adresse der Séverins herausgefunden und dachte, sie könnte an ihrem Haus vorbeigehen - es lag schließlich auf dem Weg zur Konditorei -, nur um zu sehen, ob Madame Séverin zufällig zu Hause war und bereit wäre, ein paar Fragen zu beantworten.

Nun, da die Frau agoraphob war, standen die Chancen ziemlich gut, dass sie zu Hause war. Aber war sie allein zu Hause, und würde sie reden? Molly war sich nicht sicher, ob sie bereit war, ein totales Arschloch zu sein und jemanden, den sie nie getroffen hatte – und der zudem an Depressionen litt – über das Liebesleben seines Ehepartners auszufragen. Sie wusste nicht wirklich, wonach sie suchte. Sie dachte nur, je mehr Leute sie sprach, die irgendeine Verbindung zu Iris hatten, sei es auch nur indirekt, desto besser würde sie verstehen, warum die schöne Frau am Ende die Treppe hinuntergestoßen worden war.

Molly hatte so viele Taschen, dass sie ab und zu anhalten musste, um sie neu zu ordnen und ihre Hände zu bewegen. Sie bog in die Rue Saterne ein und sah Madame Tessier auf ihrem üblichen Stuhl neben ihrer Haustür sitzen, wo sie alles beobachtete, was in ihrer Straße geschah.

„Bonjour, Madame Tessier", sagte Molly. „Wie geht es Ihnen?"

„Bonjour Molly", sagte die alte Dame und runzelte die Stirn. „Weißt du, mir ist gerade aufgefallen, dass deine Ankunft im Dorf genau mit dem Beginn dieser Mordserie zusammenfiel. Ich glaube, du bringst vielleicht Unglück!"

Molly war zunächst überrascht, bis sie merkte, dass Madame Tessier scherzte.

„Also erzähl mir, wie deine Ermittlungen vorangehen", fragte die alte Frau. „Und versuch gar nicht erst, mir zu erzählen, dass du nicht daran arbeitest. Ich weiß bereits, dass du mit Leuten im Dorf gesprochen hast und dass du glaubst, Iris' Ehemann sei der Mörder."

Molly grinste. „Sie sind wirklich gut informiert", sagte sie. „Sehr beeindruckend. Na ja, ich bin ganz Ohr, falls Sie andere

Ideen außer Pierre haben. Sie wissen, dass ich Ihre Meinung sehr schätze." Molly hatte schon beim ersten Treffen mit Madame Tessier vermutet, dass sie für Schmeicheleien empfänglich war, und sie lag nicht falsch.

„Ich frage mich, ob du vielleicht vorschnell zu diesem Schluss kommst, nur weil es so viele schlechte Ehemänner auf der Welt gibt", sagte Madame Tessier. „Mein Albert, er ist ganz anders. Sanft wie ein Lamm und auch sehr liebevoll", fügte sie mit einem Wackeln ihrer ordentlich gezupften Augenbrauen hinzu.

Molly lachte. „Da haben Sie Glück. Nun, ich bin mir sicher, dass Maron und der neue Gendarm, Monsour, glaube ich, heißt er, Aussagen aufnehmen und Zeugen befragen, und vielleicht klärt das die Möglichkeiten weiter auf. Ich höre, Pierres Alibi ist ein bisschen wackelig."

„Ben erzählt dir alles? Ja, natürlich weiß ich, dass Pierre ihn engagiert hat", sagte sie, warf den Kopf zurück und gackerte. „Molly! Ich weiß *alles*, was in diesem Dorf vor sich geht!"

„Dann sagen Sie mir doch - wer hat Iris getötet?"

Madame Tessier sah verärgert aus. „Das werde ich nicht sagen. Es ist noch zu früh. Ich sage dir aber so viel: Wenn es sich herausstellt, dass es Pierre war, wäre ich sehr überrascht."

Molly bedankte sich für das Gespräch und verabschiedete sich. Sie bog links in die Rue des Anges ein, auf der Suche nach dem Haus der Séverins.

Und genau in diesem Moment öffnete der Himmel seine Schleusen, und Molly drehte sich um und rannte in die schützende Pâtisserie Bujold. Na ja, es gab schlimmere Orte, um einen Regenschauer abzuwarten, dachte sie und freute sich schon darauf, einen heißen Espresso zu schlürfen und vor der Vitrine zu verweilen, um zu entscheiden, was sie dazu essen wollte.

Vielleicht wird Edmond mir erzählen, wer ihm die Informationen über Séverin gegeben hat, dachte sie. Und vielleicht... vielleicht wird sich in diesem Fall herausstellen, dass es wichtiger ist, wer es ihm gesagt hat, als was er gesagt bekommen hat.

$\maltese$ 25 $\maltese$

Am Montagmorgen machten sich Ben und Molly auf den Weg zur Schule, um den Direktor direkt mit seiner Affäre mit Iris zu konfrontieren und zu hören, was er dazu zu sagen hatte. „Ist das nicht Séverins Auto?", fragte Molly und zeigte auf einen blauen Citroën auf dem Schulparkplatz.

„Ich glaube schon." Ben schwenkte hinüber und spähte hinein. „Unordentlich", sagte er.

„Ich möchte auch schauen, aber ich will nicht, dass er uns sieht. Er wohnt doch im Dorf, oder? Warum fährt er bei so schönem Wetter?"

Dufort zuckte mit den Schultern. „Frag ihn."

Sie gingen am Fenster des Schulbüros vorbei und konnten Caroline und Séverin an ihren Schreibtischen sitzen sehen. Dufort verspürte einen kurzen Anflug von Sehnsucht nach seiner früheren Position als Polizeichef, mit all dem Respekt und der Autorität, die damit einhergingen.

„Entschuldigung", sagte er zu ihnen und klopfte an die geöffnete Bürotür. „Tut mir leid, dass ich störe. Haben Sie einen Moment Zeit für uns?"

„Ich fürchte, es steht eine dringende Frist an, und Monsieur Séverin läuft Gefahr, sie zu verpassen. Vielleicht ein andermal-"

„Ach, Caroline, ich bin sicher, wir schaffen das, keine Sorge. Kommen Sie herein, Madame Sutton, Ben. Setzen Sie sich! Wir haben während der Ferien kaum etwas zu tun, wie Sie sich vorstellen können. Eigentlich drehen wir nur Däumchen, bis die Kinder zurückkommen und dieser Ort wieder zum Leben erwacht", sagte er und deutete auf den Spielplatz. „Also gut, was liegt Ihnen auf dem Herzen?" Er lehnte sich entspannt in seinem Stuhl zurück und verschränkte die Hände hinter dem Kopf.

„Wie Sie wissen, untersuchen wir Iris Gaults Tod. Und es gibt einige Unstimmigkeiten, die wir gerne klären würden, nur ein paar Kleinigkeiten, die uns helfen sollen, ein klareres Bild davon zu bekommen, was passiert ist", sagte Ben.

„Ich werde für einen Moment hinausgehen, Monsieur Séverin", sagte Caroline. „Wir brauchen-"

„Mademoiselle Dubois", unterbrach Dufort, „ich würde Sie bitten zu bleiben. Ich bin, wie Sie wissen, kein Beamter mehr, also kann ich Sie nicht zwingen. Aber ich bitte um diesen kleinen Gefallen, um Iris' willen."

Caroline sank langsam wieder auf ihren Stuhl zurück.

Alle warteten darauf, dass Dufort fortfuhr, aber er fühlte sich in seiner neuen Rolle als Privatdetektiv ein wenig aus dem Gleichgewicht gebracht. Er erkannte, dass seine Rolle anders war, aber er hatte noch nicht ganz seine Stimme gefunden und war sich nicht sicher, wie er vorgehen sollte.

Molly platzte heraus: „Nun, Sie werden verstehen, dass wir, wenn wir versuchen herauszufinden, wer Iris getötet hat, wissen müssen, was vor ihrem Tod bei ihr los war. Wie sie ihre Zeit verbrachte, der Zustand ihrer Ehe, solche Dinge." Sie hielt inne, warf einen Blick auf Dufort und übersprang den Rest des Vorgeplänkels. „Wir bitten Sie zu bestätigen, dass Sie eine romantische Beziehung mit Iris hatten, Monsieur Séverin."

Séverin seufzte. „Mit Iris? Wer in aller Welt hat Ihnen das erzählt?"

„Sie wissen, wie es im Dorf ist", sagte Dufort. „Die Leute halten die Augen offen. Sie reden."

Es herrschte Stille, während Molly und Ben abwarteten, ob einer von ihnen etwas sagen würde. Sie taten es nicht.

„Und... da ist noch die Sache mit diesem Gedicht", sagte Molly und hielt den Zettel so, dass sie sehen konnten, worum es sich handelte.

CAROLINE STIESS einen erstickten Schluchzer aus, sprang aus ihrem Stuhl auf und lief vor dem Fenster auf und ab. Ben und Molly beobachteten sie mit weit aufgerissenen Augen.

„Woher haben Sie das?", sagte sie mit einem wütenden Blick auf Séverin. „Gibt es keine Privatsphäre mehr? Dürfen die Leute einfach nehmen, was sie wollen, und es herumreichen? Gibt es keine *Regeln*?"

Séverin senkte den Kopf und sah dann zärtlich zu Caroline.

„Es ist *mein* Gedicht", sagte Caroline. „Ich habe es geschrieben, obwohl ich nie beabsichtigt hatte, dass Iris – oder irgendjemand – es liest. Offensichtlich ist es... es ist sehr privat." In ihren Augenwinkeln glitzerten Tränen, aber sie war trotzig. „Aber hören Sie. Ich schäme mich nicht zu sagen... wenn Sie es gelesen haben, wissen Sie es bereits - ich *liebte* sie. Wie die Hälfte des Dorfes. Ja, ich liebte Iris Gault von ganzem Herzen. Was, soweit ich weiß, niemand anderen etwas angeht und sicherlich kein Verbrechen ist."

Ben und Molly waren wie betäubt.

„*Sie* haben es geschrieben?", sagte Molly schließlich verwundert.

„Sie waren mit Iris befreundet?", fragte Dufort sanft.

„Ja, wir waren Freundinnen, *natürlich* waren wir Freundinnen.

Sie arbeitete hier in der Kantine, wie Sie sehr wohl wissen. Ich sah sie jeden einzelnen Schultag drei Jahre lang. Ich aß mit ihr zu Mittag, machte Pausen mit ihr, trank jeden Nachmittag Kaffee mit ihr. Sie war wunderschön, das war das Offensichtlichste an ihr, niemand konnte das übersehen. Aber sie war weit mehr als nur schön. Sie interessierte sich für so viele Dinge. So warmherzig. Kompliziert. Sie war..." Caroline vergrub ihr Gesicht in den Händen.

„Aber Sie waren derjenige, der mit ihr schlief", sagte Molly zu Séverin mit ihrer amerikanischen Direktheit.

Er schüttelte den Kopf, hob dann die Handflächen und zuckte mit den Schultern. „Ich habe ihr ein paar Blumen geschickt, das ist alles", gab er zu. „Sie war verrückt nach Blumen."

„Aber mehr als das − Sie waren in einer romantischen und sexuellen Beziehung mit ihr, stimmt das nicht?", hakte Molly nach und fühlte sich ein bisschen wie eine Reporterin für eine Klatschzeitung.

„Bitte", sagte Séverin mit einem Blick auf seine aufgelöste Assistentin. „Haben wir nicht genug für einen Morgen gehabt? Iris war meine *Freundin*. Meine gute Freundin. Und Caroline und ich trauern beide sehr tief um sie."

Dufort fuhr mit der Zunge über seine Zähne und überlegte. „Molly, noch weitere Fragen im Moment?"

Molly schüttelte den Kopf.

„Wenn Sie nichts mehr für mich haben, würde ich gerne auf die Toilette gehen, wenn ich darf", sagte Caroline.

„Gehen Sie nur", sagte Dufort. Er bemerkte, dass ihr Gesicht fleckig und ihre Augen geschwollen waren, und fragte sich, ob sie geweint hatte, bevor er und Molly angekommen waren.

Molly und Ben dankten Séverin und machten sich auf den Weg nach draußen. Sie hielten Händchen und drückten fest zu, um sich stumm ihre Überraschung über das Gehörte mitzuteilen. Als sie drei lange Häuserblocks entfernt waren, platzte Molly heraus: „Wow! *Caroline* hat dieses Gedicht geschrieben? Und weißt du, ich fühlte mich so dumm, als sie es sagte. Es *musste* von einer Frau geschrieben worden sein. Es ist völlig offensichtlich, sobald diese Möglichkeit eine Option ist. Ich habe einfach *angenommen*... und Annahmen zu treffen, ist genau das, von dem ich mir immer wieder sage, dass ich damit aufhören muss.

„Die Dinge sehen für deinen Kerl ein bisschen besser aus", fügte Molly hinzu. „Selbst wenn Tristan und Iris nur Freunde waren, wovon ich nicht unbedingt überzeugt bin – wie steht es mit Caroline? Da sind einige sehr starke Emotionen im Spiel. Ich gebe es nicht gerne zu, aber das Feld der Verdächtigen ist etwas größer geworden."

Ben legte seinen Arm um sie und zog sie für einen Kuss zu sich, direkt dort auf der Straße und mitten am Tag.

$\maltese$ 26 $\maltese$

E r wollte es nicht tun. Maron stand in seinem Büro auf der Wache und starrte auf sein Handy, als erwarte er, dass es plötzlich zu sprechen beginnen und ihm sagen würde, was er als Nächstes tun sollte.

Reiß dich zusammen, Mann.

Er tippte Duforts Nummer an.

„Bonjour, Ben", sagte er und schaffte es, selbstsicher zu klingen. „Ich frage mich, ob Sie heute Morgen Zeit für eine kurze Beratung haben. Es geht um den Fall Gault. Dachten, wir wären kurz davor, ihn zu lösen – kurz vor einer Verhaftung. Aber es stellt sich heraus, dass unser Hauptverdächtiger ein Alibi hat, ein wasserdichtes."

Ben hatte damit gerechnet, dass Maron sich irgendwann melden würde, wenn der Fall sich nicht schnell lösen ließe. Der Mann hatte wenig Geduld, und Ben ließ sich von seinem großspurigen Ton nicht täuschen – er wusste genau, dass die Rolle des amtierenden Polizeichefs Maron völlig aus der Bahn geworfen hatte, und er hatte selbst Monate später noch nicht wieder Tritt gefasst.

„Ich bespräche die Sache gerne mit Ihnen. Soll ich gleich kommen?"

&

MOLLY HATTE den Heimweg allein angetreten und grübelte über das Gespräch mit Caroline und Tristan nach. Mit einigem Bedauern glaubte sie, dass Caroline das Gedicht geschrieben hatte, auch wenn sie das nicht hatte kommen sehen. Aber trotzdem fühlte sich die ganze Sache irgendwie nicht richtig an. Hatte Nugent sich in Bezug auf Iris und Tristan geirrt? Und wenn ja, woher hatte er seine falschen Informationen?

Und was war mit Pierre? War ihm klar, dass im Dorf Gerüchte über seine Frau und den Schulleiter kursierten, auch wenn sie nicht stimmten?

Molly schlängelte sich durch eine Gasse. Gedankenverloren hob sie einen Stock auf und klopfte damit im Vorbeigehen gegen alles Mögliche. Bums gegen eine Mülltonne. Klatsch gegen einen Lattenzaun. Poch gegen die Seite einer Garage.

Das Dorf war unnatürlich still, als sammle es sich schweigend für eine Art Explosion oder Erdbeben. Sie hörte keine Unterhaltung, keine Bewegung, nicht einmal einen Hund kratzen.

Dann Schritte, jemand rannte hinter ihr her.

„Tristan?", sagte sie, als sie ihn auf sich zueilen sah.

„Madame Sutton!", rief er. Er blieb bei ihr stehen und atmete leicht keuchend. „Darf ich Sie Molly nennen?"

Sie nickte, neugierig.

„Nun, ich ... ich bin froh, dass ich Sie eingeholt habe. Ich ... würde es Ihnen etwas ausmachen, wenn ich ein Stück mit Ihnen gehe? Ich habe noch einiges zu dem hinzuzufügen, worüber wir vorhin gesprochen haben."

„Natürlich."

„Es ist, naja ..." Tristan lachte nervös. „Es ist peinlich, das ist es. Ich fühlte – nun, eigentlich eine ganze Reihe von Dingen, aber hauptsächlich wollte ich Caroline nicht noch mehr verletzen, als sie es ohnehin schon ist, wenn Sie verstehen."

Molly blieb stehen. „Ja?"

„Unerwiderte Liebe kann so furchtbar schmerzhaft sein, wissen Sie. Ich kenne das – ich vermute, wir alle kennen das."

Molly nickte, neugierig.

„Also – ich entschuldige mich, dass ich nicht offen war, es war, als hätte mich etwas an der Kehle gepackt und würde mich nicht sprechen lassen."

Molly wartete. Das einzige Geräusch war eine Zikade, die in einem nahen Baum zirpte.

„Die Wahrheit ist ... ich *hatte* etwas mit Iris. Romantisch, meine ich. Es ist ... nun, lassen Sie mich erklären, wie es war. Iris und ich verbrachten über die Jahre so viel Zeit miteinander. Jeden Schultag gemeinsames Mittagessen, Beratungen über die Verwaltung der Kantine ... natürlich entwickelt sich da eine Bindung, verstehen Sie. Meine eigene Ehe, nun, ich versuche wirklich, meiner Frau gerecht zu werden, ehrlich, aber ... oh, ich kann nicht entschuldigen, was ich getan habe. Ich suche keine Ausreden. Es war einfach so, dass eines Tages plötzlich – kennen Sie den Ausdruck *coup de foudre*, Molly? Wörtlich übersetzt heißt das ‚Blitzschlag'. Ein Begriff für das, was Sie ‚Liebe auf den ersten Blick' nennen. So war es bei Iris und mir nicht – was wir hatten, entwickelte sich langsam, über Jahre – aber es war trotzdem wie ein Blitzschlag. Wie aus dem Nichts schien es. Unmöglich zu widerstehen."

Molly lächelte wehmütig und erinnerte sich an einen eigenen *coup de foudre* vor vielen Jahren. „Und Sie sagen, Sie haben diese Information aus Rücksicht auf Caroline zurückgehalten?"

„Teilweise. Im Moment wollte ich ihr diesen zusätzlichen Schmerz ersparen. Aber wenn ich ganz ehrlich bin, war ich von der Frage überrascht und platzte einfach mit ‚Nein' heraus, ohne nachzudenken. Gewohnt, es zu verheimlichen, verstehen Sie, aus Respekt vor unseren Ehepartnern. Aber ich möchte nichts tun, was Ihre Ermittlungen behindern könnte, also habe ich nach einem Moment des Nachdenkens Sie in dieser Gasse eingeholt, um die Dinge richtigzustellen." Er lächelte und zuckte mit den Schultern. „Es tut mir leid."

„Danke für Ihre Ehrlichkeit. Ich nehme an, ich kann das an Ben weitergeben?"

„Natürlich! Sie wissen, dass wir hier in Frankreich eine andere Einstellung zu Affären haben. Es ist nicht unbedingt – nicht immer – etwas, worüber man sich moralisch empören muss, so wie es, glaube ich, in den Staaten der Fall ist. Liege ich da richtig?"

„Kommt drauf an."

„Zweifellos. Nun, ich behaupte nicht ... Ich ... Molly, sie war so wunderschön, innerlich und äußerlich. Ich bin einfach dankbar, dass ich diese Zeit mit ihr hatte. Ich bin mir nicht sicher, ob ich jemals über ihren Verlust hinwegkommen werde."

Sie tauschten noch ein paar Sätze über Trauer und dann über das Wetter aus, und Tristan machte sich auf den Rückweg zur Schule, während Molly in die Rue des Chênes einbog. Sie hielt an, um Ben eine Nachricht über Séverins Geständnis zu schicken, und machte sich dann auf den Weg nach Hause.

Ich wusste es. Wann hat sich eine Information von Lawrence je als falsch erwiesen?

BEN DACHTE NICHT, dass Maron Molly an dem Treffen teilnehmen lassen würde – es war schon demütigend genug, Ben um Hilfe bitten zu müssen, geschweige denn eine Zivilistin. Er verlor keine Zeit, zur Wache zu kommen, wo er Maron allein vorfand. Ohne Umschweife kam Maron gleich zur Sache. „Lassen Sie mich die Lage erklären", sagte Maron, halb auf Monsours Schreibtisch sitzend. „Der Ehemann, Pierre – er ist der offensichtliche Verdächtige, richtig? Er hat die Leiche gefunden. Sein Alibi deckt zwar einen großen Teil des Zeitrahmens ab, den Nagrand uns gibt, aber das ist kein zeitaufwändiger Mord, er braucht nur ein paar Sekunden, um sie die Treppe hinunterzustoßen. Ein Alibi ist völlig nutzlos, solange es einen groß genug Zeitspalt gibt, in dem das Verbrechen hätte begangen werden können."

Dufort nickte geduldig.

„Entschuldigen Sie, dass ich laut denke, ich weiß, nichts von dem, was ich sage, ist neu für Sie", sagte Maron. „Ich nehme an, Pierre hat Ihnen von dem Versicherungsgeld erzählt? Es ist keine unbeträchtliche Summe, Dufort. Wir konnten niemanden finden, der uns etwas über den Zustand ihrer ehelichen Beziehung sagen konnte, aber das Geld ist belastend. Leicht ein ausreichendes Motiv für Pierre, sie getötet zu haben."

„Also waren Sie kurz davor, Pierre anzuklagen?"

„Nein, nein. Meine Überlegung ist, dass wenn man seine Frau wegen einer Versicherungsauszahlung ermorden wollte, das eine Art vorsätzliches Verbrechen wäre, oder? Keine Situation, in der der Täter im Eifer des Gefechts die Beherrschung verliert, ein Mord aus Leidenschaft. Und wenn man also Zeit hat, darüber nachzudenken, wäre es dann nicht viel sinnvoller, Schritte zu unternehmen, um seine Schuld zu verbergen? Zum einen könnte ein Sturz die Treppe hinunter durchaus nicht tödlich sein. Mit mehr Glück hätte sie vielleicht mit nichts weiter als ein oder zwei blauen Flecken aufstehen können – und uns angerufen und ihn wegen Körperverletzung festnehmen lassen.

„Außerdem ist Pierre allein im Haus mit der Leiche, als Monsour auftaucht. Es gibt keine Hinweise darauf, dass jemand anderes dort war. Er sagte, er hätte den Krankenwagen gerufen, aber die Telefonaufzeichnungen bestätigen das nicht. Alle Umstände deuten darauf hin, dass Pierre derjenige mit Motiv, Mitteln und Gelegenheit ist. Wenn man einen Plan schmieden würde, um eine Versicherungsauszahlung zu bekommen, wäre das der am schlechtesten durchdachte Plan aller Zeiten." Maron verengte die Augen und wartete auf Duforts Reaktion, in der Hoffnung, dass er nicken und zustimmen würde.

„Also gut", sagte Dufort langsam. „Lassen Sie mich sehen, ob ich Sie richtig verstehe. Im Grunde sagen Sie, dass Sie nicht glauben, dass es Pierre war, weil Pierre so schuldig aussieht?"

Zu seinem Entsetzen spürte Maron, wie ihm die Röte in den Nacken stieg. „Nicht ganz, Monsieur. Lassen Sie mich fortfahren. Ohne Pierre aus all den genannten Gründen auszuschließen, haben wir jemand anderen ins Visier genommen, jemanden, der möglicherweise eine, sagen wir, *leidenschaftlichere* Beziehung zur Verstorbenen hatte und bei dem ein kurzzeitiger Kontrollverlust psychologisch gesehen verständlicher wäre."

Dufort hätte am liebsten mit den Augen gerollt, obwohl das, was Maron sagte, zumindest einen Hauch von Sinn ergab. Er war froh, jeden Gedankengang zu hören, der dazu beitrug, Pierre am Rande der Ermittlungen zu halten.

In diesem Moment vibrierte sein Handy und er zog es heraus und warf einen Blick auf den Bildschirm.

tristan ist mir nachgelaufen. geschichte geändert. doch ja zur affäre

Dufort war überrascht, aber mehr von Tristans Eingeständnis als von der Tatsache der Affäre.

Maron fuhr fort: „Wir glauben, dass Iris Gault eine Affäre mit Tristan Séverin hatte. Sie kennen ihn natürlich?"

Dufort nickte, ohne etwas über die SMS zu sagen. „Nicht gut. Aber ja, wir sind Bekannte."

„Wir haben die Theorie aufgestellt, dass Iris mit ihm Schluss gemacht hatte und er daraufhin gewalttätig wurde. Wenn man etwas mit der begehrenswertesten Frau des Dorfes hat, will man das doch nicht loslassen, oder? Ich weiß, ich weiß – er arbeitet mit Kindern, um Gottes willen. Aber seit wann bedeutet ein anständiger, friedlicher Beruf, dass ein Mann keine Leidenschaften haben kann, sogar Leidenschaften, die mörderisch werden können?"

„Seine Assistentin sagt, es gab keine Affäre", sagte Dufort und spielte ein wenig mit ihm.

„Was? Ich sehe nicht, wie das irgendetwas beweist."

„Assistenten wissen solche Dinge immer. Menschen sind im Allgemeinen schlecht darin, Geheimnisse zu bewahren. Ich würde vermuten, Séverin besonders, wenn man bedenkt, wie gern er redet. Nach meiner Erfahrung ist er nur einen Zentimeter davon entfernt, ein Schwätzer zu sein. Liebenswürdig, das gebe ich zu. Aber ein Redner."

Maron schaute auf den Boden und presste die Lippen zusammen.

„Und wie Sie sagen – wenn er mit der berühmten Iris Gault geschlafen hätte, der Frau, die jeder Mann wollte – denken Sie nicht, er würde wollen, dass es jeder wüsste? So ein Abzeichen männlicher Ehre."

Maron stand auf und streckte seine Schultern. Dufort konnte sehen, dass er trainiert hatte, einschließlich Gewichtheben; Marons Uniform spannte sich über seinen Bizeps und er sah sehr schlank und stark aus.

„Wie haben Sie von der Affäre erfahren?", fragte Dufort, der sich ein wenig reumütig fühlte, den armen Maron so zu quälen.

„Tessier."

„Ah. Nun, ich habe noch nie erlebt, dass sie mich in die Irre geführt hat. Also ist jetzt Séverin in Ihrem Fadenkreuz?"

„Lassen Sie mich den Rest erzählen, ich bin noch nicht einmal zum Grund meines Anrufs gekommen. Also, wie gesagt, wir haben Séverin genau unter die Lupe genommen, da wir dachten, er könnte ein starkes Motiv und auch die Gelegenheit gehabt haben. Aber wir haben die Assistentin, Caroline Dubois, befragt, die sagt, sie sei an jenem Freitagabend, dem 11. Juli, spazieren gegangen und habe Séverin im Büro gesehen, wie er spät arbeitete. Sie wissen ja, wie diese Schulfenster sind, es ist wie in einem Goldfischglas. Und sein Auto stand draußen vor der Tür. Wir haben uns umgehört und zwei weitere Dorfbewohner gefunden, die genau die gleiche Aussage gemacht haben. Es war in letzter Zeit so heiß, dass die Leute wohl mehr als sonst nach Einbruch der Dunkelheit spazieren gehen.

„Der Zeitraum, den diese Aussagen abdecken, gibt dem Mann ein wasserdichtes Alibi. Ich kann ohne Vorbehalt sagen, dass Tristan Séverin diesen Mord leider nicht begangen hat. Offensichtlich bringt uns das wieder zu Pierre zurück. Morgen früh werden wir ihn zu einem kleinen Gespräch einladen."

Dufort spürte einen eisigen Angstschub und tastete in seiner Tasche nach seinem Fläschchen mit der Tinktur. „Aber Sie sind gerade eine Liste von Gründen durchgegangen, warum Sie nicht glauben, dass es Pierre war", sagte er und legte den Kopf schief. „Okay, Séverin ist also raus. Aber mir fällt ein, dass Iris' Mörder nicht unbedingt jemand sein muss, der eine romantische Beziehung zu ihr hatte. Es könnte genauso gut jemand sein, der sie wollte, sie aber nicht haben konnte."

„Von dem, was ich höre, könnte das die Hälfte des Dorfes sein."

Dufort zuckte mit den Schultern. „Offensichtlich war sie äußerst attraktiv. Und auch zurückhaltend, hielt sich ein bisschen abseits. Nicht auf eine snobistische Art, aber irgendwie geheimnisvoll. Jedenfalls schlage ich einfach vor, dass Sie Ihre Liste der Verdächtigen nicht auf diejenigen beschränken, bei denen eine romantische Verbindung zu ihr nachgewiesen ist. Jemanden verzweifelt zu wollen und abgewiesen zu werden – das kann ein starker Anreiz für sehr schlechtes Verhalten sein."

Maron nickte, als wolle er sagen, dass er diesen Aspekt abgedeckt hatte, und sagte dann: „Was haben Sie, Dufort? Sie denken an jemand Bestimmten, das sehe ich."

Dufort seufzte ein wenig theatralisch. „Wie wäre es mit Caroline Dubois?"

Marons Augen wurden lächerlich weit. „Sie meinen –"

„Sie hatte Gefühle für Iris, die über Freundschaft hinausgingen. Möglicherweise an der Grenze zur Besessenheit. Unterhalten

Sie sich mal mit ihr, Maron. Und ... natürlich haben Sie Carolines und Tristans Computer beschlagnahmt, bei der Arbeit und zu Hause?", fragte Dufort.

„Natürlich", antwortete Maron, ein wenig zu schnell. Er wartete, bis Dufort gegangen war, und machte dann rasch einige Telefonanrufe.

❧   27   ❧

Ms. Eugenia Perry aus Slidell, Louisiana, hatte sich sofort als die Art von Gast erwiesen, über die sich jeder Gîte-Besitzer freuen würde. Sie kam auf dem Höhepunkt des Nachmittagsgewitters in einem Taxi in La Baraque an, als Molly gerade ein paar Madeleines und einen zweiten Espresso in der Pâtisserie Bujold genoss. Eugenia war direkt ins Cottage gegangen und hatte es sich gemütlich gemacht. Als Molly endlich durchnässt und überkoffeiniert hereintrottete, begrüßte Eugenia sie mit Freude.

Trotz Eugenias Verständnis und guter Laune wollte Molly es bei ihrem Gast wieder gutmachen, also lud sie sie später in der Woche zum Frühstück ein. Glücklicherweise brach an jenem Dienstag ein sonniger und milder Tag an, und alle Lebewesen in La Baraque, Mensch wie Tier, waren besserer Stimmung, nun da die Hitzewelle vorüber war.

Molly war traurig wegen des Rollers. Da sie keine Ahnung hatte, was die Reparaturen kosten würden, zögerte sie, ihn in die Werkstatt zu bringen. Und natürlich vermisste sie es, in wenigen Minuten ins Dorf zu flitzen, um frische Croissants zu holen. Sie wusste jetzt zwar, wie man sie selbst machte, dank Nugent, aber

Croissants brauchten lange – der Teig musste zwischen all dem Falten und Kneten stundenlang ruhen. Eugenia würde sich mit einem Omelett begnügen müssen.

Bald saßen die beiden Frauen am rostigen Tisch auf der Terrasse, mit Gläsern frisch gepressten Orangensafts und zwei glänzenden, buttrigen Omeletts, die mit Schnipseln von Estragon und Schnittlauch aus dem Garten bestreut waren. Bobo und die orangefarbene Katze lagen hoffnungsvoll zu ihren Füßen.

„Ich freue mich zu sehen, dass du eine Genießerin bist", sagte Eugenia und nahm einen riesigen Bissen.

Molly verschluckte sich fast an ihrem Essen. „Das ist die Untertreibung des Jahres", sagte sie. „Es ist eines der besten Dinge am Leben hier – alles dreht sich ums Essen. Jeder in Castillac denkt darüber nach, plant es, kocht es oder isst es praktisch in jedem wachen Moment."

„Ich weiß nicht, ob du schon mal in Louisiana warst, aber wir verstehen auch etwas vom Kochen. Hast du schon mal Krabben mit Remouladensauce oder Shrimp Étouffée gegessen?"

„Nein, aber allein der poetische Klang dieser Worte lässt mir das Wasser im Mund zusammenlaufen. Wenn ich dächte, wir könnten die Zutaten bekommen, würde ich dich vielleicht in die Küche schicken, um das Abendessen zu übernehmen!"

Eugenia lachte. „Ich kann kaum glauben, dass ich wirklich hier bin", sagte sie und schaute sich um. „Es ist mein erstes Mal außerhalb des Landes. Ich sage dir, ich hatte ein glückliches Leben. Ich habe nicht viel Schulbildung bekommen, bin auf der Farm meiner Familie tief im Bayou aufgewachsen. Aber ich war ein hübsches Ding, als ich jung war – nein, wirklich!" Sie lachte und tätschelte ihren runden Bauch. „Ich habe einen reichen Mann geheiratet, und er starb und hinterließ mir jeden einzelnen Cent. Also habe ich die letzten fünfzehn Jahre damit verbracht, Bücher zu lesen und das köstlichste Essen zu genießen, das ich finden kann, und genieße einfach jede Minute mit den Dingen, die ich am meisten liebe. Ich hoffe, du kannst mich zu den besten Restaurants hier in der Gegend lotsen?"

„Oh ja, natürlich. Wir haben ein gutes Restaurant direkt im Dorf, das sich auf lokale Gerichte spezialisiert hat. Ihre Ente ist unglaublich."

„Ich meine nicht unbedingt alles schick und fein. Ich weiß, dass zu Hause manchmal das beste Essen aus einer heruntergekommenen Bude kommt, weißt du, was ich meine?"

„Hummer-Brötchen", sagte Molly und wurde zum ersten Mal bei einer Erinnerung an zu Hause wehmütig.

Mollys Handy klingelte und sie sah, dass es Ben war. „Entschuldige, Eugenia, ich muss rangehen." Sie stand auf und ging vom Tisch weg, da sie richtig vermutete, dass Ben Neuigkeiten zum Fall haben könnte.

Ben legte ohne Begrüßung los. „Ob Séverin nun eine Affäre mit Iris hatte oder nicht – spielt keine Rolle mehr, er hat ein Alibi. Wasserdicht, drei Zeugen. Er hat bis spät gearbeitet und du weißt ja, wie einsehbar dieses Büro ist. Eine Reihe von Leuten hat ihn dort an seinem Schreibtisch sitzen sehen."

„Hm", sagte Molly. „Und die Zeugen decken die ganze Zeit ab, in der der Mord möglich gewesen wäre?"

„Ich fürchte ja. Es war so heiß, ich schätze, eine Reihe von Dorfbewohnern waren an diesem Abend draußen, um sich die Beine zu vertreten, als es etwas kühler wurde. Und sein Büro ist extrem gut einsehbar für jeden, der die Straße entlang geht oder fährt."

„Ist eine dieser Zeuginnen Caroline?"

„Ja, tatsächlich. Warum fragst du?"

„Mich interessiert, dass sie immer wieder auftaucht, um zu sagen, dass Séverin nichts getan hat. Sie behauptet, er hätte keine Affären gehabt, obwohl der Dorftratsch und jetzt sein Geständnis etwas anderes sagen. Und jetzt liefert sie ihm ein Alibi für die Mordnacht. Fällt das alles unter die Pflichten einer sehr guten

Assistentin, oder... oder etwas anderes? Und wenn er wirklich mit der Frau zusammen war, die sie liebte, warum um alles in der Welt sollte sie motiviert sein, ihn zu schützen? Man würde denken, sie würde davon träumen, *ihn* eine Treppe hinunterzustoßen."

„Ich weiß nicht, Molly", sagte Ben, ein wenig abgelenkt. „Ich gehe rüber zu Pierre. Die Lafonts haben ihm gesagt, er solle heute nicht zur Arbeit kommen, da sie einen Tag Pause von seinem Gehämmer wollten. Ich habe das Gefühl, dass die ganze Sache ihn vielleicht endlich trifft, wenn er allein zu Hause ist, ohne etwas, das ihn ablenkt."

„Du bist ein guter Freund."

„Nein. Das ist einfach das, was Menschen tun. Kannst du mir einen Gefallen tun? Treib einen weiteren Verdächtigen auf? Ich mag es nicht, wie sich das Feld wieder verengt hat. Ich habe versucht, die Idee von Caroline bei Maron ins Spiel zu bringen, aber ich bin mir nicht sicher, ob er anbeißen wird."

„Du denkst an Caroline-?"

„Es ist möglich. Die Sache ist, ich traue Maron nicht zu, objektiv bei den Fakten zu bleiben. Er ist so verzweifelt darauf aus, eine Verhaftung zu machen, dass er wahrscheinlich versuchen wird, die Fakten so zu formen, dass sie zu welcher Geschichte auch immer passen, die er sich zuletzt ausgedacht hat, und im Moment bedeutet das Pierre."

Molly seufzte. „Du gibst nie gerne zu, dass jemand aus Castillac, jemand, den du dein ganzes Leben lang kennst, jemals eines Mordes schuldig sein könnte. Hat das letzte Jahr diese Fantasie nicht ein wenig erschüttert?"

Ben antwortete nicht.

„Tut mir leid, das klang viel härter, als ich es meinte. Nur... sei vorbereitet, Ben, für den Fall, dass es *doch* Pierre ist." Sie bückte sich und pflückte eine unbekannte Wildblume, die am Rand der Wiese wuchs. „Ich frühstücke gerade mit dem neuen Gast, und danach werde ich im Garten arbeiten und die ganze Sache in meinem Kopf durchgehen. Ich werde sehen, ob ich auf neue Ideen komme, denen wir nachgehen können."

„Danke, Molly", sagte Ben.

Sie legten auf, beide mit einem Anflug von etwas, das sie nicht benennen konnten, aber es war definitiv keine Freude.

❦ 28 ❦

Am nächsten Tag trafen sich Ben und Molly erneut zum Frühstück im Café de la Place. Molly liebte es, an Sommermorgen auf der Terrasse zu sitzen, wenn es schien, als würde das halbe Dorf vorbeikommen. Die Luft hatte die perfekte Temperatur und war erfüllt vom Duft von Kaffee und frischem Gebäck.

Ganz zu schweigen von dem gefleckten Sonnenlicht, das durch die Platanen fiel, an dem sie sich nie sattsehen konnte. Das Café war voll mit Menschen, die Molly kennengelernt hatte: Rex Ford, ein Kunstlehrer am L'Institut Degas; Madame Gervais, die gerade ihren 103. Geburtstag gefeiert hatte; und Nathalie Marchand, die hübsche Managerin des Restaurants La Métairie. Molly ging von Tisch zu Tisch, verteilte Wangenküsse und tauschte Grüße aus, bevor sie sich schließlich an den Tisch mit Ben setzte.

Er lehnte sich in seinem Stuhl zurück und grinste sie an. „Du passt jetzt wirklich hier rein", sagte er anerkennend. „Und dein Französisch – erinnerst du dich, wie du bei deiner Ankunft über alles gestolpert bist?"

„Ich war schrecklich!", sagte sie grinsend.

„Und jetzt hüpfst du herum und benutzt den Konjunktiv, als

wärst du hier geboren." Er machte eine Pause. „Ich hoffe, es klingt nicht zu kleinlich, wenn ich sage, dass deine Artikel noch etwas wackelig sind."

Molly lachte. „Nicht kleinlich, einfach wahr. Ich hoffe, bis ich so alt bin wie Madame Gervais, wird sich das meiste eingeprägt haben. In der Zwischenzeit mache ich mir darüber keine Sorgen."

„Ich glaube, der englische Ausdruck lautet ,andere Eisen in der Glut zu haben'?"

„Im Feuer", sagte Molly.

Das Wetter war strahlend mit genau der richtigen Wärme, ihre Gäste waren eine Freude, sie hatte einen Mord zu lösen und einen gutaussehenden Freund, mit dem sie frühstücken konnte. Alles war in Ordnung in Mollys Welt, zumindest für den Moment, und sie wandte ihr Gesicht der Sonne zu und schloss die Augen, in Erwartung des ersten Bisses in das Croissant, von dem sie nie genug bekommen konnte. Dann wandten sich ihre Gedanken dem Fall zu.

„Wie war Pierre gestern?", fragte sie.

„Ach, schwer zu sagen. Er lässt keine Emotionen raus, nicht mal mir gegenüber. Er hat ausführlich über die Treppe gesprochen, die er baut, und auch ein bisschen über deine Scheune."

„Ah, die Scheune. Ich hoffe, er kommt irgendwann zu diesem Projekt. Das Taubenhaus, wie ich sicher schon fünfzigmal gesagt habe – es ist ein Meisterwerk."

„Ja, nun, wir müssen ihn aus dem Gefängnis heraushalten, wenn er noch weitere Meisterwerke schaffen soll. Maron hatte sich auf Séverin konzentriert, aber jetzt ist er wieder bei Pierre. Ich bin mir nicht sicher, wie überzeugt er von der Idee war, dass Caroline etwas damit zu tun haben könnte – und ich bin es auch nicht, zumindest nicht unbedingt. Dieses Gedicht... ich weiß nicht so recht, was ich davon halten soll. Aber jedenfalls, was Pierre angeht? Wir brauchen einen Durchbruch, und zwar schnell."

Molly beobachtete Pascal, der sich anmutig mit ihrem Essen

auf einem Tablett durch die Tische bewegte. „Es gibt kaum einen Luxus, den ich mehr schätze, als jemanden, der mit einem Tablett voller Essen auf mich zukommt", sagte sie.

Pascal verteilte Wangenküsse und eilte zurück in die Küche; das Café war voll und er hatte keine Zeit zum Plaudern.

„Ich nehme dein Schweigen als Zeichen dafür, dass du Pierre immer noch als Hauptverdächtigen siehst?"

Molly überlegte, während sie am knusprigen Ende ihres Croissants knabberte. Sie hatte am Tag zuvor stundenlang im vorderen Blumenbeet gearbeitet und über jedes Detail des Falles nachgedacht, war aber zu keinem Ergebnis gekommen. „Nun, wer sonst macht denn Sinn? Ich glaube nicht, dass man die Tatsache außer Acht lassen kann, dass Pierre ein echtes Triple landet: Mittel, Motiv und Gelegenheit."

„Ist das eine Fußballreferenz?"

„Baseball." Molly versuchte, ihre sonnige Stimmung aufrechtzuerhalten, aber sie ließ schnell nach. Warum war Ben so dickköpfig in Bezug auf Pierre? Es war ja nicht so, als wären sie gute Freunde. Sie war sich nicht einmal sicher, ob Ben ihn überhaupt mochte.

Bens Handy vibrierte und er zog es aus der Tasche. „Es ist Maron", sagte er zu Molly, bevor er den Anruf annahm.

„Bonjour Maron... ja... interessant. Sonst noch etwas?... Bon." Er beendete das Gespräch und sah Molly an, nachdenklich auf seiner Lippe kauend. „Seltsam", sagte er.

„Was? Komm schon, was hat er gesagt?" Molly musste sich anstrengen, nicht zu schreien.

Ben senkte seine Stimme. „Sie haben Séverins Bürocomputer untersucht. Es stellte sich heraus, dass er voller E-Mails an Iris war."

„Klar."

„Und die letzte, datiert auf die Nacht ihres Mordes, war eine Trennungs-E-Mail."

Beide starrten nachdenklich vor sich hin.

„Also, Alibi beiseite, unser Motiv für Séverin stimmt auch nicht. Séverin hat Iris nicht in einem Wutanfall ermordet, als sie mit ihm Schluss machte. *Er* hat mit *ihr* Schluss gemacht", sagte Ben.

„Aber... okay. Warte. Gab es Antworten von Iris auf irgendwelche dieser Mails?"

„Ja. Sie hatten offenbar mehrere Monate lang einen E-Mail-Austausch. Bis zu der Nacht, in der sie starb, als er es beendete."

Molly war so aufgeregt, dass sie aufstand und zum Bürgersteig ging.

„Bist du fertig?", fragte Ben ungläubig, da Molly normalerweise nie ein halbes Croissant zurückließ.

„Nein, ich... ich muss mich nur bewegen, während ich nachdenke. Ich weiß, dass ich von Anfang an die Pierre-Glocke geläutet habe, aber vielleicht... vielleicht ist die ganze Sache viel komplizierter, als es aussieht. Und vielleicht hast du Recht, die offensichtliche Lösung ist nicht die richtige. Wir haben noch viel Arbeit vor uns, Ben, das ist mir gerade klar geworden. *Sehr* viel mehr."

Ben nickte nur und nahm einen Schluck von seinem Kaffee.

„Wir machen ständig Annahmen. Zu hören, dass Séverin mit Iris Schluss gemacht hat – siehst du, wie wir einfach angenommen haben, dass es andersherum war? Dass kein Mann je mit ihr Schluss machen würde, weil sie zu gut aussah? Und das Schlimmste ist – wir haben die Annahme getroffen, ohne es überhaupt zu merken. Das ist tödlich für die Wahrheitsfindung."

Dufort konnte ein Lächeln nicht unterdrücken. „Du bist kein Amateur mehr in dieser Sache, weißt du das?"

Molly schüttelte das Kompliment ab. „Würde es dir etwas ausmachen, wenn ich allein mit Pierre spreche?", fragte sie.

„Überhaupt nicht."

„Gut. Ich denke, ich werde dort anfangen." Sie aß den Rest ihres Croissants auf und war schon wieder auf den Beinen. „Entschuldige, dass ich so davonlaufe. Mein Roller ist kaputt, also muss ich überall zu Fuß hin, und ich habe immer noch nicht die richtigen Dichtungen für diesen tropfenden Wasserhahn im Taubenhaus, und du meine Güte, ich muss zurück nach La Baraque und meinen vernachlässigten Gästen ein bisschen Aufmerksamkeit schenken."

„Verstanden. Bis später", sagte Ben. Er streckte die Hand nach ihr aus, aber sie war schon den Bürgersteig hinunter Richtung Baumarkt unterwegs.

MOLLY GING nach Hause und machte sich fast den ganzen Weg Sorgen darüber, wie viel die Reparatur des Rollers kosten würde. Das Offensichtliche wäre gewesen, ihn zur Kostenschätzung zu bringen, aber − und sie wusste genau, dass dies magisches Denken der nutzlosesten Art war − wenn sie den Gang hinauszögerte, konnte sie weiter hoffen, dass das Problem billige und leicht zu reparieren wäre.

Als sie in die Einfahrt einbog, konnte sie sehen, dass Roger Finsterman wieder seine Staffelei auf der Wiese aufgestellt hatte, und Molly ging zu ihm, um seine Erlaubnis einzuholen, ins Taubenhaus zu gehen und am Wasserhahn zu arbeiten.

„Es ist irgendwie schade, dass ich im Taubenhaus wohne", sagte Finsterman, während er etwas Farbe auf eine abgenutzte Palette drückte. „Es ist wirklich ein wunderbarer Ort, und ich habe kaum Zeit darin verbracht. Ich male von Sonnenaufgang bis zur Dunkelheit jeden Tag. Also jedenfalls − es ist kein Problem, gehen Sie ruhig rein und machen Sie, was Sie machen müssen. Ich werde wahrscheinlich gegen eins eine Mittagspause einlegen, je nachdem, wie es läuft. Normalerweise hole ich mir nur etwas Brot und Käse und esse draußen."

„Das Wetter war perfekt seit dem Sturm letzte Woche", sagte Molly. „Hören Sie, entschuldigen Sie, wenn das unhöflich ist...

aber würde es Ihnen etwas ausmachen, wenn ich mir ansehe, woran Sie arbeiten?"

„Überhaupt nicht", antwortete Finsterman. „Obwohl es sehr unfertig ist."

Molly trat herum, um einen guten Blick auf die Leinwand zu werfen. „Oh!", sagte sie, bevor sie sich bremsen konnte. Das Gemälde war das Hässlichste, was sie je in ihrem Leben gesehen hatte. Es war mehr als hässlich – es anzusehen, verursachte ihr tatsächlich Übelkeit. Sie konnte überhaupt keinen Bezug zur Wiese erkennen. „Das... das ist wirklich besonders!", sagte sie und versuchte, zumindest ein wenig enthusiastisch zu klingen, ohne völlig zu lügen.

„Es ist nicht jedermanns Sache", sagte Finsterman, nicht eine Sekunde getäuscht und anscheinend nicht irritiert.

Molly lächelte, ging hinein zum tropfenden Wasserhahn und machte sich an die Arbeit. Glücklicherweise ging diese Reparatur leicht vonstatten, sobald sie eine Dichtung in der richtigen Größe hatte, und sie war in zehn Minuten fertig – gerade rechtzeitig, um Frances in der Ferne die Rue des Chênes entlanggehen zu sehen, kurz davor, in die Einfahrt einzubiegen.

Sie ließ Finsterman bei seiner Arbeit und rief Bobo, und sie gingen, um Frances zu begrüßen. Molly konnte an ihrer Gangart erkennen, dass sie über etwas aufgebracht war.

„Was ist los, Franny? Wieder einer Biene begegnet?"

„Wenn das ein Witz sein sollte, ist er nicht lustig", sagte Frances. Sie trug Fahrradshorts, High-Tops und ein T-Shirt mit Löchern, anstatt ihrer üblichen eleganteren Kleidung.

„Ich habe nicht gescherzt. Ich sehe, dass etwas nicht stimmt, was ist es?"

„Kannst du mir einen Drink machen? Also, einen richtigen Drink?"

„Ich habe etwas kalten Rosé, das ist alles. Mein Spirituosenschrank ist im Moment etwas leer."

„Es ist mir egal, was für ein Drink es ist, Molly, bring mir einfach einen."

Mollys Augen weiteten sich. „Wenigstens rauchst du nicht mehr. Was ist los? Ist es Nico? Hat er etwas Schreckliches getan?"

„Nein! Beiß dir auf die Zunge, Missy! Nico ist... ich liebe Nico, um es gleich herauszusagen. Er ist fantastisch. Aber..."

Oh Mann, dachte Molly. Alle einsteigen in Frances' Beziehungs-Achterbahn.

„...aber was?"

„...aber er spricht von dem H-Wort. Und dem K-Wort."

„Hä? Hör auf, in Codes zu sprechen, und sag es einfach. Ich weiß nicht, was diese Wörter *sind*."

„*Heirat*, Molls! *Kinder!* Und ich..."

Mit nun komisch weit aufgerissenen Augen wartete Molly darauf zu hören, was Frances sagen würde.

„Es ist nur, weißt du, mit zwei Scheidungen auf dem Buckel sollte ich wohl einfach akzeptieren, dass Ehe und ich nicht besonders gut zusammenpassen. Und Kinder? Ich habe ehrlich gesagt nie wirklich darüber nachgedacht, nicht ernsthaft. Ich weiß, ich nähere mich den Vierzig, aber dieses Nest-Ding, von dem Frauen reden? Hat mich nie getroffen."

Molly war sprachlos.

„Und auch... ich weiß, dass du davon träumst, Kinder zu haben. Das mag... ich weiß nicht... es ist nur so, dass ich Schwierigkeiten habe, herauszufinden, was ich über Nicos Vorschlag denke, teilweise weil ich glaube, dass du wirklich verärgert und traurig darüber sein wirst. Wenn ich ihn heirate und anfange, Gören in die Welt zu setzen oder so."

Sie atmete langsam ein. „Oh, Frances. Ich bin überhaupt nicht Teil dieser Gleichung. Dein Leben mit Nico... es sollte durch nichts begrenzt werden, was ich in meinem Leben habe oder nicht habe. Das wäre verrückt. Wirklich." Sie legte einen Arm um Frances und drückte sie.

„Du wärst also nicht sauer?"

Molly brachte ein Lächeln zustande. „Natürlich nicht. Werde ich einen Stich spüren, wenn ihr zwei ein Baby bekommt? Natürlich. Ich spüre Stiche bei jedem Baby, das meinen Weg kreuzt. Ich habe neulich Abend wegen Oscar geweint, weil ich ihn immer noch vermisse, und ich kannte ihn nur ein paar Wochen. Bitte, Frances... tu, was für dich und Nico richtig ist."

„Du bist eine gute Freundin, Mollster."

„Also... bist du wirklich glücklich mit ihm?"

„Ich bin – ja. Das bin ich. Natürlich zweifle ich daran, ich frage mich, was das alles bedeutet. Ich denke, es kann unmöglich halten: der übliche Beziehungspessimismus, zu dem ich mich aufgrund meiner Geschichte berechtigt fühle."

„Dieser Ölmagnat aus Texas passte wirklich nicht zu dir", sagte Molly und unterdrückte ein Grinsen.

„Haha – Rex? Er war ein Idiot. Aber unterhaltsam. Wusste wirklich, wie man eine Party schmeißt."

„Und Ehemann Nummer 2?"

„Okay, nun, Duane hatte die Seele eines Dichters, das hatte er wirklich."

„Ich wette, das wurde schnell langweilig."

„In etwa zehn Minuten, ja."

„Also... wenn du kannst... sag mir, was du in ein paar Jahren vielleicht über Nico sagen wirst? Was ist die Eigenschaft, die dich anzieht?"

Frances sprach leise. „Er steht auf meiner Seite, Molls."

Molly und Frances sahen sich lange Zeit an, ohne etwas zu sagen, ihre Augen wurden ein wenig feucht.

„Das ist es so ziemlich auf den Punkt gebracht", sagte Molly. „Also würdest du in Castillac bleiben? Bitte?"

„Du weißt, ich bin im Herzen ein Nomade. Aber ja, du hast wirklich ein Juwel von einem Dorf gefunden. Ich liebe es hier. Auch wenn die Leute anscheinend mit alarmierender Häufigkeit umgebracht werden."

Die beiden Freundinnen hielten auf ihrem Weg nach drinnen

an, um Bobo zu streicheln. Molly stand auf und streckte sich, ein wenig steif von all dem Herumlaufen der letzten Tage.

„Also...", sagte Frances, „du erzählst in letzter Zeit nicht viel über dich und Ben. Eigentlich kein einziges Wort."

Molly eilte hinein. „Komm rein. Ich hole dir das Glas Rosé, wenn du es immer noch möchtest. Und ich habe auf dem Markt einen Käse gefunden, den du nicht glauben wirst..."

Frances folgte ihr, aber sie bemerkte, wie es jeder getan hätte, dass Molly manchmal viel begeisterter dabei war, Fragen zu stellen, als sie zu beantworten.

$\ast$ 29 $\ast$

Am nächsten Morgen stürzte sich Molly ins Putzen und reinigte das Haus gründlicher als sonst. Sie war keine Schlampe, daher war es sonst auch nicht besonders dreckig gewesen. Aber immer, wenn sie diese bestimmte Art von Traurigkeit verspürte, war Hausputz ihr Mittel der Wahl.

Frances mit einem Baby. Frances als Mutter?

Als das Wohnzimmer, die Küche und ihr Schlafzimmer blitzblank waren, hatte sich das Gefühl gelegt und Molly hatte Lust, Menschen zu sehen – eigentlich egal welche, Hauptsache etwas Unterhaltung, Lachen und Kontakt. Eugenia Perry war losgezogen, um Château Marainte zu besichtigen, und sie wollte Finsterman nicht stören. Zum ersten Mal seit gefühlt einer Ewigkeit schlenderte sie zu ihrer Nachbarin, Madame Sabourin, hinüber.

Aber die war nicht zu Hause.

Sie rief Ben an und landete auf seiner Mailbox. Sie schickte einige E-Mails an Freunde daheim und fragte, ob jemand Lust auf Skypen hätte, bekam aber keine Antwort. Was sollte ein extrovertierter Mensch sonst nur tun?, fragte sie sich frustriert.

Schließlich aß sie etwas zu Mittag und stürzte sich dann auf den Garten. Sie erledigte allerlei Aufräumarbeiten, die sie aufgeschoben hatte, stutzte die vordere Grenze, entfernte die verblühten Rosen und verteilte etwas Kompost um die Pfingstrosen. Sie mähte den Rasen vor und hinter dem Haus.

Sie legte sich für eine Stunde hin und las einen Krimi auf ihrem Tablet, neidisch darauf, wie sich für die Heldin alle Hinweise wie von selbst zusammenfügten. Dann dachte sie wieder über den Fall Gault nach, schaltete ihr Tablet aus und stand mit neuer Entschlossenheit auf. Ich werde Pierre besuchen, dachte sie. Herausfinden, ob er wirklich von der Affäre seiner Frau wusste.

Ihr kam der Gedanke, dass sie vielleicht Frances mitnehmen sollte, da sie vorhatte, einige schwierige Fragen zu stellen, und wer wusste schon, wie er reagieren würde. Vielleicht würde er wütend werden ... oder unter Umständen sogar gewalttätig. Er war immer so beherrscht ... aber was, wenn der Damm, der all diese Gefühle zurückhielt, endlich brechen würde? Sie war sich nicht sicher, ob sie dann im Weg sein wollte.

Frances ist zu unberechenbar. Allein ihre Anwesenheit würde alles vom Thema abbringen. Ich werde einfach vorsichtig sein, und wenn er wirklich aufgebracht wird, gehe ich.

Sie zog Turnschuhe an und machte sich auf den Weg die Rue des Chênes hinunter, nachdem sie Bobo streng ermahnt hatte, ihr nicht zu folgen.

Ich muss alles logisch durchdenken und keine vorschnellen Annahmen machen, sagte sie sich. Also mal sehen ... vielleicht wusste Pierre nicht, was Iris vorhatte. Vielleicht wusste er es, aber es war ihm egal. Das scheint unwahrscheinlich, und Gott weiß, ich verstehe das nicht – aber für manche Menschen ist es einfach keine große Sache, und vielleicht gehört Pierre zu dieser Gruppe. Vielleicht hatte er sogar selbst eine Affäre.

Als sie zum Friedhof kam, warf Molly einen Blick hinein und ging dann durch das eiserne Tor mit der Inschrift „Priez pour vos Morts" darüber. Es war Abendessenszeit und niemand war da. Sie ging an dem Marmorgrabstein von Joséphine Desrosiers vorbei, folgte weiter dieser Reihe und bog dann in die dritte Allee dahinter ein, wo Iris begraben lag.

„Hallo", sagte Molly spontan. Sie fühlte sich albern, laut mit einer toten Person zu sprechen, fuhr aber dennoch fort. „Zunächst einmal tut es mir wirklich leid, dass wir keine Zeit hatten, uns kennenzulernen. Ich hatte in der Nacht, als ich dich traf, das Gefühl, dass wir Freundinnen geworden wären, vielleicht sogar gute Freundinnen. Was dir passiert ist ... es war eine schreckliche Tragödie. Ich denke, ich muss dir das nicht erklären. Aber ich meine eine Tragödie für alle Menschen, die mit dir verbunden waren, und auch für all jene, die noch keine Chance hatten, dich kennenzulernen.

„Ich habe keine Ahnung, warum ich hier stehe und eine Rede auf einem leeren Friedhof halte. Es ist nur ... Ich denke, was ich sagen möchte, ist ... dass ich mein Bestes tun werde, um herauszufinden, wer dafür verantwortlich ist. Ich wünschte, du könntest mir einen kleinen Hinweis geben. Wie war es? Hast du es kommen sehen?"

Molly hockte sich neben Iris' Grab. Es hatte keinen Grabstein, sondern stattdessen eine glänzende flache Marmorplatte, die darauf lag, fast wie ein Buchdeckel. Die eingravierte Inschrift enthielt nur ihren Namen und die Daten, mit einer kleinen Blume darunter. Schlicht und sehr bewegend. Angesichts Pierres Besessenheit von Stein fragte sich Molly, ob er die Inschrift selbst gemeißelt hatte. Er hatte bei der Beerdigung so abgelenkt gewirkt, nicht auf eine hektische Art, sondern gelassen, als ob er nicht darüber nachdachte, wo er war oder warum, sondern in irgendeinem Tagtraum versunken ... aber Trauer konnte viele verschiedene Gesichter haben, erinnerte sie sich. Vielleicht war er nicht gelangweilt oder dachte an die Arbeit, wie es schien, sondern ganz im Gegenteil – so am Boden zerstört, dass er es überhaupt nicht ausdrücken konnte.

Vielleicht.

Molly sammelte ein paar Kieselsteine vom Weg auf und legte

sie an den Rand des Grabsteins, um ihren Besuch zu markieren und zu zeigen, dass Iris nicht vergessen war.

❧

DAS HAUS der Gaults lag am Rand des Dorfes, aber auf der gegenüberliegenden Seite von La Baraque, sodass es einige Zeit dauerte, dorthin zu laufen. Zum ersten Mal bemerkte Molly nicht den goldenen Kalkstein der alten Gebäude, die Geräusche der Dorfbewohner beim ruhigen Abendessen oder die abgenutzten Kopfsteinpflaster, als sie durch die Gassen ging. Sie lief direkt am Haus der La Perlas mit seiner Wäscheleine voller frisch gewaschener Unterwäsche vorbei und sah es nicht einmal. Stattdessen dachte sie angestrengt über alle mit Iris' Fall verbundenen Personen nach und versuchte, sie aus einer anderen Perspektive zu betrachten, als es ihr bisher gelungen war.

Caroline Dubois. Offensichtlich wild in Iris verknallt, eindeutig wütend und neidisch auf Séverin. Wie sah ihre romantische Vergangenheit aus? Schien ein bisschen überspannt zu sein. Konnte sie aus Frustration in einen Streit mit Iris geraten sein und sie versehentlich gestoßen haben?

Tristan Séverin. Schien ein anständiger Typ zu sein, mochte Kinder. War romantisch mit Iris involviert, hatte aber ein Alibi. Außerdem hatte er mit Iris Schluss gemacht, nicht umgekehrt.

Pierre.

Pierre.

Wen haben wir noch nicht in Betracht gezogen? Iris scheint so viel Leidenschaft inspiriert zu haben – vielleicht war noch jemand anderes von ihr besessen, jemand, der seine Gefühle geheim gehalten hat? Oder ... konnte es jemand mehr am Rande von Iris' Leben gewesen sein – jemand, der zum Beispiel in ihrem Haus gearbeitet hatte, oder sogar jemand, der nur auf der Durchreise gewesen war? Oh Mann, wenn ich anfange, den durchreisenden mordenden Soziopathen in Betracht zu ziehen, weiß ich, dass ich gegen eine Mauer laufe, dachte sie.

Es bestand immer noch die Möglichkeit, dass Iris überhaupt nicht gestoßen worden war. Nagrand hatte gesagt, er vermutete, dass dies der Fall war, aber er konnte es nicht mit absoluter Sicherheit sagen. Aber Molly war nicht bereit, es als Unfall abzutun, da es sich anfühlte, als würde sie den einfachen Ausweg wählen, und es konnte bedeuten, dass ein Mörder ungestraft davonkäme.

Es war Dämmerung. Vögel zwitscherten und die Luft war mild. Sie erreichte die Auffahrt der Gaults und ging auf das Haus zu, aber als sie Pierres Truck nicht sah, nahm sie den Kiesweg um den Garten herum. Die Rosen blühten in wilder Pracht, einige der Blüten so groß wie Brotteller, die roten tief und samtig.

Ihre Rosenobsession ermöglichte es ihr, eine kräftige *Étoile de Hollande* zu identifizieren, die an einer metallenen Rosensäule emporkletterte. Rot für die Liebe, dachte sie, während sie eine Blüte in ihre Hände nahm und sich hinunterbeugte, um den berauschenden Duft einzuatmen. Der Garten zeigte bereits Anzeichen von Iris' Abwesenheit: Unkraut spross sowohl auf dem Kiesweg als auch in den Beeten, und der ganze Ort hatte eine düstere Aura der Vernachlässigung. Molly mochte keine zu ordentlichen Gärten, aber dies war keine prachtvolle unordentliche Fülle, sondern der langsame Verfall der von Iris entworfenen Ordnung. Es machte Molly plötzlich und überwältigend traurig, weit mehr als der Friedhof.

Sie schlenderte in der zunehmenden Dunkelheit den Pfad entlang. Wie lange arbeitete Pierre eigentlich? Als er für sie gearbeitet hatte, war er immer geblieben, bis der letzte Sonnenstrahl verschwunden war – nicht gerade, als hätte er es eilig gehabt, nach Hause zu seiner schönen Frau zu eilen. Molly wurde bewusst, dass sie dem nie einen Gedanken geschenkt hatte, sondern einfach froh gewesen war, dass er so hart an ihrem Projekt arbeitete.

Arbeitete Pierre so viel, weil sein häusliches Leben unangenehm war? Langweilig? Schlimmer als langweilig? Oder arbeitete er, weil er es liebte, und Iris war glücklich damit, dass er es tat?

So viele Fragen. Und das alte Klischee stimmte: Niemand wusste, was in einer Ehe vor sich ging, außer den Menschen, die sie lebten. Und manchmal vielleicht nicht einmal sie, dachte sie.

Molly konnte nicht anders, als sich hinzuhocken und ein paar Unkräuter aus einem Beet von Santolina und Lavendel zu ziehen, die das Muster ruinierten. Für einige Momente war sie in die Aufgabe vertieft, ihr Geist mehr oder weniger leer.

Dann hörte sie etwas. In der Annahme, es sei Pierre, stand sie auf und sah sich um. Es war dunkel. Sie sah weder Lichter vom Lastwagen noch jemanden, der ums Haus ging. Nichts als Bäume, die sich in der leichten Brise wiegten, und ein Rascheln draußen im Wald, das wie ein Eichhörnchen klang.

Dann hörte sie das Geräusch wieder. Es klang wie das Geräusch einer Hand, die auf einen Körper klatschte, der Klang von jemandem, der jemand anderen mit einiger Kraft auf den Rücken klopfte.

Ein Schauer der Angst lief ihr den Nacken hinauf. Beobachtete sie jemand aus den Schatten? Und was um alles in der Welt tat er, um dieses Geräusch zu machen?

Sie begann, in Richtung Haus zu gehen, während sie ihr Handy hervorholte. Sie hielt an, um sich umzusehen, kurz davor, Ben anzurufen, ging aber stattdessen weiter um das Haus herum, wo sie überrascht war, Pierres Lastwagen nun an der Hintertür geparkt zu sehen. Sie musste so in ihre Gedanken vertieft gewesen sein, dass sie ihn nicht in die Einfahrt hatte fahren hören.

„Pierre?", rief sie. Im Haus brannte kein Licht. Molly lief die Stufen zur Vordertür hinauf und klopfte, hörte aber keinen Laut von drinnen. Sie wartete noch ein paar Sekunden, rief erneut und eilte dann die Einfahrt hinunter und zurück ins Dorf, zutiefst geängstigt, aber auch peinlich berührt, da sie nicht einmal jemanden gesehen hatte. Warum war Pierres Lastwagen zurück, aber kein Pierre? War er hineingegangen und wollte nicht antworten?

Für jemanden in seiner Lage verhielt er sich... seltsam. Molly wurde klar, dass es sie wütend auf ihn machte – wenn er unschuldig war, dann sollte er aufhören, sich so schuldig zu benehmen! Unschuldige Menschen versteckten sich nicht drinnen mit ausgeschalteten Lichtern und antworteten nicht, wenn ein Freund an der Tür klopfte!

Nun, dachte sie, um ehrlich zu sein, bin ich nicht wirklich Pierres Freundin. Eine Kundin bin ich für ihn. Aber trotzdem. Das Versicherungsgeld, sein Verhalten bei der Beerdigung und die ganze Zeit seit dem Mord, die Affäre... jedes Indiz sprach gegen ihn. Doch aufgrund der Art, wie Iris gestorben war, würde es sich vielleicht nie beweisen lassen, dass er es getan hatte.

Sie ging an Lapins Antiquitäten- und Trödelladen vorbei, dann an dem Lampenladen und Madame Gervais' Haus in der Rue Baudelaire. Oh, wie sehr sie ihren Roller vermisste! Am nächsten Morgen würde sie ihn ganz sicher in die Werkstatt bringen, keine Ausreden mehr.

Es fühlte sich wie ein langer, einsamer Weg zurück zu La Baraque an, also beschloss sie, bei Chez Papa vorbeizuschauen, nur für den Fall, dass jemand, den sie kannte, dort war. Schon von ein paar Straßen Entfernung konnte sie die funkelnden Lichter sehen, die Alphonse an dem spindeldürren Baum draußen aufgehängt hatte; der Anblick erfreute ihr Herz, und sie verfiel in einen Trab, um so schnell wie möglich dorthin zu gelangen.

❧ 30 ☙

„Molly!", rief Nico, als sie durch die offene Tür kam.

Die übliche Gruppe war da: Lawrence, tadellos gekleidet, thronte auf seinem Hocker, den Negroni vor sich. Frances saß neben ihm mit einem Stapel Servietten auf der Theke vor ihr, Lapin an ihrer anderen Seite mit einem Bier.

„Bonsoir *à tous!*", sagte sie und versuchte, fröhlich zu klingen. Der zügige Spaziergang hatte das unheimliche Gefühl etwas vertrieben, aber sie war immer noch ein wenig erschüttert. „Sieht aus, als wäre heute volles Haus. Was ist der Anlass?"

„Weiß von keinem", sagte Nico.

„Jeder Tisch im Hinterzimmer ist besetzt", sagte Lawrence. „Hier, nimm meinen Hocker. Ich würde ja vorschlagen, dass wir uns an einen Tisch setzen, aber es sind keine mehr frei."

„Ich würde dir niemals deinen Thron stehlen", sagte Molly grinsend. „Nico?"

„Bin schon dabei", sagte Nico und griff nach der Flasche Crème de Cassis für Mollys Kir.

Sie schaute sich in der Menge um und ihre Stimmung hellte sich sofort auf, als sie Caroline Dubois an einem Tisch mit einer anderen Frau sitzen sah, die Molly noch nie zuvor gesehen hatte.

Und weiter unten an der Bar glaubte sie den Hausmeister der Schule zu sehen, obwohl sie sich nicht hundertprozentig sicher war, dass er es war.

„Hey Lapin", flüsterte sie. „Der Typ am anderen Ende der Bar. Nein, das andere Ende. Kennst du ihn?"

„Das ist Hector Peletier", sagte Lapin mit lauter Stimme.

„Psst!", zischte Molly. „Du musstest es ja nicht gleich der ganzen Welt verkünden!"

Lapin zuckte mit den Schultern und trank sein Bier. „Ich muss sagen, Molly, der Sommer ist jetzt meine Lieblingsjahreszeit, seit du nach Castillac gezogen bist." Er ließ seinen Blick an ihrem Körper auf und ab wandern und wackelte mit den Augenbrauen.

„Ach, halt die Klappe, Lapin", sagte Molly, froh darüber, dass sie sich zumindest aus dem engen Trägerhemd, das sie früher getragen hatte, in ein loses, ärmelloses Shirt umgezogen hatte. „Also – und bitte sprich leise – was weißt du über ihn?"

„Eh, was willst du wissen? Er ist ein bisschen jünger als ich, also war ich nicht mit ihm in der Schule. Er hat viele Brüder und Schwestern. Einer von ihnen ist vor ein paar Jahren in Schwierigkeiten geraten, weil er Marihuana verkauft hat."

„Wer sind seine Freunde? Weißt du, was er in seiner Freizeit macht?"

„Das müsstest du ihn schon selbst fragen", sagte Lapin. „Ich mag es lieber, wenn du über mich sprichst", murmelte er.

Molly wandte sich an Frances und sagte: „Was ist los?", und stupste ihre Freundin leicht an, um ihre Aufmerksamkeit zu bekommen.

„Oh, mon Dieu. Deadline. Ich muss in zwei Tagen einen Jingle abliefern und habe noch nichts. Irgendetwas bringt meine Kreativität völlig durcheinander. Jedes Mal, wenn ich denke, ich hätte eine gute Idee, löst sie sich in Luft auf."

„Trink noch einen", bot Lapin an.

„Ich trinke nur Limonade, wenn ich arbeite", sagte sie, ohne aufzublicken, und kritzelte weiter auf einer Serviette. Nico griff unter die Theke nach den Zitronen und begann, sie für sie zuzubereiten.

„Willst du vorbeikommen und mein Klavier benutzen?", fragte Molly.

„Ja, klar. Aber ich komme nicht mal in die Phase des Prozesses, wo ich das Klavier brauche. Ich brauche zuerst zumindest den Keim einer Idee..."

Molly wollte fragen, ob sie sich entschieden hatte, Nico zu heiraten, aber das musste natürlich warten, bis sie allein waren. Seit Frances und Nico es ernst miteinander meinten, sah Molly ihre Freundin viel seltener, und es war etwas ganz anderes an ihr. Vielleicht... könnte es sein... *Glück?*

„Lawrence, du bist so still."

„Ja. Nun. Nur unter uns, meine Liebe... in letzter Zeit bin ich in einem ziemlichen Stimmungstief."

„Oh je. Worum geht's?"

„Oh... ich wollte sagen, ich weiß es nicht, aber in Wirklichkeit weiß ich es. Mein Geburtstag steht bevor. Normalerweise mache ich mir nicht viele Gedanken über Geburtstage. Weißt du – oder vielleicht bist du noch nicht alt genug –, ab einem gewissen Punkt beginnen sie alle ineinander zu verschwimmen, und ich schwöre, ich muss rechnen, um herauszufinden, wie alt ich bin. Also bin ich ein bisschen überrascht, dass es mich so hart trifft."

„Wie altersschwach bist du denn?"

„Am 4. August werde ich siebenundfünfzig Jahre alt. Siebenundfünfzig!"

„Mit einem Fuß im Grab", sagte Lapin fröhlich.

„Sollen wir eine Party feiern?", fragte Molly. „Vielleicht tut es nicht so weh, wenn wir es annehmen?"

Lawrence' Gesichtsausdruck wurde weicher. „Eine Party wäre wunderbar, liebste Molly."

„Disco-Thema", warf Frances ein.

„Perfekt! Ich wette, ich kann irgendwoher eine Discokugel

auftreiben. Und wir können die ganze Musik online bekommen. Donna Summer, die Bee Gees..."

Lawrence lachte. „Ich könnte irgendwo noch einen weißen Anzug haben, obwohl es eher ein locker sitzender Leinenanzug ist, nicht wie der von Travolta..."

„Nein, locker sitzende Leinenhosen gehen nicht. Frances wird dich einkleiden, stimmt's?" Frances nickte. „Sie hat früher die Kostüme für alle Shows gemacht. Sie ist ein Genie darin."

„Du meinst, sie wird in der Lage sein, einen 70er-Jahre-Disco-Anzug in Castillac für mich zu finden?"

„Ich werde vielleicht ein größeres Netz als nur das Dorf auswerfen müssen", sagte Frances. „Überlasst das einfach mir." Sie klatschte in die Hände. „Oh, ich bin so froh, ein Projekt zu haben, das nicht dieser blöde Jingle ist! Lasst uns auf die Prokrastination trinken!"

Alle an der Bar hoben ihre Gläser und stießen an. „Auf die Prokrastination!"

Molly schielte aus dem Augenwinkel zu Caroline Dubois, die ihren Stuhl ganz nah an die Frau herangerückt hatte, mit der sie zu Abend aß. „Hey Lawrence", sagte sie mit gedämpfter Stimme, „kennst du sie? Die Frau in der marineblauen Jacke?"

„Nein, aber ich bewundere die Jacke. Sie sieht perfekt an ihr aus, zum einen. Wunderbarer Schnitt, obwohl ich mir vorstellen könnte, dass sie zu dieser Jahreszeit ein wenig warm ist."

Molly nickte nachdenklich.

„Hat das etwas mit Iris zu tun?"

Molly nickte erneut. Da war sie nun, mit Hector auf der einen und Caroline auf der anderen Seite, aber wie sollte sie sie ansprechen?

Hatten sie beide etwas für Iris übrig? Wusste einer von ihnen etwas, das er nicht preisgab?

„Ich werde... Ich bin gleich wieder zurück", murmelte sie und ging zu Carolines Tisch hinüber. „Bonsoir, Caroline", sagte sie herzlich. „Es ist heute Abend so voll hier, oder?"

Caroline begegnete Mollys Blick, lächelte aber nicht. Sie legte ihren Arm um die Frau, mit der sie zusammen war, und streichelte mit den Fingern ihre nackte Schulter.

„Tut mir leid, störe ich?" Molly machte einen Schritt zurück.

„Schon gut. Kennt ihr euch? Molly Sutton, darf ich dir meine Freundin Kath Halliwell vorstellen."

„Schön, dich kennenzulernen", sagte Molly, der nicht entging, dass Kath vielleicht einen Drink zu viel gehabt hatte. Ihre Augen waren glasig, als sie Molly anlächelte, ohne zu sprechen. „Kann ich mich nur für einen Moment zu euch setzen?", fragte sie und ließ sich trotz Carolines Kühle auf einen Stuhl gleiten.

„Kanntest du Iris auch?", fragte Molly Kath.

„Wie kannst du es wagen", sagte Caroline mit leiser Stimme. „Läufst du wie ein Geier durchs Dorf und pickst an den Knochen aller Verstorbenen? Ist es das, was du tust?"

Molly setzte sich kerzengerade auf. „Entschuldigung? Ich verstehe nicht, warum du wütend auf mich bist. Willst du denn nicht, dass wir herausfinden, was mit Iris passiert ist?"

„Du bist nur daran interessiert, eine weitere Kerbe in deinen Gürtel zu schneiden. ‚Seht mich alle an, ich komme aus Amerika hereingeplatzt und löse alle Geheimnisse im Département!' Dir geht es nicht um Iris. Es spielt für dich nicht einmal eine Rolle, ob du Recht hast – solange du jemanden verhaften lassen und dich im Ruhm sonnen kannst, reicht dir das, oder?"

„Was? Caroline, du verstehst mich völlig falsch–"

„Ich glaube nicht, Madame Sutton. Du kommst hier rüber und setzt dich uneingeladen hin, denkst, du ertappst mich bei einer kleinen Lüge und kannst mir Iris' Mord anhängen. Das ist es doch, was du vorhast, nicht wahr?"

Obwohl Caroline keineswegs ganz oben auf Mollys Verdächtigenliste stand, ließ das Körnchen Wahrheit in Carolines Worten Molly innehalten.

„Du denkst, weil ich lesbisch bin, bin ich zu allem fähig, ist es das?"

Daraufhin brach Molly in Gelächter aus. „Caroline, ich weiß nicht, was dir diese falschen Vorstellungen von mir gegeben hat, aber ich sage dir, sie sind total falsch!"

„Siehst du, du kannst keinen Satz rausbringen, ohne ‚tot' zu sagen. Du bist wie eine kreisende Hyäne, die Castillac ausweidet."

Endlich fiel der Groschen und Molly wurde klar, dass Caroline und Kath zu viel getrunken hatten. Sie hatte anfangs gar nicht so angetrunken gewirkt. Kath, die anscheinend nichts von dem Gespräch mitbekam, ließ ihren Kopf auf Carolines Schulter sinken.

„Hör zu, es tut mir leid, dass ich gestört habe. Habt noch einen schönen Abend", sagte Molly und ging zur Toilette im hinteren Teil der Bar. Sie spritzte sich etwas Wasser ins Gesicht und schaute in den Spiegel, wobei sie sich fragte, was Caroline sah, wenn sie sie anschaute. Offenbar eine homophobe Geier-Hyäne.

Als sie zu ihren Freunden zurückkehrte, begannen alle nach Hause zu gehen. Sie umarmte Frances und bat sie, am Morgen vorbeizukommen, küsste Lawrence zum Abschied und machte einen Plan, sich später in der Woche zu treffen, und winkte Nico zu, als sie nach Hause ging.

Der Abend war in jeder Hinsicht ein Misserfolg gewesen. Pierre versteckte sich, keine nützlichen Informationen über Hector, eine anklagende Caroline.

Vielleicht würde Molly diesmal nicht herausfinden, was passiert war. Vielleicht würde es nie jemand herausfinden.

Molly kam erschöpft von Chez Papa nach Hause. Es war viel früher als ihre übliche Schlafenszeit, aber sie fiel dankbar ins Bett und schlief sofort ein. Als die Sirenen an la Baraque vorbeifuhren, weckten sie sie aus einem tiefen Schlummer. Zunächst dachte sie, sie wäre wieder in Boston, wo Sirenen alltäglich waren; sie wäre fast wieder eingeschlafen. Doch als ihr Bewusstsein klarer wurde und sie begriff, dass sie sich an einem Ort befand, wo kaum je Sirenen heulten, sprang sie aus dem Bett und schrieb Lawrence eine Nachricht, der so oft zu wissen schien, was passierte, fast, bevor es geschah.

„Keine Ahnung", schrieb er zurück.

Es war noch nicht Mitternacht. Sie schrieb Ben; er wusste auch nicht, was die Gendarmen auf den Plan gerufen hatte. Molly wünschte sich manchmal, er wäre noch Polizeichef, mit all den Insider-Informationen und der Autorität, die mit dieser Position einhergingen. Aber das war vorbei, er war jetzt glücklicher. Sie musste einen anderen Weg finden, um an Informationen zu kommen. Hätte sie den Roller gehabt, wäre sie vielleicht die Straße hinuntergefahren, um selbst nachzusehen, aber zu Fuß schien es keine gute Idee, da sie keine Ahnung hatte, wie weit der Ärger entfernt war.

Jetzt war sie wach, hellwach, und die Gedanken begannen zu kreisen. Irgendwo, irgendwie – ich mache eine falsche Annahme, dachte sie. Ich glaube jemandem, der lügt, stelle eine Verbindung her, wo es keine gibt, sehe etwas, das nicht da ist. Aber *was?*

Sie goss sich den Rest einer Flasche Rosé ein und ging auf die dunkle Terrasse. Bobo raffte sich auf, um ihr zu folgen, und die orangefarbene Katze tauchte auf und rieb sich an ihren Knöcheln. Molly nippte am Wein und blickte in den Sternenhimmel, während sie über Iris nachdachte. Warst du glücklich? fragte sie sich. Hast du je geglaubt, dass dich jemand wirklich liebte und nicht nur von deinem Aussehen hingerissen war?

Zum scheinbar tausendsten Mal dachte Molly an alle, die mit ihr über Iris gesprochen hatten. Sie ging ihre Gespräche so gut wie möglich durch und versuchte, aufmerksamer, objektiver zuzuhören; zu sehen, ob sie den wunden Punkt finden konnte, die Stelle in ihrem Denken, die falsch war.

Schließlich ging sie wieder ins Bett, immer noch grübelnd über die Sirene und den Anlass für den Aufruhr, und schlief nur unruhig. Sie war so rastlos, dass Bobo schließlich aus ihrem Bett sprang und auf dem Boden schlief, wo es friedlich war.

❦ 32 ❦

Ilene Lafont war ungeduldig, die Arbeiten am Anbau beendet zu sehen, wie es Hausbesitzer in dieser Situation verständlicherweise immer waren. Sie fand es anstrengend, sich mit Pierre zu unterhalten, stundenlang das scharfe Geräusch von Metall auf Stein zu hören und ihren Garten für scheinbar eine Ewigkeit in eine Baustelle voller Schutt verwandelt zu sehen.

Nach dem Abendessen mit ihrem Mann trank Ilene ihren Brandy aus und holte eine Taschenlampe, um nachzusehen, welche Fortschritte Pierre gemacht hatte, jetzt wo er endlich für den Tag weg war. Sie bemerkte, dass sein Lastwagen eine tiefe Furche in den weichen Boden neben der Einfahrt gegraben hatte, und nahm sich vor, ihn am Morgen darauf anzusprechen. Oh, wie glücklich würde sie sein, wenn diese Steinhaufen verschwunden waren und der wunderschöne neue Anbau fertig war!

Die Außenwände des Anbaus sahen tatsächlich wunderschön aus. Sie ließ den Strahl der Taschenlampe darüber gleiten und bewunderte, wie es Pierre gelungen war, das Gefühl jahrhundertealten Mauerwerks zu bewahren, während er etwas völlig Neues baute. Der goldene Stein, der Mörtel, die Platzierung jedes einzelnen Steins... jedes Detail war erstaunlich... aber es war drinnen, an der schwierigen Treppe, wo Pierre an diesem Tag gearbeitet hatte, worauf sie am neugierigsten war.

Sie stieß die Tür auf und ging hinein. Ihr Blick fiel sofort auf die Gestalt, die am Fuß der Treppe ausgestreckt lag. Es war Pierre, sein Körper unnatürlich verkrümmt, bewegungslos.

Ilene zögerte, dann lief sie seinen Namen. Sie war zu erschüttert, um klar zu denken - sie legte ihre Hand über sein Herz, um zu fühlen, ob es schlug, zog sie dann ruckartig zurück und rannte zum Haus, nach ihrem Mann rufend.

Etwa zehn Minuten später, als die Lafonts schockiert im Garten standen, hörten sie die Sirene, und weniger als eine Minute danach fuhr Agent Monsour in ihre Einfahrt.

„Eine Leiche?", sagte er ohne Gruß oder Vorstellung. „Wo ist sie?"

„Hier entlang", sagte Victor. Ilene blieb zurück und rang die Hände. Sie hatte Pierre nicht gemocht, überhaupt nicht, und jetzt fühlte sie sich von Schuldgefühlen überwältigt, obwohl sie wusste, dass das eine nichts mit dem anderen zu tun hatte. Es war ja nicht so, als hätte *sie* ihn von der Leiter gestoßen.

„Pierre Gault, sagen Sie?"

„Ja."

„Der Ehemann von-"

„Ja. Von Iris. Beide starben durch einen Sturz — es ist zu bizarr." Victor zog ein Taschentuch heraus und wischte sich über die feuchte Stirn.

„Wann haben Sie ihn zuletzt lebend gesehen?", fragte Monsour.

„Als ich von der Arbeit nach Hause kam. Es war gegen fünf. Er arbeitet schon seit einer Weile hier, mehrere Monate - es ist ein großes Projekt. Normalerweise ging ich gleich nach meiner Heimkehr zu ihm rüber, um zu sehen, wie es voranging."

„Und wie wirkte er heute Abend? Irgendetwas anders? Das Geringste ungewöhnlich?"

„Nein", antwortete Victor.

„Nicht aufgebracht oder besorgt über irgendetwas, soweit Sie wissen?"

„Überhaupt nicht. Obwohl, wie Sie sagen, seine Frau letzte Woche gestorben ist. Er sprach nie mit mir darüber. Ich erwartete, dass er sich etwas Zeit nehmen würde, aber er lehnte ab, sagte, zur Arbeit zu kommen, würde ihm tatsächlich helfen – er sagte nie mehr als nötig. Wir hatten nicht... wir hatten nicht die Art von Beziehung, in der man über solche Dinge spricht. Er erzählte mir von der Arbeit, die er an dem Tag gemacht hatte, stellte manchmal eine oder zwei Fragen, um zu klären, wie wir die Sache haben wollten. Das war's eigentlich. Streng professionell."

Monsour strich sich übers Kinn. Für ihn sah es aus, als wäre der Mann kopfüber von der Leiter gefallen. Konnte ein Unfall gewesen sein. Oder er konnte gestoßen worden sein, oder jemand hatte die Leiter unter ihm weggezogen.

„Und waren Sie es, der diese Gespräche mit Monsieur Gault führte, nicht Ihre Frau?"

„Das stimmt. Meine Frau, sie tut sich schwer mit Smalltalk, und Pierre ebenso. Also zusammen..." Victor zuckte mit den Schultern.

Monsour zog sein Handy heraus und wandte sich ab. Zuerst rief er Florian Nagrand, den Gerichtsmediziner, an, dann Maron.

„Ja, bei den Lafonts. Route de Tournesol, es ist gleich hinter... in Ordnung, ich weiß, dass Sie länger hier gelebt haben als ich... Verzeihung, Chef. Ja, ich kann bestätigen, dass er tot ist... Ich habe durchaus eine gewisse Ausbildung, Monsieur... in Ordnung. Ja... auf Wiedersehen." Verärgert schob Monsour sein Handy zurück in das Holster an seinem Gürtel. Er ging zurück zu Pierre und hockte sich hin. Pierres Handgelenk war nach hinten gebogen, und Monsour verspürte den starken Drang, es geradezubiegen, wusste aber, dass er nichts anfassen durfte, bis Nagrand ihm das Okay gegeben hatte.

„Kommt es Ihnen so vor, als gäbe es mehr Morde im Dorf als

normal?", fragte Victor, während er durch das Fenster schaute in der Hoffnung, das Auto des Gerichtsmediziners zu sehen.

„Können nicht viel in Sachen Prävention tun", antwortete Monsour. „Wir werden in der Regel erst gerufen, nachdem es passiert ist."

„Ich versuchte nicht, Schuld zuzuweisen, ich fragte mich nur-"

„Haben Sie irgendeinen Grund, ein Verbrechen zu vermuten?", fragte Monsour, erfreut, den Ausdruck verwenden zu können. „Haben Sie heute jemand anderen auf Ihrem Grundstück gesehen?"

Victor schüttelte den Kopf. Monsour hörte Marons Roller in der Ferne und ging wieder nach draußen. Victor folgte ihm, da er nicht einmal für eine Sekunde allein mit einem toten Mann im Raum sein wollte. Er fragte sich, ob er Pierres Nachlass das noch ausstehende Geld zahlen müsste, da der Maurer keine Familie hatte – und war dann entsetzt über einen so ungroßzügigen Gedanken, während der Körper des Mannes noch warm war und direkt dort in seinem eigenen Haus lag.

„Müssen Sie mich noch etwas fragen?", fragte er Monsour. „Kann ich nach meiner Frau sehen? Sie hatte einen ziemlichen Schock."

Monsour sagte Lafont, er solle in fünf Minuten zurück sein, weil Maron ihn selbst befragen wolle.

„Pierre Gault, wirklich?", sagte Maron mit leiser Stimme, als die beiden Gendarmen zum Anbau zurückgingen.

„Ja. Ich bin gespannt zu hören, was Sie denken, wenn Sie ihn sehen." Monsour probierte eine neue Strategie im Umgang mit seinem Chef aus: Schmeichelei gemischt mit einer Kumpelhaftigkeit, die ihn ein wenig auftauen lassen sollte.

Maron warf ihm einen Blick zu, nicht eine Sekunde von Monsours Verhaltensänderung getäuscht. „Sie haben Nagrand angerufen? Wo zum Teufel ist er? Und Monsour, benutzen Sie die Sirene nicht, wenn Sie keinen Grund dafür haben. Es beunruhigt die Gemeinde und lässt Sie selbstgefällig erscheinen."

Monsour blinzelte, nicht ganz in der Lage zu begreifen, dass seine neue Strategie einen so schrecklichen Start hingelegt hatte.

Maron mochte es auch nicht, sich in der Nähe von Leichen aufzuhalten. Er kniete sich neben Pierre und prüfte seinen Hals auf einen Puls, nur um sicher zu gehen. „Erst die Frau, dann der Mann. Tja, da geht unser Hauptverdächtiger dahin."

Ein struppiger Terrier kam durch die Tür geflogen und bellte die beiden Männer an. „Schaffen Sie ihn hier raus und machen Sie die Tür zu", bellte Maron. „Ich glaube, ich höre Nagrand, ich gehe mal nachsehen." Eine etwas lahme Ausrede, aber er hatte das Gefühl, dass sein Abendessen hochkommen würde, wenn er noch eine Minute länger mit Pierre im selben Raum sein musste, und es war wirklich ein sehr gutes Abendessen gewesen.

Maron stand da und schaute sich im Hof der Lafonts um. Es sah mehr oder weniger wie jede Baustelle aus: Spuren von Lkw-Reifen, Steinhaufen auf Planen, eine umgekippte Schubkarre, ein Stapel Holz. Es war jedoch ordentlicher als üblich, was Maron nicht überraschte, da das Haus und der Garten der Gaults so gepflegt waren, dass sie ihn eher an ein Filmset erinnerten als an einen Ort, an dem Menschen tatsächlich lebten.

Der Terrier schoss wieder nach draußen und Monsour knallte die Tür hinter ihm zu. Maron ging zum Haupthaus und klopfte, da er wollte, dass Madame Lafont ihre Bewegungen während des Abends durchging, damit er den Zeitpunkt der Entdeckung festhalten konnte, solange er noch frisch in ihrem Gedächtnis war. Doch bevor jemand die Tür öffnete, bog Florian Nagrand mit seinem weißen Lieferwagen in die Einfahrt ein.

„Ich war gerade an einer sehr spannenden Stelle in dem Buch, das ich lese", murrte Nagrand mit seiner rauen Stimme, als er aus dem Wagen kletterte. „Meine Frau ist nicht glücklich mit Ihnen", fügte er hinzu.

„Das ist kaum meine Schuld", sagte Maron. „Hier lang. Hat Monsour Ihnen erzählt – es ist Pierre Gault. Er baute diesen

Anbau für die Lafonts. Schöne Arbeit, die er da gemacht hat, was?"

„Er ist ein sehr guter Maurer", sagte Nagrand. „Oder war es." Er öffnete die Tür zum Anbau und betrachtete Pierre zunächst aus der Ferne, bevor er nähertrat. Dann hockte er sich neben den Körper, berührte Pierre zunächst nicht, sondern betrachtete seine Position und machte ein paar Aufnahmen mit der Kamera seines Handys.

„Wir haben Glück, dass es nicht unordentlicher ist", murmelte er.

„Er ist noch warm, aber das könnte einfach daran liegen, dass die Lufttemperatur für diese Nachtzeit auch recht warm ist", sagte Monsour.

Nagrand seufzte. Würden die Gendarmen nie lernen, ihn seine Arbeit machen zu lassen, ohne immer ihren Senf dazugeben zu müssen?

„Ich will Sie nicht drängen, Florian", sagte Maron. „Aber was denken Sie ... ein Unfall? Einfach von der Leiter gefallen? Irgend-eine Möglichkeit, dass es Selbstmord sein könnte?"

„Am hilfreichsten wäre es, wenn Sie und Monsour in den Hof gehen und nachsehen könnten, ob Sie irgendwelche Hinweise darauf finden, dass jemand anderes die Lafonts besucht hat. Spre-chen Sie mit ihnen. Suchen Sie nach, ich weiß nicht, Reifenspuren oder heruntergefallenen Knöpfen oder was auch immer Sie so suchen. Wo ist übrigens Pierres Lastwagen?"

Maron bekam ein flaues Gefühl im Magen. Die offensicht-lichste Frage der Welt, und es brauchte den Gerichtsmediziner, um sie zu stellen.

❦ 33 ❦

Es war umständlich, den Roller über eine längere Strecke zu schieben, und da die Werkstatt auf der anderen Seite des Dorfes lag, schmerzte Mollys Arm vom Strecken über den Lenker. Ihre Laune war aufgrund von Frustration und zu wenig Schlaf miserabel, und sie murmelte vor sich hin, während sie ihren Weg fortsetzte.

Als sie durch die Gasse neben dem La-Perla-Haus holperte, hielt sie einen Moment inne, um ihren Arm auszuruhen. Als sie über die Mauer spähte, sah sie, dass die Wäscheleine zum ersten Mal leer war, ohne fantastisch teure Unterwäsche, die in der leichten Brise tanzte, und in keinem der Hinterhöfe war jemand zu sehen. Die Hitze hatte wieder zugenommen, und alle Dorfbewohner, die nicht bei der Arbeit waren, hielten sich im Schatten auf.

Nur als Übung betrachtete sie die Wäscheleine des La-Perla-Hauses und versuchte, jede mögliche Annahme zu finden, um zu erklären, warum sie an diesem Tag leer war. Erstens — es hing keine feine Unterwäsche auf der Leine, weil es kein Waschtag war. Das war wahrscheinlich die richtige Annahme, aber, erinnerte sie sich, am wahrscheinlichsten war nicht dasselbe wie wahr.

Die La-Perla-Frau konnte umgezogen sein.

Sie konnte sich von dem Ehemann oder Freund getrennt haben, der ihr die Unterwäsche geschenkt hatte, und alles weggeworfen haben, um schlechte Erinnerungen zu löschen.

Sie konnte beschlossen haben, die Marke zu wechseln.

Sie konnte beschlossen haben, ganz auf Unterwäsche zu verzichten.

Okay, das letzte war ziemlich unwahrscheinlich ... aber dies war schließlich nur eine Übung, und es war nützlich, sich daran zu erinnern, dass unwahrscheinlich immer noch möglich war. Molly klappte den Ständer des Rollers mit dem Fuß hoch und schleppte sich weiter zur Werkstatt.

„Bonjour!", rief sie, als sie dort ankam und niemanden sah. Keine Antwort. Es war zu früh für die Mittagspause, die Tür zur Garage stand offen, aber niemand war drinnen. Sie parkte den Roller und ging für eine Weile im Dorf umher, mit dem Plan, später noch einmal vorbeizuschauen. Sie hatte gelernt, dass in Frankreich manchmal das Geschäft nicht an erster Stelle stand, aber die Besitzer irgendwann in den Laden zurückkehren würden.

Das Dorf war an diesem Morgen ruhig, keine Menschenseele war auf der Straße. Molly überlegte, Ben anzurufen, aber ... die Wahrheit war, sie hatte einfach keine Lust dazu. Sie war enttäuscht von ihm, weil er bei den Ermittlungen nicht viel erreicht hatte, außer Pierre bei jeder Gelegenheit zu verteidigen. Wenn Pierre so unschuldig war, wie er behauptete, welche Beweise hatte er gefunden, um das zu unterstützen?

Sie hatte zunächst gedacht, dass jede starke Beziehung eine Meinungsverschiedenheit ohne allzu große Probleme überstehen sollte. Nun, sie glaubte das immer noch, war aber nicht mehr so sicher, ob sie und Ben in diese Kategorie fielen.

Allerdings – heute war nicht der Tag, um darüber nachzudenken. Sie musste den Roller reparieren lassen und mit Nugent sprechen, das war alles. Ben würde warten müssen.

Molly überlegte, Madame Tessier zu besuchen, die fast immer

ein oder zwei Neuigkeiten hatte, aber wonach ihr am meisten der Sinn stand, war, Zeit mit Kindern zu verbringen. Eigentlich mit allen Kindern, obwohl ihr klar war, dass manche Leute denken könnten, sie klänge wie eine Art seltsame Pädophile. Es war nur so, dass ihr Kopf so lange mit kaum etwas anderem als Iris gefüllt war – mit Tod und Verlust und Kummer – und sie sich wünschte, das sprudelnde, unschuldige Lachen von Kindern zu hören. Sie wollte wirre Geschichten ohne Pointe hören und Fragen gestellt bekommen, auf die sie keine Antwort wusste.

Kurz gesagt, sie vermisste Oscar und Gilbert und alle anderen Kinder, die sie kennengelernt und liebgewonnen hatte ... aber Oscar war in Australien, und sie wusste, dass Madame Gilbert nicht ihr größter Fan war.

Nun, die Pâtisserie Bujold würde es tun müssen.

DER LADEN WAR LEER bis auf Nugent.

„Diese Hitze, sie ist schrecklich fürs Geschäft", murrte er, ohne Mollys Brust auch nur einen Seitenblick zu schenken.

„Es *ist* heißer, als ich mich vom letzten Jahr erinnere", sagte Molly mitfühlend.

„Es ist auch nicht gut für das Gebäck."

„Das kann ich mir vorstellen."

Eine lange Pause entstand, während Molly den Inhalt der Vitrine inspizierte. Irgendetwas an Nugent schien seltsam. Normalerweise stand er lächelnd hinter der Theke und erwartete Komplimente, genoss die Art, wie Molly die Tagesauswahl betrachtete. Sie warf immer wieder einen Blick auf ihn, während sie die Reihe von Erdbeertörtchen bewunderte, neben einer statt-lichen Reihe von Napoleons, dann Windbeutel, Pistazien-*Jésuits*, buttrige *Palmiers*. Er schenkte ihr überhaupt keine Aufmerksam-keit, sondern starrte aus dem Fenster, seine Mundwinkel nach unten gezogen.

Molly atmete tief ein und wurde nie müde von der berauschenden Kombination aus Butter und Vanille, die das Markenzeichen der Pâtisserie Bujold war. „Also Edmond, ich muss zugeben, dass ich kein einziges Mal geübt habe, Croissants zu machen. Ich weiß nicht, wie ich auf die Idee gekommen bin, dass der Umzug nach Frankreich mich praktisch in eine Frau mit Freizeit und Zeit für Hobbys verwandeln würde, denn ich bin ziemlich beschäftigt, nicht dass das wirklich eine Entschuldigung wäre."

Nugent wandte sein Gesicht Molly zu, als sie zu sprechen begann, änderte aber seinen Ausdruck nicht. Sie wartete auf Kritik, Ermahnung, zumindest etwas Necken ... aber Nugent sagte nichts.

„Wärst du für eine weitere Lektion zu haben?", platzte es aus ihr heraus, ohne dass sie im Entferntesten vorgehabt hatte, so etwas vorzuschlagen.

Nugent schreckte auf. „Noch eine Lektion?"

„Ja. Vielleicht könnten wir die Croissants für den Moment beiseitelegen, mir eine Chance geben, das zu Hause zu üben, und zu etwas anderem übergehen? Éclairs vielleicht? Sind die sehr schwierig?"

„Pah", sagte Nugent mit einer Handbewegung. „Die könnte ein Kind machen. Natürlich schmecken die Éclairs der anderen *pâtissiers* in Castillac wie Pappe. Die Hülle ist zäh und viel zu labbrig, die Füllung schmeckt wie Kleister. Also sollte ich Kinder wohl nicht auf diese Weise beleidigen."

Molly grinste, als sie sah, wie er ein bisschen zu seinem alten Selbst zurückkehrte. „Entschuldige, wenn ich zu aufdringlich bin, aber vielleicht ... vielleicht könnten wir es gleich jetzt machen, da sich das ganze Dorf vor der Hitze drinnen zu verstecken scheint? Ich schätze, die Touristen suchen alle nach Swimmingpools statt nach Gebäck. Jedenfalls – was meinst du?"

Nugent überlegte. Wieder bemerkte Molly, dass er sie zu keinem Zeitpunkt mit seiner üblichen Lüsternheit ansah, was sicherlich eine Erleichterung war ... aber was bedeutete das? Und seit wann war er jemals zögerlich, Zeit allein mit ihr zu verbringen?

„Eigentlich, Madame Sut-äh, Molly. Ich bin nicht ... es war in letzter Zeit schwierig, ich meine ...“

Molly wartete. Sie beobachtete, wie er das Gesicht verzog und seine Fäuste sich verkrampften. Was ist nur los mit ihm, fragte sie sich.

„Ach, na gut“, sagte er schließlich. „Hol dir die Schürze da drüben.“

Molly legte ihre Handtasche ab und band sich die Schürze um. „Ist etwas... gibt es irgendetwas, worüber du reden möchtest?“, fragte sie.

Nugent holte eine große Schüssel und einen Karton Eier. „Nein. Nein, ich möchte nicht darüber reden. Reden wird sie auch nicht zurückbringen, oder?“

„Iris?“

„Natürlich Iris! Von wem sonst sollte ich sprechen?“

Molly strich mit den Handflächen über ihre Schürze und beobachtete ihn.

„Es ist nur - die Leute verstehen das nicht. Sie *wissen* es nicht.“

„Was wissen sie nicht?“

Nugent schien zu kämpfen. Molly war verwirrt, hatte aber das Gefühl, dass etwas vor ihr baumelte, das sie greifen konnte, ein Faden, eine Spur, aber sie konnte nicht ganz erkennen, was es war.

„Du kanntest sie nicht, Molly. Iris und ich, wir teilten etwas. Sie kam fast jeden Morgen herein, immer zur gleichen Zeit, direkt nachdem ich den Laden um sieben geöffnet hatte. Sie war eine Frühaufsteherin, weißt du, genau wie ich. Etwa neun Monate im Jahr stand sie bei Tagesanbruch auf, um vor der Arbeit zu gärtnern, und dann kam sie her, um ein Croissant oder ein Brötchen zu holen, frisch aus dem Ofen. Iris kannte meinen Zeitplan ganz genau. Sie wusste, an welchen Tagen ich *Tarte Tatin* machte. Sie wusste, dass ein *Pain de Campagne* eine dicke Kruste hat, damit es länger hält.

„Sie war *aufmerksam*, das versuche ich, dir klarzumachen. Wir... wir hatten etwas, Iris und ich." Nugent holte tief und schnüffelnd Luft. Er öffnete seine Hände und schloss sie wieder fest, dann schlug er damit auf die Theke. „Dieser Pierre, er ist nichts als ein Rohling. Er hat sie kaum verdient. Séverin – er ist viel jünger als ich, schon gut, ich habe Augen im Kopf. Es ist kein völliges Rätsel für mich, warum sie sich für ihn entschieden hat. Aber er *schätzte* sie nicht, nicht so wie ich. Nein. Er hat mit ihr Schluss gemacht, oder? Hat sie einfach weggeworfen, als er fertig war, als wäre sie nichts weiter als eine leere Bierflasche."

Nugent legte die Hände vors Gesicht und Molly glaubte, ein Schniefen zu hören.

„Es tut mir so leid", sagte sie. „Ich habe sie nur dieses eine Mal getroffen, aber ich hatte sofort das Gefühl, dass wir Freundinnen werden würden."

„Und zweifellos wärt ihr das geworden." Nugents Schultern sackten herab. „Hol eine große Schüssel raus. Sieb das Mehl. Nimm einen Topf und die Milch."

Molly bewegte sich auf Nugents Geheiß in der Küche umher, ihr Geist war nur halb bei der Sache. Sie hatte die Milch zum Erhitzen aufgesetzt und das Mehl mit dem Salz gesiebt, als ihr Handy piepste.

„Macht es dir was aus, wenn ich rangehe?"

Nugent wedelte mit der Hand in der Luft, um zu zeigen, dass es ihm egal war, und lehnte sich dann schwer auf die Theke, während Molly in ihrer Tasche kramte.

Es war eine Nachricht von Frances.

Pierre tot.

„Was?", sagte Molly laut.

„Ist etwas nicht in Ordnung?", fragte Nugent, der den Schock in Mollys Stimme hörte.

Molly tippte wie wild weitere Fragen an Frances. „Ich habe

gerade etwas gehört – über Pierre. Warte, ich versuche, mehr Details zu bekommen."

Nugent drehte sich weg. Sein Kiefer war angespannt und er lächelte nicht, obwohl Molly vielleicht einen Ausdruck der Genugtuung auf seinem Gesicht bemerkt hätte, wenn sie es hätte sehen können.

❧ 34 ☙

Molly brach die Eclair-Lektion ab, was Nugent kaum zu bemerken schien. Sie lief zurück die Rue Picasso hinunter, um zu sehen, ob die Mechaniker aufgetaucht waren, und fand ihren Roller draußen geparkt mit einem Strafzettel am Lenker. Er war gereinigt worden und die braune Farbe glänzte so sehr, wie eine so schlammige Farbe eben glänzen konnte. Sie öffnete die Tür und sagte hallo.

„Ah, Madame Sutton! Wir haben gesehen, dass Sie Ihren Roller hiergelassen haben und dachten, es gäbe irgendein Problem, also haben wir uns das gleich angeschaut. Sie werden sich freuen zu hören, dass nur eine kleine Einstellung am Vergaser nötig war. Ich habe das erledigt und Sie können jetzt losfahren."

„Was?" Molly hatte Schwierigkeiten, die guten Nachrichten direkt nach den schockierenden Neuigkeiten über Pierre zu verarbeiten. „Ich kann losfahren?"

„Ich will nicht nörgeln, aber Sie könnten sich ein bisschen besser um ihn kümmern", sagte der Mechaniker. „Wischen Sie ab und zu etwas von dem Schlamm ab."

„Sie meinen ... er läuft jetzt?"

„Schnurrt wie ein Kätzchen", sagte der Mechaniker mit einem leichten Lächeln.

Molly dankte ihm und dankte ihm überschwänglich, als er ihr sagte, dass sie ihm nichts schulde. Keine Teile, und es hatte ihn nur fünf Minuten gekostet. Aber sie machte keine Anstalten zu gehen, sondern stand da und starrte auf einen Lastwagen auf dem Parkplatz und dachte nach.

„Darf ich Sie etwas fragen? Wie schwierig wäre es ... einen Lastwagen ohne Schlüssel zu starten?", fragte sie, da sie das französische Wort für Kurzschließen nicht kannte.

„Planen Sie eine neue Karriere im Fahrzeugdiebstahl? Sie wissen, das französische System würde es Ihnen so gut wie unmöglich machen, einen Käufer zu finden. Oder wollen Sie gefälschte Papiere dazu erstellen?" Der Mechaniker kicherte jetzt und genoss die Vorstellung von Madame Sutton als Meisterverbrecherin.

„Worüber ich mich wundere, ist ... nun, kannten Sie Pierre Gault? Haben Sie gehört, was passiert ist?"

„Natürlich kenne ich Pierre. Ich habe ihn erst gestern gesehen. Er brachte den Lastwagen zum Ölwechsel."

„Moment, was?"

Der Mechaniker zuckte mit den Schultern. „Natürlich hätte er das selbst leicht genug machen können. Aber wenn Sie Pierre kennen, wissen Sie, dass er sich nur für Steine interessiert! Er hat Steine im Kopf!" Er lachte. „Also kümmere ich mich für ihn um seinen Lastwagen."

„Sie haben also das Öl gewechselt und dann kam er und holte ihn ab? Das war gestern?"

„Nein, nicht - manchmal machen wir das so. Diesmal arbeitet er draußen an der Route de Tournesol und das war für ihn zu weit, um zu laufen. Also war es am einfachsten, dass ich nach dem Ölwechsel den Lastwagen zu ihm nach Hause fahre – es ist nicht weit von hier – und ihn dort abstelle. Er sagte, er würde eine Mitfahrgelegenheit von dem Typen bekommen, für den er die

Arbeit macht."

Kein Wunder also, dass Pierre nicht geantwortet hatte, als sie am Vorabend an seine Tür geklopft hatte, dachte sie. Nun, das ist ein Rätsel gelöst, wenn auch nicht das, das ich mir ausgesucht hätte. Trotzdem, kleine Schritte ...

Molly sagte: „Es tut mir leid, dass ich diejenige bin, der es Ihnen sagen muss, aber anscheinend ist Pierre ... er ist von einer Leiter auf der Baustelle gefallen. Er hat den Sturz nicht überlebt."

Der Mechaniker starrte sie an. „Er ist ...?"

Molly nickte. Sie suchte nach Worten, einer Erklärung, einem Trost, fand aber nichts. Sie ergriff die Hände des Mechanikers und die beiden hielten sich fest, ihre Augen wurden feucht, und sie schüttelten im Einklang die Köpfe.

DER ROLLER *SCHNURRTE* TATSÄCHLICH wie ein Kätzchen, obwohl Molly es kaum genießen konnte, als sie zerstreut zurück nach La Baraque fuhr. Immer wieder sah sie dieses Bild vor ihrem geistigen Auge, wie der stämmige Pierre von einer Leiter kippte und auf einen wahrscheinlich steinernen Boden fiel. Ugh. Sie hatte ihn viele Tage lang auf Leitern in La Baraque gesehen, als er die Wände des Taubenschlags formte, und es war ihr damals aufgefallen, dass er unglaublich beweglich war, viel mehr als man es angesichts seines schweren Körperbaus erwartet hätte. Er war Leitern hinauf und hinunter und auf dem Dach des Gebäudes herumgeklettert wie ein Zehnjähriger auf einem Baum, so körperlich fit wie man es sich nur vorstellen konnte.

Sie konnte nicht anders, als sich zu fragen: War er gefallen? Oder war die Wahrheit komplizierter als das?

Wie auch immer, Ben würde am Boden zerstört sein. Molly wollte nach Eugenia sehen und mit der Planung von Lawrences Geburtstagsparty beginnen, aber zuerst setzte sie sich, nachdem sie ein paar beruhigende Minuten lang Bobo gestreichelt hatte, auf der Terrasse in den Schatten und rief ihn an.

„Ich habe versucht, dich zu erreichen", sagte er tonlos.

„Wirklich? Vielleicht hatte ich versehentlich den Klingelton ausgeschaltet – tut mir so leid, aber ich bin im Dorf herumgelaufen und gerade erst nach Hause gekommen. Ben, ich bin untröstlich wegen Pierre."

„Wirklich? Das ist etwas überraschend."

Molly atmete tief ein. Sie wusste es besser, als jetzt einen Streit anzufangen, wo die Nachricht noch so frisch war. „Denkst du, es war ein Unfall?", fragte sie leise.

„Ich denke nicht."

Molly wartete, aber Ben führte es nicht weiter aus. Sie wollte wissen, ob er mit Maron und Monsour in Kontakt gewesen war, aber natürlich wusste Ben das ganz genau und entschied sich, nichts zu sagen. „Möchtest du vorbeikommen?", fragte sie.

„Ich habe zu arbeiten." Sein Ton war rau und Mollys Augen weiteten sich angesichts der Kälte darin. „Ich rufe später an", fügte er sanfter hinzu, und sie legten auf.

Nun gut.

Ich werde jetzt nicht darüber nachdenken, sagte sie zu sich selbst, sprang auf und holte einen Block und einen Stift. *Stattdessen werde ich die Gästeliste für Lawrences Geburtstag zusammenstellen und am Menü arbeiten, dann Frances anrufen, um zu sehen, ob sie helfen wird.*

Castillac würde seine erste amerikanische Disco-70er-Party haben, und es gab keinen Grund auf der Welt, warum Molly das nicht mit einer Hand organisieren und mit der anderen am Fall Iris arbeiten konnte. Es war vielleicht der einzige Weg, die Dinge zwischen ihr und Ben zu retten.

Obwohl, wenn das wahr ist, ist das, was wir haben, einfach nicht so solide, oder?

Darüber denke ich jetzt nicht nach.

Sie rief Frances an. „Also, wenn wir Musik und Tanz haben, wollen wir keine schwere Mahlzeit", sagte sie. Oft telefonierten sie und Frances so miteinander – sie ließen die Begrüßungen weg und nahmen ein Gespräch dort wieder auf, wo es aufgehört hatte, selbst wenn es Tage her war.

„Richtig", antwortete Frances. Sie lag auf dem Sofa bei Nico, ihre langen Beine über die Rückenlehne gelegt, und schwitzte, weil die Fenster geschlossen waren, um verirrte Bienen fernzuhalten. „Obwohl ich eine Sache von Nico gelernt habe – die Franzosen gehen nicht so locker mit Mahlzeiten um wie wir. Du wirst nicht einfach Cocktails und Kartoffelchips servieren und den Abend für beendet erklären können."

„In welchem Universum hätte ich jemals so etwas getan?"

„Ich sag's ja nur."

„Fingerfood oder ein Menü mit Tellern?"

„Wie viele Leute lädst du ein?"

„Ach ja, stimmt. Das sollte ich wirklich zuerst machen." Es folgte eine lange Pause, während Molly nachdachte. „Weißt du, ich hatte gerade eine kleine Idee."

„Aha. Du hast ja immer gerade eine kleine Idee. Was ist es diesmal?"

„Ich glaube, ich behalte sie vorerst für mich. Aber die Gästeliste – die wird ziemlich lang sein." Molly stieß ein Kichern aus. „Und wenn alles so klappt, wie ich es mir vorstelle, wird diese Party *episch*."

$\maltese$ 35 $\maltese$

Die nächsten Tage vergingen wie im Flug mit dem Studieren von Rezepten, der Suche nach Zutaten und dem Anrufen einer langen Liste von Leuten, die eingeladen werden sollten. Molly brauchte Constance am Tag der Party für eine dringend benötigte Reinigung.

„Constance, kannst du irgendwie deinen Zeitplan umstellen? Ich habe fast dreißig Leute eingeladen, und mein Wohnzimmer ist voller Hundehaare!"

„Es ist nur, dass Thomas und ich-"

„Und natürlich seid ihr beide eingeladen! Der Grund, warum ich möchte, dass du am Donnerstag putzt, ist, dass es sonst vor der Party wieder ein Chaos sein wird, wenn du es früher machst. Ich werde die ganze Küchenreinigung selbst erledigen. Und vielleicht kann ich Frances dazu bringen, dir zu helfen."

„Das letzte Mal, als du das versucht hast, hat sie nur mit dem Besen herumgetanzt und Lieder aus Gene-Kelly-Filmen gesungen."

„Du magst Gene Kelly nicht? Ich hätte gedacht, du wärst zu jung, um zu wissen, wer das ist."

„Molls! Nur weil ich nicht so alt und gebrechlich bin wie

manche Leute, heißt das nicht, dass mein Leben eine kulturelle Wüste war."

Molly seufzte und lachte gleichzeitig.

„Außerdem, wenn du willst, dass ich das mache, worum du mich bittest, solltest du mich lieber nicht beleidigen."

„Constance, keine Beleidigung beabsichtigt, ich verspreche es. Bitte? Ich werde es dir irgendwie wiedergutmachen. Das ist nicht irgendeine Party. Es ist... es ist wichtig."

„Ja ja, ich weiß, Lawrence ist dein bester Freund. Na gut, ich werde mit Thomas sprechen. Er hat die Pläne gemacht, also werde ich nicht absagen, ohne vorher mit ihm zu reden."

„Verstanden! Tausend Dank!"

„Hm hm", sagte Constance, klang beleidigt, genoss aber in Wirklichkeit das ganze Gespräch immens.

„Also gut, wir sehen uns am Donnerstagmorgen, es sei denn, ich höre etwas anderes?"

Constance stimmte zu und sie legten auf. Molly konsultierte ihre Liste, die zu diesem Zeitpunkt aus zwei Seiten unleserlicher Kritzeleien bestand, mit abgehakten Punkten und Notizen an den Rändern und anderen durchgestrichenen Dingen. Das Menü war ehrgeizig: Lavendelspritzer, geröstete Baguettescheiben mit Ziegenkäse und *Duxelles*, Camembert-Feigen-Tartines, Frisée-Salat mit *Lardons* und einem Senfdressing, *Ratatouille*, Enten-*Confit* und *Profiteroles* bedeckt mit Geburtstagskerzen zum Dessert. Und dieses Mal würde sie die Zutaten für Lawrence' obligatorische Negronis nicht vergessen.

Bei den Anrufen bei einigen Leuten hatte sie den Atem angehalten, aber bisher hatten alle zugesagt. Eugenia bot großzügig ihre Hilfe in der Küche an und sagte, dass Menschen aus Louisiana eine Affinität zu französischem Essen hätten und es viel zu viel zu tun gäbe für einen Koch allein.

„Nun, ich mache das Enten-Confit nicht von Grund auf", sagte Molly zu ihr, als sie ein Planungstreffen hatten.

„Zum Glück - es dauert doch Tage, oder?"

„Ja. Also kaufe ich sie einfach im Feinkostladen in der Stadt. Sie haben vorgeschlagen, das ganze Catering zu übernehmen, und ich war versucht... aber ich habe nicht einmal gefragt, wie viel das kosten würde. Ich bin ohnehin schon finanziell unverantwortlich genug."

„Aber es ist der Geburtstag deines besten Kumpels. Welche bessere Gelegenheit gibt es, um zu protzen?"

„Genau meine Gedanken", sagte Molly. „Was hältst du von einer Tanzfläche? Ich hasse es, das zu sagen, aber ich hätte fast Pierre angerufen, den Maurer, der vor ein paar Tagen gestorben ist, um ihn zu fragen, wie schwer es wäre, eine zu machen."

Eugenia schüttelte den Kopf. „Ist das der Mann, der die Arbeit am Taubenschlag gemacht hat?"

„Ja. Sehr talentiert."

„Das will ich meinen. Aber... um auf die Tanzfläche zurückzukommen, ich denke, es wird völlig in Ordnung sein, im Hof zu tanzen. Mäh das Gras ganz kurz, um den Bereich abzugrenzen, leg etwas Donna Summer auf, und die Leute werden in Schwung kommen."

„Glaubst du, die Leute hier werden überhaupt wissen, wer Donna Summer ist? Oder irgendjemand, der jünger ist als ich? Ich war ein kleines Kind, als Disco angesagt war. Als ich etwas älter wurde und den Blues entdeckte, habe ich nur noch das gehört."

„Den Blues? Mädchen, du *musst* mich in Louisiana besuchen kommen. Ich kann dich zu Musik mitnehmen, die du nicht glauben wirst."

„Abgemacht. Okay, was denkst du über die Sitzordnung? Sollen wir einen langen Tisch im Hof aufstellen, mit einer weißen Tischdecke und vielen Kerzen?"

„Jawohl, das solltest du. Hast du genug Tische? Soll ich mich darum kümmern?"

Molly grinste. „Du sprichst kein Französisch, Eugenia, und kennst keine einzige Seele im Dorf. Wie willst du genug Tische für dreißig Personen ausleihen?"

Eugenia wackelte mit den Augenbrauen. „Du unterschätzt mich, Schätzchen. Streich das von deiner Liste – ich erledige das."

Die Arbeit an den Partyvorbereitungen reichte fast aus, um Molly sowohl den wackeligen Stand der Dinge mit Ben als auch den Mord an Iris Gault aus dem Kopf zu schlagen. Fast, aber nicht ganz.

Molly war begeistert, Lawrence' Geburtstag zu feiern, in der Hoffnung, dass es helfen würde, ihn aus dem ‚Sumpf der Verzweiflung', wie er es nannte, herauszuziehen. Aber das war nicht alles, was sie zu erreichen hoffte.

Sie hatte noch einen anderen Plan. Gewissermaßen.

$$\maltese \quad 36 \quad \maltese$$

Am Donnerstagmorgen, dem Tag des Ereignisses, war Molly erschöpft. Sie und Eugenia hatten den Tag zuvor damit verbracht, alles vorzukochen, was sie konnten, was eine massive Aufräumaktion in der Küche erforderte und den Kühlschrank bis zum Anschlag füllte. Sie hatte mehrere Notfalleinkäufe im Dorf für Vorräte und Zutaten unternommen und musste sich an einem Punkt Nicos Auto ausleihen, um nach Périgueux zu fahren, um ein paar Dinge zu besorgen, die sie in Castillac nicht bekommen konnte. Immerhin konnte man keine 70er-Jahre-Disco-Party ohne eine Discokugel feiern, die die Tanzfläche beleuchtete.

Aber dennoch lief bisher alles ziemlich reibungslos. Frances berichtete, dass sie perfekte Outfits für sie alle besorgt hatte, einschließlich Lawrence, und Constance war pünktlich erschienen und ging ihre Aufgaben in ihrer üblichen fröhlichen und ineffizienten Art an.

„Ich weiß, ich klinge pingelig, aber Constance, du wirst noch mal den Staubsauger holen und die Sofakissen absaugen müssen."

„Stellst du deine Schuhe auf dem Sofa ab, du Ketzerin?", schoss Constance zurück.

„Nein! Es ist Bobo. Sie weiß ganz genau, dass sie nicht auf

dem Sofa sein darf, aber sie schleicht sich hier rein, wenn ich schlafe, und du siehst das Ergebnis. Ich bin sicher, die Hunde- und Katzenbesitzer auf der Party werden größtenteils verständnisvoll sein, aber die anderen werden entsetzt sein."

„Nun, der Staubsauger wird das nicht wegbekommen. Zum Glück habe ich meine Zauberbürste mitgebracht." Sie ging zu ihrer Tasche, die im Flur stand, und holte eine unscheinbare Plastikbürste mit einer Art samtigen Polster heraus. Sie strich damit über das Sofa und hielt sie Molly zur Ansicht hin.

„Das *ist* eine Zauberbürste! Wunderbar, danke! Und nochmals danke, dass du heute gekommen bist. Ich weiß das wirklich zu schätzen."

„Das werden wir ja sehen", murmelte Constance vor sich hin.

Sie machte einen guten Job dabei, die Spuren von Bobos Missetaten zu beseitigen, während Molly das Salatdressing zubereitete und Baguettescheiben toastete.

„Warum um alles in der Welt habe ich mich entschieden, Profiteroles zu machen?", stöhnte sie.

„Weil sie lecker sind?"

„Na klar, aber das sind eine Million andere Dinge auch, die nicht kurz vor dem Servieren eine Menge Arbeit erfordern!"

„Sie sind aber sehr wirkungsvoll, Molls. Stell dir nur vor, was für ein Wow-Effekt es sein wird, wenn du mit dieser hochgestapelten Platte nach draußen gehst. Steckst du Kerzen hinein? Und füllst du sie mit Eis oder Schlagsahne?"

„Eis. Manchmal denke ich, ich mache diese ehrgeizigen Pläne nur, um zu sehen, ob ich damit geradewegs untergehe und nicht zurückkomme."

Constance zuckte mit den Schultern, da sie nicht verstand, wovon Molly redete.

Sie machte die *pâté à choux* für die Profiteroles und war dankbar, dass sie während ihrer Lektion ein paar Tipps von Nugent aufgeschnappt hatte, obwohl sie eher seinen Tiraden aufmerksam zugehört hatte. Die Schüssel passte kaum in den kleinen europäischen Kühlschrank, aber sie schaffte es, sie hineinzuquetschen.

Die beiden Frauen arbeiteten weiter bis etwa zwei Uhr nachmittags, als Constance nach Hause ging und Molly sich zum Ausruhen hinlegte. In dem Moment, als sie sich auf ihrem Bett ausstreckte, purzelten Gedanken an Ben und Iris in ihren Kopf. Ihr Gehirn fühlte sich ein bisschen an, als wäre es mit einem Haufen plappernder Affen vollgestopft.

Es ist nicht fair von ihm, wütend auf mich zu sein, weil Pierre gestorben ist.

Wer hat dich die Treppe hinuntergestoßen, Iris? Ich glaube eigentlich nicht an irgendeine Art von Leben nach dem Tod, aber was weiß ich schon? Also wenn dein Geist zuhört, gib mir ein Zeichen, ja?

Pierre. Wurdest du auch gestoßen?

Oh nein, ich habe vergessen, Roger Finsterman einzuladen!

Molly sprang aus dem Bett und fuhr sich mit den Fingern durch die Haare. Sie rief Bobo und ging durch die Terrassentüren nach draußen, vorbei an der Reihe von Tischen, die Eugenia auf wundersame Weise irgendwoher aufgetrieben hatte, zum Taubenhaus hinüber, um ihren anderen Gast einzuladen, aber er war nirgends zu sehen.

FRANCES KAM gegen vier Uhr vorbei und fand Molly tief schlafend im Bett vor.

„Mädchen, was um alles in der Welt? Du musst dich fertig machen zum Feiern!"

„Oh mein Gott", murmelte Molly, während sie sich umdrehte und verschlafen blinzelte. „Ich wollte gar nicht einschlafen."

„Na, dann ab unter die Dusche und mach dich fertig! Warte nur, bis du siehst, was du anziehen wirst!" Frances war bereits für die Party gekleidet, in einem engen Minikleid, das ihre langen Beine betonte. „Ich habe diesen Laden in Bordeaux gefunden, der fast alles hatte, wonach ich gesucht habe! Na ja, außer Schuhe. Das ist immer problematisch. Also sind wir total authentisch 70er, außer von den Knöcheln abwärts. Ich habe ein Paar Plateaustiefel gefunden, aber die hätten keinem von uns gepasst."

Molly starrte Frances an und folgte ihrem Geplapper nicht wirklich. Dann blinzelte sie heftig und schüttelte den Kopf. „Okay! Ich gehe unter die Dusche. Hast du etwas für Lawrence besorgt?"

„Gerade bei ihm abgeliefert. Ich bin wirklich froh, dass du das machst, Molls – er sieht so verdammt traurig aus. Ist es immer noch wegen diesem Typen in Marokko?"

„Bin nicht sicher", sagte Molly, während sie den Schlaghosen-Hosenanzug, den Frances ihr gegeben hatte, über die Rückenlehne eines Stuhls legte und ins Bad ging. „Aber was auch immer es ist, wir werden ihm heute Abend zumindest viel Liebe zeigen."

Molly versuchte, ihre Nervosität vor ihren Gästen zu verbergen, und achtete darauf, sich auf einen Kir zu beschränken, während sie sie an der Tür begrüßte. Madame Gervais war die erste, die ankam.

„Ich habe nicht mehr die Ausdauer, die ich früher hatte, wissen Sie", sagte sie mit ihrer melodischen Stimme. „Aber ich hatte das Gefühl, dass dies ein Abend wird, den ich nicht verpassen will."

„Ich hoffe es, Madame Gervais. Ich hoffe es sehr. Was möchten Sie trinken? Thomas, holst du es bitte für sie?"

Eugenia war in der Küche und wärmte die Camembert-Feigen-Tartines auf, während Molly an der Tür stand. Bobo benahm sich vorbildlich und begrüßte die Gäste, ohne auch nur ein einziges Mal an ihnen hochzuspringen. In den Flur kamen Nico und Frances, gefolgt von Roger Finsterman.

„Ich bin so froh, dass Sie meine Notiz bekommen haben! Wie geht es Ihnen?"

„Fantastischer Produktivitätsschub, Molly. Ich fange an zu glauben, dass La Baraque magische Eigenschaften hat! Ich habe noch nie so viel in so kurzer Zeit geschafft, und ich bin auch ungewöhnlich zufrieden mit der Qualität."

„Wunderbar!", sagte Molly, küsste ihn auf beide Wangen und meinte, was sie sagte, obwohl es sein Optimismus war, den sie wunderbar fand, nicht so sehr seine Gemälde.

Mehr Gäste strömten durch die Tür: Lapin, Caroline Dubois, kurz darauf gefolgt von Tristan Séverin. Angela Langevin, die Floristin, zusammen mit ihrem Ehemann, der sehr gelehrt aussah, in einem Vintage-Anzug und altmodischem Kneifer. Edmond Nugent traf ein, offensichtlich hatte er die Nachricht über das Thema der Party verstanden – er trug ein bis zur Brust offenes Hemd und eine enge Schlaghose, die vielleicht seit 1977 in seinem Schrank gehangen hatte.

Thomas verteilte Lavendelspritzer oder Gläser Dubonnet an alle, die wollten, und Constance startete die Musik. Bald war das Wohnzimmer ein lautes Stimmengewirr von trinkenden und plaudernden Dorfbewohnern, einige bewegten ihre Hüften zu Earth, Wind, and Fire und dann zu The Pointer Sisters.

„Ich möchte nicht, dass du bedienen musst", sagte Molly zu Eugenia, die begonnen hatte, sich mit einem Tablett voller Tartines durch die Menge zu schlängeln.

„Oh, das macht mir überhaupt nichts aus. Gibt mir was zu tun. Es ist ja nicht so, als könnte ich mit jemandem reden!", sagte sie mit einem Augenzwinkern.

„Was ich wissen möchte", sagte Lapin laut, „ist, wo das passende Essen ist? Wenn das Thema 70er Jahre amerikanische Disco ist, sollten wir dann nicht auch 70er Jahre amerikanisches Essen haben?"

„Ich glaube nicht, dass das jemand wollen würde", sagte Marie-Claire Lévy mit einem Lachen. „Natürlich spreche ich nicht aus Erfahrung. Aber ich war einmal in Amerika, und einige der Dinge, die sie dort aßen, waren regelrecht schockierend."

Molly übersetzte schnell für Eugenia, die mit einem frischen Tablett Tartines erschienen war.

„Ach was", sagte Eugenia und lächelte Marie-Claire an. „Ja, es stimmt, manche Dinge, die populär werden, sind zu schrecklich, um sie zu beschreiben. Frittierte Oreos und so. Aber wenn du mich jemals in New Orleans besuchst, werde ich dich zu einigen Orten mitnehmen, die dich aus den Socken hauen werden!"

Marie-Clarie sprach gut genug Englisch, um zu verstehen, was Eugenia sagte, war aber verwirrt darüber, was das Essen in New Orleans mit ihren Socken zu tun hatte.

„Also, was haben die Amerikaner in den 70ern gegessen?", fragte Lapin.

„Wackelpudding?", sagte Molly. „Space Food Sticks?"

„Space Food Sticks?", wiederholte Lapin verwundert.

Molly sah Caroline allein herumstehen und entschuldigte sich, um mit ihr zu sprechen. „Bonsoir, Caroline!", sagte sie und küsste ihre Wangen. „Ich möchte mich für neulich Abend bei Chez Papa entschuldigen. Es war unverzeihlich unhöflich von mir, mich uneingeladen an Ihren Tisch zu setzen."

Caroline warf ihr einen kühlen Blick zu. „Danke", sagte sie.

„Und ich weiß... dass diese ganze Sache, all das, für Sie schrecklich schwer gewesen sein muss. Es tut mir leid dafür."

„Nun, es ist kaum Ihre Schuld, oder? Ich meine, ich sehe, dass Sie sich gerne mitten in alles hineindrängen, aber ehrlich gesagt hat es überhaupt nichts mit Ihnen zu tun, oder?"

Molly richtete sich auf und sprach ruhig. „Nochmals, es tut mir leid für die Unannehmlichkeiten. Und trotz allem, was Sie vielleicht denken, freue ich mich, dass Sie heute Abend gekommen sind." Sie schob sich an ihr vorbei und ging in die Küche, um ein Tablett mit Tartines zu holen und sie herumzureichen. Dann hörte sie Bens Stimme, und ein Stich eines Gefühls, das sie nicht identifizieren konnte, durchfuhr sie. Es waren Tage vergangen, seit sie sich gesehen oder auch nur miteinander gesprochen hatten.

Ich laufe nicht zu ihm rüber, dachte sie trotzig. Nicht nach dem, wie zickig er neulich zu mir war. Er kann zu mir kommen.

Fast alle Eingeladenen waren da – sie hatte vermutet, dass Lawrence sich ein wenig Zeit lassen würde, um einen großen Auftritt hinzulegen, aber wo war er? Sie stellte sich auf die Zehenspitzen, um die Menge zu überblicken, und die Gäste sahen glücklich und bereit für eine gute Zeit aus. Im Raum war es laut geworden, und es war Zeit, sie auf die Tanzfläche auf dem Rasen einzuladen und sie in Bewegung zu bringen.

Und dann? Nun, sie wusste es nicht genau. Sie war sich ziemlich sicher, dass sie sowohl das Dynamit als auch das Streichholz hatte, aber wie sollte sie das eine nah genug an das andere bringen, um die gewünschte Explosion auszulösen?

37

Molly tanzte gerade den Bus Stop mit einem Kir in der Hand, als sie Kreischen aus dem Haus hörte. Es klang wie Lachkreischen, aber sie war angespannt und rannte mit einem Gefühl der Beklommenheit hinein. Dort im Wohnzimmer stand endlich der Ehrengast – Lawrence in voller Pracht, posierend in einem weißen Anzug mit Schlaghosen, das Hemd offen und eine goldene Kette auf seiner Brust funkelnd.

Alle im Raum johlten und wurden nur noch lauter, als die ersten Töne von „The Love Machine" erklangen und Lawrence' Hüften zu zucken begannen. Er griff nach Mollys Hand und die beiden wirbelten durch eine Reihe von Disco-Moves, einschließlich des Bump, des Butterfly und sogar des Point Move. Als das Lied zu Ende war, fiel sie in seine Arme und sie brachen in schallendes Gelächter aus.

„Nicht schlecht, Molly", sagte er, zog ein Taschentuch heraus und tupfte sich die Stirn ab. „Ich hatte keine Ahnung, dass in dir eine Disco-Queen schlummert."

Molly ging zur Bar, die Thomas auf der Küchentheke aufgebaut hatte, und schenkte sich einen Lavendel-Spritzer ein. „Na ja, weißt du, Disco war etwas, das meine Freundinnen und ich zusammen gemacht haben, als wir ungefähr zwölf waren, in diesem Alter genau zwischen Kindheit und Teenagerzeit. Wir nahmen es sehr ernst, alle Bewegungen genau richtig hinzubekommen", fügte sie lachend hinzu. „Wir studierten ‚Saturday Night Fever' wie einen heiligen Text."

„Einen Drink, Geburtstagskind?", fragte Nico, der bereits einen Negroni zubereitete.

Lawrence nickte lächelnd. „Ich muss sagen, Frances hat sich selbst übertroffen. Kannst du glauben, dass sie dieses Outfit gefunden hat? Und in meiner Größe? Sie ist eine Wundertäterin."

Nico lächelte verträumt.

„Sie ist draußen und bringt allen Line Dance bei. Weißt du, wenn ich jemals wieder heirate – was, halt den Mund, ich sicher nicht erwarte, ich sinniere hier nur – muss der Typ *unbedingt* tanzen können. Das hat einfach zu viel Spaß gemacht."

„Oh, dann wirst du also einen schwulen Mann heiraten?"

Molly lachte.

„Das finde ich beleidigend", sagte Nico und reichte Lawrence seinen Negroni.

„Ich auch", sagte Caroline, die neben Molly erschien, mit gerunzelten Augenbrauen.

„Er scherzt nur. Nur ein Scherz!", sagte Molly. „Obwohl, nur fürs Protokoll, ich hatte nie einen Freund, der tanzen konnte. Oder wer weiß, vielleicht konnten sie es. Sie waren nur nicht willens, es zu versuchen."

„Ich erinnere mich, dass Ben sich letztes Jahr auf der Tanzfläche bei der Gala recht ansehnlich geschlagen hat", sagte Lawrence mit hochgezogenen Augenbrauen.

Molly zuckte mit den Schultern. Es entstand eine unangenehme Stille. Sie reckte den Hals, um zu sehen, ob sie Ben irgendwo entdecken konnte, aber sie sah ihn nicht. Er war wahrscheinlich draußen bei der Menge. Vielleicht tanzte er.

Ich war so unversöhnlich. Ich bin eine schreckliche Freundin.

„Lawrence, du hast dank deines späten modischen Auftritts

alle Tartines verpasst, und lass mich dir sagen, sie waren absolut fantastisch!", sagte Molly.

„Stimme zu", sagte Nico lächelnd. „Aber du wechselst das Thema."

Molly winkte ab.

„Ich werde das Verpassen der Tartines mit hemmungsloser Völlerei bei allen verbleibenden Gängen wettmachen", antwortete Lawrence. „Jetzt muss ich mein Publikum begrüßen." Und er schwebte durch die französischen Türen auf die Terrasse hinaus, während die anderen immer noch über sein Outfit kicherten.

Molly beriet sich mit Eugenia darüber, ob es Zeit sei, die Ente zu servieren, und folgte dann Lawrence nach draußen. Sie behielt mehrere Gäste im Auge, wollte ihr Verhalten beobachten und sehen, mit wem sie sprachen. Nugent saß allein am langen Tisch und starrte finster auf die Tänzer im Hof. Caroline war ihr nach draußen gefolgt und stand mit verschränkten Armen da, ebenfalls finster dreinblickend.

Die übrigen Gäste ließen es sich gut gehen – tanzten, tranken und aßen die letzten Krümel der Hors d'œuvres. Sie sah sogar Madame Gervais auf der Tanzfläche, wie sie mit ihren Händen in der Luft herumfuchtelte, unterstützt vom stets gentlemanhaften Rémy. Tristan Séverin hatte seine Frau nicht mitgebracht und tanzte mit Marie-Claire Lévy, seine Arme und Beine flogen überall herum, und er sah aus, als hätte er den Spaß seines Lebens.

Zu ihrer Überraschung verspürte Molly einen Stich, als sie an Pierre dachte. Es war leicht, sich vorzustellen, wie er dort stehen würde, sich auf diese ganz eigene grimmige Art unwohl fühlen würde, aber trotzdem erschienen wäre. Nachdem sie von seinem Tod gehört hatte, hatte sie mit dem Gedanken gespielt, dass er seine Frau ermordet und sich dann aus Schuldgefühlen selbst getötet hatte, aber die Idee hatte sich nicht bei ihr festgesetzt, und nach reiflicher Überlegung waren ihr ein paar Dinge klar geworden, die ihn völlig entlasteten. Zumindest – *wenn* sie Recht hatte.

Sie wusste, dass sie Frieden mit Ben schließen musste. Die ganze Zeit hatte er in Bezug auf Pierre Recht gehabt, und das Mindeste, was sie tun konnte, war, das zuzugeben. Aber den Gästen musste ihre Ente mit Ratatouille serviert werden, und die Profiteroles mussten mit Eis gefüllt werden. Erst die Arbeit, dann das Vergnügen.

❦

ALS ALLE AM langen Tisch saßen – der mit einer schlichten weißen Tischdecke und Schalen voller Rosen aus Mollys Garten bedeckt war – kamen Eugenia, Nico und Molly mit großen Platten voll Confit de Canard und servierten. Thomas folgte mit einer Platte Ratatouille. Der Salat wurde, wie in Frankreich üblich, für einen separaten Gang zurückgehalten.

Cheryl Lynns „Got To Be Real" spielte, und die Discokugel funkelte unter einer nahen Eiche. Constance drehte die Musik leiser, um die Unterhaltung zu erleichtern; man hörte Französisch, Englisch und viel Gelächter und Scherze, als die Gäste sich über das Festmahl hermachten und ihre Gläser füllten. Ein unbeteiligter Beobachter hätte denken können, die Party sei ein Bild dörflicher Fröhlichkeit, eine Gruppe von Freunden, die eine Geburtstagsfeier an einem warmen Sommerabend genossen.

Aber vielleicht hätte ein aufmerksamerer Beobachter bemerkt, dass nicht jeder am Tisch fröhlich oder auch nur gesellig gestimmt war.

Molly nahm neben Caroline und gegenüber von Nugent und Séverin Platz. Ben saß am anderen Ende mit Maron und Monsour, die die Gäste mit einer gewissen Distanziertheit beobachteten, wie Wissenschaftler, die Teichkreaturen unter einem Mikroskop ansahen.

Nachdem sie diskret auf die Gendarmen gezeigt hatte, fragte Caroline: „Glaubst du, sie sind, ähm, *im Dienst*, selbst hier auf einer Party?" Sie saß neben Nathalie Marchand, der Managerin des Fast-Michelin-prämierten Restaurants La Métairie.

„Könnte sein", flüsterte Nathalie. „Du musst gehört haben – wir hatten letztes Jahr einen Mord direkt im Restaurant! Ich habe Gilles Maron während all dem kennengelernt. Er ist... er ist eigentlich ziemlich nett, auch wenn er keinen guten ersten Eindruck macht."

„Das will ich meinen", sagte Caroline. „Ich mag keine Gendarmen, Polizei, nichts davon."

„Möchtest du etwas Wein?", fragte Nathalie und griff nach dem Krug mit Rotwein.

Gegenüber von Molly stocherte Nugent in seiner Ente herum.

„Sag bloß nicht, du isst nur Süßigkeiten!", neckte Molly ihn.

Niedergeschlagen hob er den Blick von seinem Teller und zuckte dann theatralisch mit den Schultern.

Neben ihm unterhielt sich Tristan mit Marie-Claire, die auf seiner anderen Seite saß, über seinen Plan, im nächsten Frühjahr mit den Zehnjährigen einen Kletterausflug zu unternehmen. Marie-Claire war eine gute Zuhörerin und schien sich für Severins Vorhaben zu interessieren. Sie unterbrach ihn ab und zu mit einer Frage, während Severins Begeisterung übersprudelte.

Okay. Jetzt geht's los.

„Tristan, das klingt wirklich nach einem Abenteuer, das sie nie vergessen werden", sagte Molly und mischte sich in ihr Gespräch ein. Nugent warf ihr einen finsteren Blick zu.

„Oh, die Kleinen lieben es, etwas Neues auszuprobieren!", antwortete er. „Ihre Köpfe sind so voller Fantasie, wissen Sie. Sie stellen sich vor, sie wären Helden, die Höhen erklimmen, um die Prinzessin zu retten!"

Molly holte kurz Luft. „Apropos Prinzessinnen, ich weiß, dass Sie und alle anderen hier, die Iris kannten, heute Abend sicher an sie denken. Ich habe mich gefragt – denken Sie, es wäre angemessen, einen Toast auf sie auszusprechen oder sie irgendwie zu würdigen?"

Nugent verengte die Augen zu Schlitzen. Séverin senkte für einen Moment den Kopf und sah Molly dann mit einem traurigen Lächeln an.

„Oh ja, natürlich denken wir alle an sie. Iris... eine erstaunliche Frau. Das würde jeder sagen.“ Er hob sein Glas, das Discolicht fing sich in der Feuchtigkeit in seinen Augen.

„Nun... ich möchte nicht zu persönlich werden, aber Sie wissen ja, wie taktlos Amerikaner manchmal sein können“, sagte Molly mit einem Lachen, das jeder, der sie gut kannte, als völlig aufgesetzt erkannt hätte. „Und neugierig noch dazu. Also habe ich mich gefragt... ist etwas passiert, das Ihre Meinung über sie geändert hat? Ich meine, es ist durchgesickert, dass Sie ihr eine E-Mail geschickt haben. In der Nacht, als sie starb, wenn ich mich recht erinnere.“

Séverin sah Molly überrascht an. „Was?“

„Ach kommen Sie schon, Sie wissen, wovon ich rede. Was ich gehört habe, war – Sie haben per E-Mail mit ihr *Schluss gemacht*. Ist das nicht irgendwie schlechte Etikette, Tristan? Ich meine, nicht dass ich Ihnen eine Moralpredigt halten will, aber sollte man so etwas nicht persönlich machen?“

Severins Augen weiteten sich. Molly meinte fast, das Surren seines arbeitenden Gehirns hören zu können. Er verharrte einen langen Moment regungslos, dann stieß er ein bellendes Lachen aus und blickte den langen Tisch hinauf und hinunter, als wolle er sehen, ob noch jemand zuhörte. Er beugte sich vor und sagte mit gedämpfter Stimme: „Die Wahrheit ist, Molly, ich war an einem Punkt angelangt... Ich konzentrierte mich darauf, das Richtige für meine liebe Frau zu tun. Ich hasse es, das zu sagen... aber sehen Sie, ich hatte schon mehrmals zuvor versucht, mit Iris Schluss zu machen – persönlich, wie Sie sagen – aber sie war sehr hartnäckig. Am Ende schien es der einzige Weg zu sein, sie loszuwerden.“

Nugent hatte sich vorgebeugt, um ja nichts von dem zu verpassen, was Séverin sagte. Nach einer kurzen Pause sprang er auf und explodierte: „*Loswerden*? Was für eine *merde* laberst du da, du widerliches Exemplar von einem Mann!"

Am Tisch wurde es still. Thomas eilte zu Mollys Laptop und schaltete die Musik aus.

„Ich kann mir nicht vorstellen, wie du es überhaupt geschafft hast, ihr Sand in die Augen zu streuen!", fuhr Nugent fort. „Aber ich werde *nie* glauben, dass sie an dir hing und dich nicht gehen lassen wollte. Niemals!"

Séverin klopfte Nugent auf die Schulter, was er tun konnte, ohne aufzustehen, weil er so viel größer war als Nugent. „Beruhige dich, mein Freund. Es ist jetzt alles vorbei, oder? Wir sind hier, um Mr. Weeblys Geburtstag zu feiern!" Er hob sein Glas und nahm dann einen Schluck, aber niemand folgte seinem Beispiel. Den ganzen Tisch entlang starrten die Leute und verfolgten aufmerksam das sich entfaltende Drama.

Molly beobachtete Nugent und betete, dass er jetzt nicht verstummen würde, nicht jetzt.

Nugent wich mit einem angewiderten Gesichtsausdruck vor Severins Berührung zurück. Er ging zum Ende des Tisches, wo Ben, Maron und Monsour saßen, alle Augen auf ihn gerichtet.

„Na gut, wenn es soweit gekommen ist... Ich muss unbedingt sprechen, egal wie peinlich es persönlich für mich sein mag. Es tut mir leid, dass ich es nicht früher getan habe." Er blickte die Gendarmen ernst an. „*Ich* habe diese E-Mail geschrieben, nicht Séverin!", sagte er laut mit zitternder Stimme.

„Was sagt er da?", fragte Caroline Nathalie. Molly stand auf und folgte Nugent zum Ende des Tisches.

„Fahren Sie fort", sagte Ben ruhig zu ihm.

„Ich glaube nicht, dass es hier eine Person gibt, die behaupten würde, dass Tristan Séverin es verdient hätte, Iris Gault auch nur die Füße zu küssen!", fuhr Nugent fort. „Ich konnte es nicht glauben, als ich hörte, dass sie..." Er schüttelte den Kopf, als wolle er das abscheuliche Bild des Paares vertreiben. „Ich hatte gehofft, es wäre nichts als Klatsch. Aber dann sah ich das *Gedicht*", spuckte er aus.

„Von welchem Gedicht spricht er?", sagte Caroline zu Nathalie, die keine Ahnung hatte, was vor sich ging, da sie beim Dorftratsch weit hinterherhinkte.

Nugent blickte den Tisch entlang zu den Gästen und höhnte: „Oh, ihr denkt alle, wie schön, wie romantisch, der Schuldirektor hat der schönen Iris ein Gedicht geschrieben. Nun, ich sage euch, es war nichts als Schmutz. An die Dorfgöttin − Schmutz! Sie verdiente so viel Besseres. Jemanden, der sie verstand... jemanden..."

„Jemanden... wie Sie?", sagte Monsour, was einige nervöse Lacher hervorrief.

Nugent schüttelte den Kopf. Er griff hinunter und nahm geistesabwesend einen langen Schluck aus Monsours Weinglas und rieb sich dann mit den Fingern die Stirn, etwas, das Molly ihn schon zuvor hatte tun sehen, wenn er aufgeregt war.

„Das Gedicht lag in Severins Schreibtisch, im Schulbüro. Dort haben Sie es gesehen? Was hatten Sie dort zu suchen?", fragte Ben.

Maron ärgerte sich, dass er selbst nicht auf diese Frage gekommen war.

Nugent versuchte, Dufort abzuwinken und zu seinem Platz zurückzukehren. Seine Schultern hingen herab und sein Gesicht erschlaffte, als wäre er plötzlich zwanzig Jahre älter geworden.

Aber Maron stand auf und hielt seinen Arm fest. „Nein, Monsieur, ich glaube, Sie haben einige Fragen zu beantworten."

„Soll ich Handschellen holen?", fragte Monsour fröhlich.

„Nicht nötig", sagte Maron. „Beantworten Sie bitte die Frage. Das Gedicht war im Schulbüro. Haben Sie es dort gesehen?"

Nugent nickte und starrte zu Boden.

„Und bei dieser Gelegenheit haben Sie sich auch Zugang zu Séverins Computer verschafft?", fragte Ben, der nicht länger schweigen konnte, jetzt, da er sah, was passiert sein musste.

Nugent antwortete nicht, also fuhr er fort: „Sie waren es, der die E-Mail geschickt hat, in der mit Iris Schluss gemacht wurde, nicht Séverin? Ist es das, was Sie zugeben?"

Molly konnte ihre Ungeduld kaum zügeln, als Nugent nicht sofort antwortete. „Nun?", sagte sie und presste dann den Mund zusammen, während sie sich ermahnte, die Sache sich ohne Einmischung entwickeln zu lassen.

„Na und, wenn ich's getan habe!", platzte Nugent schließlich heraus. „Die Vorstellung von ihm mit ihr – das war unerträglich für mich! Er ist nichts als ein Hänfling, ein bloßes Kind, was für ein Recht hatte er –"

„Ich finde es interessant, dass Sie meinen, entscheiden zu können, wer was tut und wer was verdient", sagte Maron. „Vielleicht glauben Sie auch, dass es Ihre Aufgabe ist, zu bestimmen, wer ein Recht zu leben hat und wer nicht?"

Monsour stand auf Nugents anderer Seite, packte seinen Arm und wartete auf Marons Anweisungen.

Moment mal, was?

Das war nicht die Richtung, die Molly erwartet hatte. Aber es lag jetzt nicht mehr in ihrer Hand. Sie hatte das Streichholz angezündet und konnte nicht kontrollieren, wer bei der Explosion verletzt wurde.

$$\sideset{}{}{38}$$

B en sprang auf. „Wann waren Sie im Schulbüro?", fragte er Nugent. „Denken Sie genau nach, Edmond. An welchem Abend war das?"

„In der Nacht, als sie ermordet wurde!", rief Caroline und sprang vom Tisch auf, wobei sie ihren Wein umstieß. „Sie waren es, den ich in jener Nacht im Büro gesehen habe, nicht wahr? Nicht Tristan!" Sie drehte sich zu ihrem Chef um, der sich in seinem Stuhl zurücklehnte und lächelte.

„Ach, setz dich wieder, Caroline!", sagte er. „Misch dich nicht ein - das ist nur albernes Drama. Du weißt doch, wie Nugent ist."

„Du meinst, verliebt in Iris? Ja, das weiß ich. Ich weiß genau, wie das ist." Caroline wich von Séverin zurück, während Dufort auf ihn zukam. Die anderen Gäste blickten von einem Ende des Tisches zum anderen, verstanden nicht ganz und wollten nichts verpassen. Niemand bewegte sich, nicht einmal, um einen Schluck Wein zu nehmen.

„Bitte frischen Sie unsere Erinnerung auf, Caroline", sagte Dufort. „Können Sie beschreiben, was Sie in der Nacht, als Iris starb, gesehen haben?"

„Ermordet wurde", sagte Caroline. „Sagen Sie nicht ‚starb',

wenn Sie ,ermordet wurde' meinen. In Ordnung." Caroline ließ Séverin nicht aus den Augen, als sie nach Nathalies Weinglas griff und einen Schluck daraus nahm. „Ich ging spazieren. Es war eine heiße Nacht und ich war unruhig. Meine Wohnung ist nicht weit von der Schule entfernt und ich kam zufällig diese Straße entlang. Mir fiel auf, dass Séverins Auto draußen parkte, was ich etwas seltsam fand."

„Seltsam?"

„Ja. Es war nach Einbruch der Dunkelheit. Er ist nicht gerade als Workaholic bekannt, sagen wir es mal so", sagte sie bitter. „Zu meiner Verteidigung, ich dachte, er würde sich beeilen, um eine Arbeit zu erledigen, die schon vor Wochen hätte fertig sein sollen."

„Wo also war sein Auto geparkt?"

„Auf dem kleinen Bereich, der für die Schule reserviert ist. Als ich also jemanden im Büro sah – es war dunkel, die Lichter waren nicht einmal an, ich konnte nur eine Art Silhouette oder wirklich nur eine Form im Schein eines Computerbildschirms sehen – nahm ich einfach an..."

Molly konnte nicht anders, sie grinste.

„...ich nahm einfach an, es sei Séverin, der an seinem Schreibtisch saß. Endlich kam er dazu, etwas von der Arbeit zu erledigen, mit der ich ihm schon lange hinterhergelaufen war."

Dufort wandte sich wieder an Nugent. „Aber es war überhaupt nicht Séverin, oder?"

Maron trat hinter Dufort und stellte sich auf die andere Seite von Séverin.

„Oh, natürlich war ich es!", warf Séverin ein. „Mein Auto stand doch da, oder?"

„Warum gingen Sie ins Schulbüro?", fragte Maron Nugent. „Das ist nicht die Aussage, die Sie bei meiner Befragung gemacht haben."

„Nein, nein, natürlich nicht! Und *mon Dieu*, es ist auch nicht die Aussage, die ich jetzt machen möchte! Ich wünschte, alles würde rückwärts laufen, zurück zu dem Tag, als Iris noch am Leben war, um zu sehen, ob einer von uns Narren etwas hätte tun können, um das Geschehene zu verhindern." Er verbarg sein Gesicht in den Händen. „Alles, was ich wollte... alles, was ich wollte, war, dass sie glücklich ist..."

„Ich *glaube* dir nicht", sagte Caroline zu Séverin, ihre Stimme wurde lauter. „Zumindest... die ganze Zeit dachte ich, dir würde wenigstens etwas an ihr *liegen*. Auch wenn du dich wie ein totaler Idiot benommen hast, dachte ich, sie würde dir wirklich etwas bedeuten. Ich hätte nie, nie im Leben gedacht, dass du derjenige sein würdest..."

Séverin stand langsam auf. „Ich schätze diese Unterstellungen nicht", sagte er und hob die Handflächen. Er trat einen Schritt zurück, aber Maron war auf der einen Seite und Monsour auf der anderen.

„Ich fürchte, Ihr Alibi ist gerade zusammengebrochen", sagte Maron.

„Sie gingen in jener Nacht zu den Gaults", sagte Molly zu Séverin. „Sie ließen Ihr Auto an der Schule stehen und gingen zu Fuß hinüber. Es war Iris, die mit Ihnen Schluss machen wollte, nicht wahr?"

Séverin versuchte zu kichern. „Oh, wissen Sie, das war... sie meinte das nicht ernst. Gott weiß, Iris konnte flatterhaft sein, verstehen Sie, was ich meine?"

„*Flatterhaft?*", sagte Nugent, stürmte vor und stieß den größeren Mann gegen die Brust. Monsour zog Nugent zurück und hielt ihn fest. An diesem Punkt konnten die Gäste am Tisch nicht länger schweigen und ein lautes Gemurmel erhob sich. Man hörte Lawrence sagen, er habe noch nie eine Geburtstagsfeier wie diese erlebt.

„Sie gingen zu den Gaults hinüber", wiederholte Molly. „Tranken Tee, glaube ich? Sie ließen Ihre Teetasse im Wohnzimmer stehen. Das fiel auf, verstehen Sie, weil die Gaults so ordentlich waren. Und dann versuchten Sie, Iris zu überreden, Sie nicht zu verlassen, stimmt's? Und vielleicht... vielleicht wollten Sie es nicht, aber als Sie stritten, kamen Sie beide der Treppe näher, und..."

Séverin sah sich um, suchte nach einem Verbündeten, fand aber niemanden. Er setzte an zu sprechen. Er setzte sich wieder und stand dann erneut auf. Er blickte zu Molly, Nugent, Dufort und den beiden Gendarmen, während er mit der Hand über seine Wange strich. Schließlich ließ er den Kopf hängen und murmelte: „Ich konnte es einfach nicht ertragen, dass sie mich verlässt, verstehen Sie? Ich bin kein kaltblütiger Mörder. Ich liebte sie. Ich liebte sie wirklich, wirklich."

Während Maron und Monsour ihn wegführten, bemerkte Lawrence laut die Ironie dieser Aussage, und die Gäste murmelten zustimmend.

Triumphierend, aber auch traurig, drehte sich Molly um, um nach Ben zu suchen, aber er war bereits auf dem Weg um die Seite des Hauses herum. Die Discokugel warf farbige Punkte auf seinen Rücken, als er davonging.

$$\maltese \quad 39 \quad \maltese$$

Es war eine Art Tradition nach der Entlarvung eines Mörders, dass Molly und ihre Freunde im Chez Papa feierten und die Details des Geschehenen besprachen. Diesmal nicht. Molly und Ben hatten immer noch nicht miteinander gesprochen. Als Molly am nächsten Tag mit Lawrence sprach, sagte er, dass er nur zur La Baraque kommen und mit Molly allein Reste essen wolle, und genau das taten sie.

„Ich habe gerade eine Neuigkeit erfahren", sagte Molly, als Lawrence hereinkam. „Der toxikologische Bericht über Pierre ist zurück. Betäubungsmittel. Nicht genug für eine Überdosis, aber trotzdem offenbar eine ziemlich hohe Dosis."

„Genug, um ihn das Gleichgewicht verlieren zu lassen."

„Genau."

„Na ja, zumindest wurde er nicht ermordet. Das ist doch schon mal was. Hat Ben dir das erzählt?"

„Ich glaube, Nagrand hat heute im Chez Papa zu Mittag gegessen, und Nico hat angerufen, um es weiterzugeben." Sie seufzte. „Tut mir leid, der Salat ist etwas welk", sagte sie und reichte ihm einen Teller. „Möchtest du auf der Terrasse essen?"

„Ja. Aber zuerst ziehe ich meine Hausschuhe an. Ich liebe es, dass wir eine Übernachtungsparty machen, genau wie nach dem Fall Amy Bennett."

„Okay, zieh deine Hausschuhe an und bring den Wein mit, ja?" Molly ging hinaus, Bobo an ihren Fersen.

„Ich habe viele Fragen", sagte Lawrence. „Soll ich mit denen anfangen, wie um alles in der Welt du herausgefunden hast, dass Séverin die arme Iris die Treppe hinuntergestoßen hat? Oder ich habe ein paar persönlichere Fragen, wenn du möchtest, dass ich damit anfange." Er hob die Augenbrauen und schenkte ihnen etwas Wein ein.

„Wenn es um Ben geht, habe ich dir ehrlich gesagt nichts zu sagen. Ich weiß nicht, was los ist. Nur dass wir nicht miteinander reden, was offensichtlich kein gutes Zeichen ist."

Lawrence betrachtete seine Freundin, um ihre Gefühle einzuschätzen, dann schnitt er ein Stück Entenconfit ab und aß es. „Nein, ich denke nicht", sagte er schließlich. „Aber vielleicht wird eine kleine Auszeit voneinander... klärend sein? Ich bin wirklich nicht in der Position, Ratschläge in romantischen Angelegenheiten zu geben. Also gut, lassen wir das Thema für den Moment. Jetzt sag mir: Wie bist du auf Séverin gekommen? Ich dachte, alle haben ihn geliebt. Das Letzte, was ich mir je vorgestellt hätte, ist, dass er ein kaltblütiger Mörder ist."

„Ich weiß. Um fair zu sein, wissen wir nicht, was seine Absichten waren, als er Iris in jener Nacht besuchte. Vielleicht versuchte er nur, sie zu überreden, bei ihm zu bleiben, und irgendwann verlor er die Kontrolle. Aber du hast Recht, er passt nicht zu unseren Vorstellungen von Mördern, oder? Und diese Tatsache hätte ihn fast davonkommen lassen. Das und eine Menge Glück. Es war ja nicht so, als hätte er geplant, dass Nugent in sein Büro einbricht, während er in jener Nacht bei Iris war – das war reiner Zufall und gab ihm ein scheinbar wasserdichtes Alibi, als Caroline dachte, sie hätte ihn dort gesehen."

„Wie hast du also erraten, dass es doch nicht Séverin war?"

„Nun, niemand machte Fortschritte bei dem Fall. Weder ich,

noch Ben oder die Gendarmen. Ich dachte, wir hätten etwas Wichtiges übersehen – oder nicht direkt übersehen – dass wir etwas falsch angenommen oder als selbstverständlich betrachtet hatten. Dass wir dachten, wir wüssten etwas, was wir eigentlich nicht wussten. Jedenfalls ging ich noch einmal jedes einzelne Detail durch, das wir bisher hatten, und versuchte, es völlig objektiv zu betrachten. Die Fakten des Falles ins Licht zu halten und sie auf den Kopf zu stellen und rückwärts zu betrachten...“ Molly nahm einen Schluck Wein. „Und das brachte mich auch nirgendwohin. Aber es bereitete sozusagen mein Gehirn vor, wenn du verstehst, was ich meine?“

„Irgendwie?“

„Ich meine, dass ich bereit war, es zu bemerken, als der Durchbruch kam. Ich hatte eine Gebäckstunde mit Nugent. Der arme Mann war besessen von Iris, so sehr, dass ich für eine Weile dachte, vielleicht hätte *er* völlig die Fassung verloren und sie in einem Moment totalen Wahnsinns oder so getötet. Aber jedenfalls war ich neulich in seinem Laden, und er zeigte mir, wie man *pâté à choux* macht, wodurch ich gelernt habe, deine Profiteroles gestern Abend zu machen.“ Sie hielt inne, um etwas Salat zu essen, und wischte sich langsam den Mund mit ihrer Serviette ab, während sie sich an den Nachmittag mit Nugent erinnerte.

„Komm schon, Molly, mach es nicht so spannend!“

„Schon gut, hab etwas Geduld“, lachte sie. „Also... er wetterte über Séverin, völlig wütend und eifersüchtig, dass Iris eine Affäre mit ihm hatte und nicht mit Nugent. Er fing an zu erzählen, dass Séverin mit ihr Schluss gemacht hatte, sie einfach beiseite geworfen hatte, als er ihrer überdrüssig wurde, dass er so eine schreckliche Art Mann war. Er wollte, dass ich zustimme, dass Séverin sie nicht verdient hatte.“

Lawrence legte den Kopf schief, er verstand es nicht.

„Siehst du es nicht? Niemand wusste von der angeblichen Trennung außer den Gendarmen, plus Ben und mir. Der einzige Grund, warum irgendjemand von uns davon wusste, war, dass

Maron Sévérins Computer mitgenommen und die E-Mail auf seiner Festplatte gefunden hatte, zusammen mit einem Ordner voller E-Mails, die das Paar sich im Laufe der Affäre geschrieben hatte. Mit anderen Worten, die einzige Quelle für die Trennung war diese eine E-Mail – kein Dorftratsch, keine Briefe, keine Zeugen, überhaupt nichts anderes."

„Nugent konnte absolut nichts davon wissen", fuhr sie fort, „... es sei denn, er hatte es selbst geschrieben."

„Und da es von Sévérins Computer gesendet wurde, wusstest du, dass Nugent dort eingebrochen sein musste, um es zu senden."

„Genau. Und dann war es kein großer Sprung zu erkennen, dass der Mann, den Caroline in jener Nacht im Schulbüro gesehen hatte, nicht Séverin war, sondern Nugent. Sie nahm an, es sei ihr Chef, weil, nun ja, es das Schulbüro war. Der Mann saß an Sévérins Schreibtisch, an Sévérins Computer. Sie arbeitete jeden Tag dort mit ihm. Sein Auto stand direkt draußen. Es gab keinen Grund für sie, es zu hinterfragen, weil Caroline keine Ahnung hatte, dass jemand anderes ein Motiv hatte, dort zu sein. Und sie sagte, es sei typisch für Séverin, Dinge bei der Arbeit schleifen zu lassen und dann hetzen zu müssen, um sie rechtzeitig fertig zu bekommen."

„Es muss Nugent wahnsinnig gemacht haben, dass er unbeabsichtigt Séverin ein Alibi verschafft hat."

„Ich denke schon", sagte Molly. „Er war sicherlich furchtbar unglücklich und aufgeregt. Für einen Moment, als die Affäre entdeckt wurde, hatten wir die richtige Idee – dass Séverin Iris in einem eifersüchtigen Anfall getötet haben könnte, weil sie die Affäre beendet hatte – aber sobald es schien, als hätte er mit ihr Schluss gemacht *und* er ein Alibi hatte... nun, da haben wir ihn völlig von der Liste der Verdächtigen gestrichen."

„Wen hattest du dann im Visier?"

Molly überlegte. „Meine zweite Wahl war Nugent. Aber ich

war ziemlich überzeugt, dass es Pierre war, fast bis zu seinem Tod."

Sie schwiegen eine Weile und genossen die herrlichen Reste und den sternenklaren Abend. „Eine Sache stört mich. Ich glaube, dass ich einige Emotionen, die absolut nichts mit dem Fall zu tun hatten, mein Denken beeinflussen ließ. Als Ben wütend auf mich wurde, weil ich Pierre für schuldig halten wollte, wurde ich ganz ehrgeizig deswegen. Ich bestand darauf, dass es Pierre war, weil ich wollte, dass Ben Unrecht und ich Recht hatte. Es war dumm. Und ich kann nicht anders, als mich schuldig zu fühlen, denn was wäre, wenn wir Séverin viel früher gefasst hätten? Wäre Pierre dann nicht...?"

„Ich verstehe, was du meinst. Aber ich denke, der Punkt ist, dass du es am Ende doch herausgefunden hast. Und dass Pierre diese Pillen nahm, hatte nichts mit Séverin zu tun, zumindest nicht damit, ob er gefasst wurde oder nicht. Er tat es, weil er so darunter litt, Iris verloren zu haben."

Molly nickte, nicht völlig überzeugt. „Pierre war schon ein seltsamer Kauz", sagte sie schließlich. „Ich hätte ihm gerne viele Fragen gestellt. Zum Beispiel - diese Teetasse. Als ich nach Iris' Ermordung zum Haus der Gaults ging, fiel sie mir sofort auf, wie sie da auf einem Tisch im Wohnzimmer stand. Die Gaults waren penible Leute, und diese leere Tasse stach heraus wie ein Blinklicht. Warum hat Pierre sie dort stehen lassen?"

„Ich frage mich, ob er wusste, wer sie dort gelassen hat. Und wollte, dass ihr sie seht."

Mollys Augen weiteten sich. „Aber in dem Fall, warum hat er nicht einfach darauf hingewiesen? Sicher hätte Séverins DNA darauf sein müssen."

Jetzt war es an Lawrence, mit den Schultern zu zucken. „Wahrscheinlicher ist, dass er wegen des Mordes an seiner Frau so am Boden zerstört war, dass er nicht wie üblich aufgeräumt hat. Ich habe das Gefühl, er liebte Iris mehr, als irgendjemand ihm zutraute. Vielleicht sogar Iris selbst."

„Vielleicht. Aber warum sagte er dann, er hätte den Kranken-wagen gerufen, wenn es bei der Notrufnummer keinen Eintrag über den Anruf gibt?"

„Stell es dir vor, Molly. Stell dir vor, wie es wäre, die Affäre deines geliebten Ehepartners mitzuerleben. Dein Herz bricht. Du bleibst länger auf der Arbeit, weil es so schmerzhaft ist zu sehen, wie sie aufblüht, wenn sie geht, um ihren Liebhaber zu treffen. Und eines Tages kommst du nach Hause und findest sie am Fuß der Treppe liegend, zusammengesunken, tot. Die absolute Liebe deines Lebens."

„Ich habe einige Erfahrungen mit einem untreuen Ehepart-ner", sagte sie leise.

„Korrigiere mich, wenn ich falsch liege, aber ich hatte nie den Eindruck von dir, dass Donnie deine Leidenschaft, deine tiefste Liebe war. Liege ich da falsch?"

„...Nein. Tust du nicht."

„Nun, ich sage nur... dass ich aus meiner Erfahrung in Marokko mit Julio... verstehen kann, wie ein Trauma wie das, was Pierre erlebt hat... ihn dazu bringen könnte, sich auf unerwartete Weise zu verhalten. Vielleicht dachte er, er hätte angerufen. Viel-leicht wusste er sofort, dass es zwecklos war. Vielleicht wusste er kaum, was er sagte."

Molly nickte.

„Die Sache mit Pierre war – er hielt alles in sich zurück. Es sollte keine Überraschung sein, dass seine natürliche Neigung zum Stoizismus noch stärker wurde, als die Tragödie eintrat. Wie auch immer. Abgesehen von Pierre, gab es noch andere Verdächtige?"

„Ah", sagte Molly. „Lass mich für dieses Gespräch den Nach-tisch holen. Ich muss ein paar Profiteroles mit Eiscreme füllen und die Schokoladensauce erwärmen, ich bin gleich zurück."

„Das klingt himmlisch. Beeil dich!"

LAWRENCE STAND auf und schlenderte in die Wiese, während er auf Molly und den Nachtisch wartete. Er sah die orange Katze durch das hohe Gras streifen und Lichter im Taubenschlag. Dann dachte er an seinen marokkanischen Freund Julio und sein schiefes Lächeln und fuhr sich mit einem Seufzer über die Augen.

„Okay, erzähl", sagte Lawrence ein paar Minuten später und schob sich mehrere Profiteroles auf seinen Dessertteller, sobald Molly die Platte abgestellt hatte. „Oh mein Gott im Himmel, die sehen gut aus. Gestern Abend wurde es so verrückt, dass ich mich nicht einmal daran erinnere, welche gegessen zu haben."

„Nun, hast du. Einen beachtlichen Haufen, wenn ich mich recht erinnere, was ich tue."

Lawrence lachte und seufzte erneut, diesmal glücklicher, während er kaute. „Also... andere Verdächtige? Du wolltest mir während der Ermittlungen nichts erzählen, also möchte ich jetzt alle Details."

Molly beendete ihr erstes Profiterole und nahm sich noch mehrere. „Ben dachte an Caroline Dubois."

Lawrence blickte scharf auf. „Ich kenne Caro seit Jahren", sagte er. „Sie ist ziemlich unglücklich. Aber eine Mörderin?"

„Es hat eine Weile gedauert, bis ich herausgefunden habe, was da los war. Die Dinge passten einfach nicht zusammen, weißt du? Als ich sie zum ersten Mal traf, log sie über Séverins Affäre mit Iris. Ich verstand nicht, warum sie das tun sollte, besonders nachdem sie zugegeben hatte, dass auch sie in Iris verknallt war. Ich sage dir, je mehr Leute ich sprach, desto mehr bedauerte ich, dass ich sie nie kennenlernen durfte. Sie hatte das halbe Dorf in ihrem Bann!"

„Mich nicht", sagte Lawrence mit einem Zwinkern in den Augen.

„Oh, wirklich? Weibliche Schönheit lässt dich wirklich völlig kalt?"

„Ich weiß deine zu schätzen", sagte Lawrence grinsend. „Und ihre auch. Es ist nur so... ich konnte sehen, dass ein Teil des Grundes, warum so viele Leute verrückt nach ihr waren, darin lag, dass Iris... nun gut, sie war sehr schön, und außerdem hielt sie sich zurück. Man hatte nie für eine Minute das Gefühl, dass sie preisgab, was sie wirklich über irgendetwas dachte oder fühlte."

Molly nickte. „Es ist traurig zu denken, dass sie ihr Leben nie wirklich ausleben konnte. Zumindest sieht es von außen so aus. Sie war so zurückhaltend, so kontrolliert."

„Sehr. Und deshalb konnten sich die Leute meiner Meinung nach alle möglichen Dinge über sie vorstellen. Sie konnten sie zu allem machen, was sie wollten, weil sie eine Art leere Leinwand präsentierte."

„Hm. Interessanter Gedanke. Aber Séverin und Dubois – sie kannten Iris besser. Sie arbeiteten jahrelang mit ihr zusammen."

„Und vielleicht war die Affäre das eine Mal, als sie endlich die Zügel etwas locker ließ. Verständlich, dass Caro es schwer hatte. Ich meine, denk darüber nach: Sie ist in eine heterosexuelle Frau verliebt, also ist die ganze Sache von Anfang an zum Scheitern verurteilt. Und dann schneit ihr Chef herein und schnappt sie ihr direkt vor der Nase weg, und sie muss sie Tag für Tag zusammen sehen."

„Das muss wehtun."

„Ja. Außerdem behandelte Séverin sie schlecht. Caroline hatte Iris ein Gedicht geschrieben, in dem sie all ihre Gefühle offenlegte - und Séverin fand es. Und er schickte es an Iris, ohne ein Wort darüber, dass er es nicht selbst geschrieben hatte."

„Ein ziemlicher Verrat. Und übrigens, wie hast du das herausgefunden?"

„Ich darf ein paar Geheimnisse für mich behalten, Lawrence. Oder... ich erzähle es dir, wenn du deine Quellen preisgibst?"

„Niemals in diesem Leben, meine Liebe. Ist das nicht die wunderbarste Nacht? Ich könnte mich zurücklehnen und stundenlang die Sterne betrachten, wenn es nicht anfangen würde, mich mürrisch zu machen, dass ich niemanden habe, mit dem ich es teilen kann."

„Entschuldigung?"

„Du weißt genau, was ich meine." Er legte seinen Arm um seine Freundin, und die beiden leerten die Weinflasche und blickten weiter in den Himmel, erfüllt von den üblichen wirbelnden und widersprüchlichen Gefühlen des menschlichen Daseins. Ben war irgendwo und tat irgendetwas, ebenso wie Julio. Frances und Nico planten vermutlich glückselig ihre Hochzeit.

Aber Molly und Lawrence waren auch glücklich, wenn auch auf eine andere Art, und es hatte keinen Sinn, sich eine andere Geschmacksrichtung zu wünschen. Frieden und Ruhe herrschten wieder in Castillac, und es gab genug Reste im Kühlschrank für mindestens zwei weitere Mahlzeiten.

Und was besonders wichtig war: Der Besitzer der besten Pâtisserie im Dorf war am Ende doch kein Mörder gewesen. Das allein war schon ein Grund zum Feiern.

ENDE

GLOSSAR

F êtes.......Feier

salut........hey, hallo

bonsoir....guten Abend

pâté.........köstliche Paste aus gemahlenem Fleisch, Fett und Gewürzen

La Baraque...Haus, Hütte. Name von Mollys Haus (und Ferienhaus-Geschäft)

cantine........Schulkantine

gîtes...........Ferienwohnungen

pigeonnier......Taubenhaus; Taubenschlag

pâtisserie........Konditorei

mousse au chocolat....Schokoladenmousse

en vacances.....im Urlaub

coucou.............hallo, hey (um jemandes Aufmerksamkeit zu erregen)

Excusez-moi! Il y a quelqu'un....Entschuldigung! Ist jemand da?

bon sang...........Ausruf der Frustration, wie ,um Himmels willen'. Wörtlich: gutes Blut.

bon...........gut

Merci, à bientôt......danke, bis bald

oui.........ja

département....französische Version einer Verwaltungseinheit, ähnlich einem Landkreis

Tutoyer.......wie im Deutschen gibt es im Französischen sowohl eine formelle als auch eine vertraute Art, jemanden anzusprechen. Die Verwendung der ‚tu'-Form von ‚du' ist vertraut und wird bei Familie und Freunden verwendet.

chérie..............Liebling

mairie...........Rathaus

colombages.........Fachwerk

merde.......unhöfliches Wort für Exkremente

coup de foudre......Blitzschlag

à tous...................an alle

Jésuits.................Blätterteiggebäck gefüllt mit Mandelcreme

palmiers................Gebäck, angeblich in Form eines Palmblatts

pâtissier..............Konditor

tart tatin..............butteriger Apfelkuchen

duxelles................kleine Klößchen

lardons...................Speckwürfel

ratatouille...........ein geschmortes Gericht aus Tomaten, Auberginen, Zwiebeln, Zucchini und Knoblauch

confit.................eine Zubereitungsart, bei der Fleisch in Fett eingelegt wird, was es konserviert. Macht das Fleisch sehr saftig.

profiteroles........ein großer Haufen Windbeutel, übergossen mit Schokoladensauce

pâté à choux.................Brandteig

mon Dieu.................mein Gott

EBENFALLS VON NELL GODDIN

Das dritte Mädchen (Molly Sutton Mysterien 1)
Die Königin des Glücks (Molly Sutton Mysterien 2)
Die Gefangene von Castillac (Molly Sutton Mysterien 3)
Mord aus Liebe (Molly Sutton Mysterien 4)
Der Château-Mord (Molly Sutton Mysterien 5)
Tödliche Ferien (Molly Sutton Mysterien 6)
Eine offizielle Tötung (Molly Sutton Mysterien 7)
Tödliche Finsternis (Molly Sutton Mysterien 8)
Keine Ehre unter Dieben (Molly Sutton Mysterien 9)
Auge um Auge (Molly Sutton Mysterien 10)
Bittersüße Vergessenheit (Molly Sutton Mysterien 11)
Sieben Leichen schön aufgereiht (Molly Sutton Mysterien 12)
Kein Geheimnis vor Madame Tessier (Molly Sutton Mysterien 13)

Sie können Nells Bücher auf ihrer Website und bei allen großen Online-Händlern erwerben.

DANKSAGUNG

Ein riesiges Dankeschön an Nancy Kelley dafür, dass sie den Tag gerettet hat, und an Tommy Glass und Heather Penner für ihre scharfen Augen.

Außerdem ein dankbarer Gruß an die besten Leser, die ein Schriftsteller haben kann, die mir hervorragendes Feedback geben und die Milliarden von Tippfehlern entdecken.

ÜBER DIE AUTORIN

Nell Goddin lebt in Virginia, träumt aber davon, eines Tages wieder in Frankreich zu leben. Hoffentlich haben sich bis dahin die Hunde so weit beruhigt, dass die Nachbarn nicht wollen, dass sie wegzieht.

www.ingramcontent.com/pod-product-compliance
Lightning Source LLC
Chambersburg PA
CBHW061650190726
48289CB00006B/1820